我游江湖上,明月湿我衣。
岷峨天一方,云月在我侧。

——苏轼《送运判朱朝奉入蜀》

商务印书馆（成都）有限责任公司出品

龚静染 著

河山有灵

岷峨记

商务印书馆
The Commercial Press

自 序

七月上旬的一天，暴雨如注。我站在阳台上看着楼下的锦江浊浪翻滚，并迅速涨到了两岸边的河堤上。堤上的走道是平时人们岸边散步的地方，但现在洪水翻了上去，栏杆被淹没，灯杆也泡在了水中，过去一到黄昏就会整齐地点缀着河岸的那些灯光，已经好些天没有亮了。河水是沙土一样的灰酱色，水面上飘着木渣、树枝、草叶，也有从上游不时飘来的不明物，白的、黑的，迅速飘过，不及分辨。但这是我熟悉的颜色，也是我熟悉的河面，在小的时候，站在夏天的岷江边，就会看到这样的景象。

雨已经下了十多天,完全没有停下的意思。天气预报还在发布橙色预警,说四川大面积的暴雨还将持续。我站在阳台上,突然想下楼去岸边看看,实际上河边离我站的地方也仅仅只有五十米。是的,我有些疑惑,平日里我从来没有把眼前的河当回事,因为它太小了,尽管被称为江,但常常是有气无力的样子,断断续续地流着,好像从冬天到春天都一直如此。

此时的锦江却真的让我感到吃惊,就像一个平常不起眼的人突然发飙了一样,你这才看到他的另一面。在汹涌的洪水中,我看到了一条野性十足的锦江。尽管过去它有着一个好听的名字,我还了解它的一点历史,甚至对"锦官城外柏森森"这句诗充满了遐想,好像写的就是窗外的景色,但都不能转圜我如今对它的熟视无睹。我有时想,它一定是在什么时候丢掉过一段什么,就像美人失去了眼睛,武士失去了佩刀。但在此时,我仿佛又看到了它丢掉的东西,是的,我现在应该称它为江了,这才是江,而不是一条在枯水期发出阵阵臭味的小河沟。

它是岷江的一部分。大雨一直下着,大雨把那一部分还给了它。只有在这个时候,我才突然明白,面前的江我不能低估它,轻视它,它可能会越涨越高,直到淹没河堤、淹没道路、淹没房屋，甚至淹没整座城市。我们已经很久没有这样去看一条江了，好像它跟我们的日常生活没有什么关系。不知是在什么时候，山川退隐到人类的身后，除了旅游意义的游山玩水，人们已经不再关注那些河流和高山，它们只是作为自然资源被无度地利用、压榨。"我见青山多妩媚，料青山见我应如是"，古人对大自然则是含情脉脉的——通透、清澈、明亮，但那样的年代已经不复存在。

我要感谢这场持久的大雨，它自北向南覆盖着江面，把一条活着的江还给了我，也还给了这座城市。

当我在电脑上敲下上面这些文字的时候，雨还在下着，我也不时去阳台观察水位的上涨情况，内心有种危险的欣喜。此时，我发现地下车库里的小车几乎全部开走了，人们非常担心洪水漫进车库，它们于是被开到了更安全的地方。我又看到了在风雨中猛烈摇晃的树木——河边的白鹭应该正发愁，这是它们栖息的地方，但河水动摇着它们的"房屋"，那些树木说不定很快就会被连根拔起，被洪水冲走。生活的场面突然又变得凌乱起来，就像打在窗玻璃上那些焦虑的雨珠一样。

小时候，岷江从我家门前流过。锦江属于岷江水系，是岷江这棵大树上的一条枝丫，也会汇流到我的家乡。在那个小城，岷江已是一条大河,河的对面能够远远地望到峨眉山。一条河和一座山,就在我童年的对面。我一直认为它们是我最初的老师,教我认识了日月星辰、春夏秋冬,这样的河山是人世的屋顶,我一生都需要不断地仰望它。

很多年前,我曾读到过乡人李嗣沆在光绪年间写的一首《杨柳湾道中》,诗写于雨后初晴之时,大地平静如初,秋天的岷江边有种圆熟自足的氛围。眼前的大雨让我想起这首诗,可能是这雨下得太过急促和慌张吧。记得去杨柳湾要走江边的一条小路,那是一段两三里地的路,有时跟母亲一起,有时独自一人。李嗣沆就走在这条平堤的小路上,在一个雨后的晴天,河水满满,不疾不徐地流着。

> 十里平堤路,肩舆趁午晴。
> 雨酥千亩足,秋放一天清。
> 野菜黄添润,溪流绿涨平。
> 登高回望处,返照入峨岷。

蕞尔一隅,却有宽阔的视野,这是我喜欢这首诗的原因,也常常让我产生去那些旧河山中漫游的冲动。诗里的岷峨是李嗣沉心中的大山水,也是隐没在无数文章典籍中的文学地缘,从乡梓到天地再到心灵,已不是纯然的地理概念。苏洵说"岷峨最先见,睛光厌西川",岷峨是蜀地中的标志性山川,小小二字,却如衣似冠,巍然而立。我从小生活其间,它们就摆在那里,天天看着,再也不能搬移。

雨停了。雨下得像不会停下来,但它确实停了。据说,是因为有一尊镇雨神兽被放进了岷江里——尽管有人当天就出来辟谣,说那是假消息。对于真假,我其实并不关心,只觉得避灾祈吉的民俗还被人们记得未必是件坏事。我们确实遗忘了太多东西,甚至连身边的河山都不再关心,传统意义上的生活正在被凶猛的现代性瓦解,而那尊神兽一定在河岸边太过孤独,要在涨水之际再度现身。

第二天一早我起来看锦江,发现水已经下去了一米,警报暂时解除,下游快速的排洪起了作用。这跟镇雨神兽没有什么关系,它会迅速被人忘记,又重新变成一块石头。两岸的人行道又露了出来,但路面上积下了厚厚的一层沙土,环卫工人用铁铲将它们铲起,堆成一座座土堆。小车陆陆续续开回了地下车库里,凌乱的状况得到了改观。我又看见两三只白鹭慢悠悠地飞过阳台,舒展的翅膀已经没有了之前的惊慌失措，它们每天都会沿着河岸飞来飞去，影子落到水里，轻盈而诗意。我突然发现，正常的生活原来是这样——人们要的是安静流淌的河水。

这天晚上，我给乐山的朋友打了个电话，询问了一下岷江下游的情况，他们说洪峰已经安全过境，前几天确实有些紧张，但现在一切恢复正常。也就是在这个晚上，我开始重新修订这本书，本来酝酿多时，却老是不能提笔。现在好了。写作从一场虚惊开始，那一江翻滚的河水已经远去，好像什么也没有留下，只有那尊坚硬而诡异的镇雨神兽留在了记忆里。

2018 年 7 月 12 日于成都

目录

岷江记

003　岷江之春：桃花水来了
河流是大地上的一棵巨树，"波澜盛长"犹如蓬勃生长的植物。

016　万山深处寻江源
历史的岷江上永远有这样一叶轻舟，藏在西戎万山的深处。

033　六字古法中的水利密码
兴修水利其实是在加固王朝的根基，任何一个千疮百孔的皇权都坚守着这样一条基本的民生底线，在这之上又形成了一套貌似威严的政治道德。

048　　四川盆地的一根脐带
　　　　如果说四川是个被包裹在盆地里的婴儿,那么岷江就是一根脐带。

062　　一座江城的记忆
　　　　大佛当年是为镇江而凿,为的是"杀水",但菩萨面带微笑,绝无杀意。

080　　旧时岷江鱼
　　　　"立春后泛子,渔人以灯火照之,辄止不去。"

097　　风烟望五津:古渡记
　　　　一切皆为尘埃所吞没。

109　　从旧江河中开来的慢船
　　　　蜀人有盆地之困,就会有改变道路的渴望,而这显然不能寄希望于那些从旧时光中驶来的慢船了。

122　　江底有部灾难史
　　　　岷江的水流之大、之急,江底犹如坟场,且不留任何碑铭,只当招收野鬼。

136　小桥通古今
　　　改革开放后，女子渐摩登，那桥洞藏妖孽，不知折断了多少高跟鞋。

150　岷江话：一条河流的孑遗
　　　岷江就像一个大自然的巨大录音机，录下了一点中上古时期的蜀地语言信息。

162　水运往事：从西坝窑说起
　　　现实的河流与历史的激流曾经有过交汇，它们在不同时期为一地的经济带来了繁盛。

175　河帮菜的岷江印记
　　　再鲜活的故事也会陷入虚无，如江水一样隐而不言。

188　岷江之秋：等待一场洗河水
　　　江上千古月，岷江兀自流，它永远是以沉默来回应时空的诘问。

峨山记

203 从武侠小说迷上峨眉山
"惭愧书生空负手,宝刀何日斩楼兰。"

212 《译峨籁》中的山河遗梦
峨眉山成为他们心中的一块世外桃源,一方只能在梦中萦绕的旧河山。

222 望峨:一座想象中的灵山
"峨眉两片翠浮空,日月跳转成双瞳。"

235 登峨:人与山的对话
过去上峨眉山,只有爬过"八十四盘",才能到达金顶。

249 九老洞中的桃花源
那深不可测的洞中仿佛藏着一股魔力,能够把一些人的生命吸附进去。

257 峨山顶上半轮月
在初冬的一天夜里,月亮奇大,把夜空照得终夜如昼,他又失眠了。

266 峨眉乱世缘
"鹤发不堪言此世,峨嵋空约在他生。"

275 朝峨:圣山之路
招财进宝的家伙居然也会念佛,真是阿弥陀佛,善哉善哉。

288 小金殿的生灭劫
一段峨眉山晦暗的历史,让人深感痛心之余,亦觉世间生灭的无常。

300 蒋超:一生写尽一座山
一部《峨眉山志》,就是一部峨眉山的思想史。

310 宝山的显现
那也是个极为喧嚣的世界,只是人类听不到它们的声音而已。

328 杜鹃:植物学家眼中的世界
他在植物学上的造诣不输于那只会听树的耳朵。

338 报国寺里的近代风云
"杀机那及禅机好,兵学何如佛学乘。"

353 消失的圣积晚钟
圣积晚钟非为一寺所敲,而是为整个峨山在敲。

364 峨眉在人间
"浩然坐何慕,吾蜀有峨眉。"

373 文献征引目录

岷江记

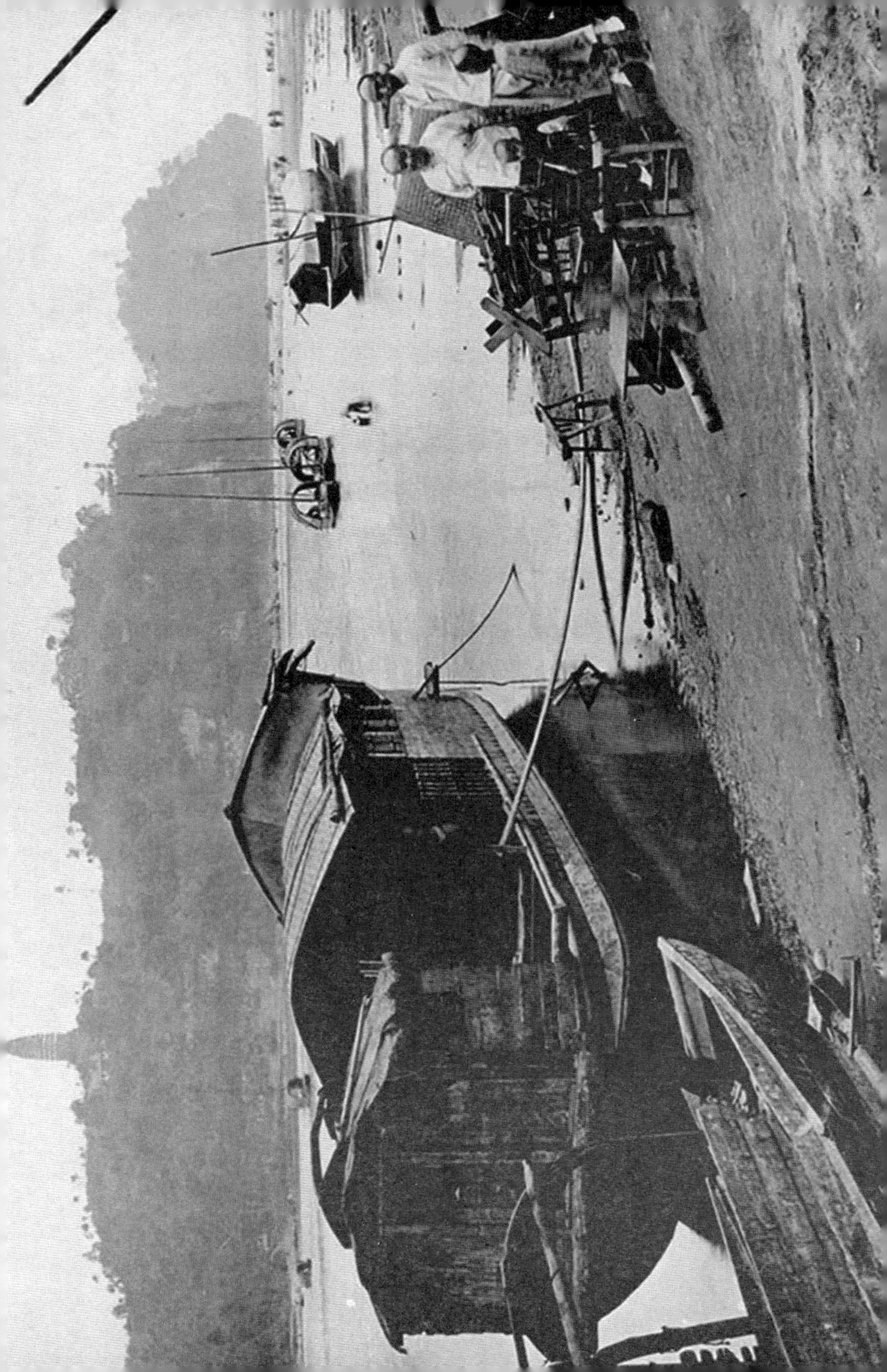

岷江之春：桃花水来了

阳春三月，开车走在岷江边上。

天气很好，阳光高照，车子缓缓地开着，在过一座大桥时，朋友突然说了一句："桃花水就要来了！"

这句不经意的话让我非常惊讶，桃花水——已经很多年没有听到过这个词了。但我转头去看桥下的岷江，还是断流的样子，有些地方露出了滩涂，河面一片萧索，好像还未完全走出冬天的景象。但他这句话戳了我一下，心里猛地一缩。是的，只要后面的日子来一场大雨，河就又会涨水了。

人们把开春后第一场雨带来的涨水称为桃花水。

一年之计在于春，岷江好像也不例外，桃花水的到来预示着冬天的过去，而一条生机勃勃的江河即将出现在人们眼前。不知道现在民间还有没有相关的祭祀活动，但桃花水在人们的心里一定是带有仪式感的，它让河里的鱼虾、船只和人们的生计都具有焕然一新的寓意。而正是朋友的这句话，让我从桥上俯瞰岷江的同时，思绪已经沿着岷江飞得很远……

桃花水，也叫桃华水，是"举物候为水势之名"（《宋史·河渠志》）。桃花水来临也叫桃汛。古人把不同时节出现的涨水分为凌汛、桃汛、伏汛、秋汛等，岷江几乎没有凌汛，在南方很难见到冰冻江面的情形；四川的河流是以桃汛开头的。《礼记·月令》中说："仲春之月，始雨水，桃始华。"唐初的学问大家颜师古解释道："盖桃方华时，既有雨水，川谷冰泮，众流猥集，波澜盛长，故谓之桃华水耳。"河流是大地上的一棵巨树，"波澜盛长"，犹如蓬勃生长的植物，这是从天空的视角才能看到的意象。

过去，在春汛来临期间，岷江流经的地方都会举行一些与河水相关的仪式。如在都江堰，每年清明这天都要举行隆重的放水仪式；清朝时期，每年农历三月底各地官员都要亲赴灌县，饬令成都水利同知开堰放水。但要是遇到这年雨水不丰，百姓就得去请愿，"如水来甚缓，或发水不足，则乡民千百为群，赴道台衙门，击鼓求水"。（傅崇矩《成都通览》）这个场面非常震撼，鼓声雷动，群情激昂。放水仪式的隆重体现了人们对丰年的渴望。1942年国民政府主席林森也亲自主持过一次开堰放水，他先到伏龙观祭李冰，后到二王庙祭祀，再到鱼嘴开堰放水，一路过来，过程繁缛，但可以看出历代官方对水利的重视。

放水之日，观者云集，其中以"砍杩槎"最为壮观。所谓杩槎，是用来挡水的三角木架，木架腰下以竹篓镇之，竹篓内冲塞卵石，层层叠叠，截水蓄波，易筑易撤。放水之日把杩槎砍掉，水奔泻而下，即能起到控制两江水量的作用。

这个杩槎看起来简单，其实是个了不起的发明。杩槎一词的记载出现在明朝，说明明朝或者明以前就在使用杩槎了。更早的时候拦水曾放置过铁龟、铁牛、铁柱等物什，都是些极为笨重的家伙，体量庞大，一只铁龟就有六万六千斤，两头铁牛有七万斤，铸造和搬运都极为不便。后又采用过冶金贯石的方式，但耗费仍巨，效果也不好，落进水里，一样"震荡湮没，茫无可赖"。后来人们才发现竹篓效果最佳，用粗木固定竹篓，制作简单，也非常廉省，最关键的是"不以水敌，诚固而可恃"。所以每年都江堰都需要大量的竹子，明正德年间，"蜀府

都江堰二王庙左侧山门,此处为纪念李冰父子而建,
也常常是人们祭水的地方
庄学本摄于1934年

每年亦助青竹数万竿，委官督织竹笼，络石资筑"（《灌县志》）。

车继续沿着江边开。朋友是个钓鱼迷，有闲就会去河边塘前钓鱼，桃花水一来，他又得忙上一阵了。在车上的时候，他不断给我讲他钓鱼的故事，如曾经钓起过多大的鱼，有过怎样神奇的钓鱼经历，去过什么奇特的江边，等等。他这样有钓鱼爱好的人毕竟只是少数，现代人的生活与自然实际上比较隔膜，就在他说得津津有味的时候，我突然感觉到个人与江河的联系只剩下一根鱼竿了。

放水时的都江堰，真是壮观之极。记得有一年，我站在都江堰宝瓶口下的一座小桥上，只见下面清浪翻滚，如一匹柔滑的巨幅绸缎，扬起阵阵凉风，有种说不出的快意。奔流的水声，朝着远方而去。岷江水就这样进入到广阔的成都平原，想那些干涸土地上的禾苗在灌溉下，一定会发出咕咕咕的吃水声，农人一年的期盼就是从这股水开始。

我的家乡也能观看放水。小城有个竹根滩，是个大洲坝，横在江中把岷江一分为二，形成了内外两河。内河通过多次疏浚，穿城而过。内河的党家沱附近有一道堰，是个不小的拦水坝，平时只留一道几米宽的狭窄口子放水，能够调节上游的水位。这个堰离我读书的学校不远，夏天时孩子们便经常在那里

1950年初春,人们在都江堰岷江边观看放水
都江堰市档案馆供图

放滩，水流湍急，但我们从来不怕危险，一头扎进，很远才伸出脑袋，既兴奋又刺激，像坐了回游乐园的翻滚列车。

四川岷江水系沿岸，每年桃花水来临，河水一涨，就要忙碌开堰的事，这几乎要涉及每一段江、每一条渠、每一道堰，而一年的盛事就源于这开年之后的桃花水。

2018年春的一天，漫步在青衣江边，朋友同我去看四川夹江县江边的东风堰。一路上兴致勃勃，我们谈到了民国时期的夹江县县长胡疆容。此人十分重视水利，在他看来，只要堰口一开，"地得水而龙蛇远放，水行地而禽兽害消"，人间就会出现"田开阡陌""水溢沟渠"的太平景象。1931年，胡疆容便亲自主持修整毗卢堰（东风堰的旧称）。为纪念他的治水之功，当地百姓也曾将该堰称为"胡公堰"。开堰放水之日，他在《石骨坡开堰祝文》一文中慷慨陈词："此时新绿良苗，四野皆免蝗来之患；他日深黄嘉谷，万家定叶鱼梦之占。"从历史深处而来的活水，流淌着灵性与生机，心不禁为之而动。这条堰在2014年被列入首批世界灌溉工程遗产名录，他当年功不可没。

兴修水利一般选在桃花水来临之前。桃花水一到，人们就得抓紧时间在汛期来临前做好一切准备，对河道、沟渠、堰塘加以疏浚淘挖，以免带来堵塞的后患，《汉书·沟洫志》中说："来春桃华水盛，必羡溢，有填淤反壤之害。"

小修堰，大修堤，古代官吏以修出政绩。四川乐山是个古城，三江合围，常有江水冲堤之患，"洋雅徙岸，坏民之所，为患甚矣"。古嘉州城苦于年年为水所困，岁岁修修补补，人们总是想要找出一个长治久安的办法。明成化九年（1473年），嘉定知州魏孔渊进行了一次大修，调用民工数千人，在大渡河与青衣江汇合的下游处修堤，这在当时是个巨大的工程。魏孔渊为此动了不少的脑筋，他调用了"县之讼狱者"，又"下铜山之木，琢濒江之石"，最后修了一道"广一丈有奇，高四仞，长三百九十八丈"的长堤，人们将之称为"魏公堤"。"胡公堰"也好，"魏公堤"也好，都是治水的功绩，自古为政者皆以水事为重。

桃花水后，又到打鱼之时。过去渔民捕鱼爱在河中栽木桩，"春天小暖，正鱼生子之时，此桩一扎，有一网打尽之势"。（陈伟勋《禁止扎桩、减免鱼粮碑记》）但此举危害甚大，有碍河道的运行，"拦河砌扎，篓高石积，湍急滩浅，船筏经过，一篙不慎，贻误匪浅"。所以，一到桃花水来临前，官府就要对渔户明令禁止，不允许扎砌渔桩。然而，渔民不这样做，

20世纪70年代,在岷江支流青衣江畔河滩上装石投篓封堵场景

张致忠摄

捕鱼收入就要受影响，所以官府考虑到实际情况，又会减免渔课，给予一定的补偿——这些措施都是为了应对河水带来的民生问题。

桃花水也带来了河运的旺季。蒲松龄在《聊斋志异·白秋练》中写道："至次年桃花水溢，他货未至，舟中物当百倍于原直也。"也就是说，河水上涨后，船的运载量也随之上升，运送物资的能量增大，这在以船为主要交通工具的古代，意义重大。在近代，大型船只的吃水线是与河水的深浅相关的，这甚至影响到经济贸易。

1901年秋，岷江中游河面上出现了一艘奇怪的轮船，沿岸的人们都涌到江边看稀奇——这艘轮船是英国皇家海军的内河炮艇乌得科号（Woodcock，即丘鹬号）——人们还是第一次看到这样的船，这也是外轮第一次进入岷江，停泊在了一个江边小城。地方志是这样记载的："秋，英国炮舰'乌得科'号自重庆试航途经五通桥至乐山。继英舰之后，法舰'阿纳利'及'大江'，德舰'华特兰'，日舰'伏见'，美舰'盖巴乐斯'等常在区境岷江航行。"（《五通桥区志》）乌得科号不远万里跑到岷江腹地是为了探险，要看看岷江航道能够承载多大的轮船，因为它想要寻觅一个巨大的市场。据《泰晤士报》当时的报道，英国的舰艇一旦能够在岷江通航，"七千万人口的贸易就送到门上来了"，"兰开夏、密德兰、约克夏的制造品就能从伦敦、利物浦经过一次简单的转运，缴付从价5%的进口税，直运到深入一千五百里的亚洲心脏地带"。

桃花水最主要影响的还是农事，而非轮船。《汉书·沟洫志》中说："农，天下之本也。泉流灌浸，所以育五谷也。"在中国，农耕为本，农业的产出与水利紧密相连，而广大乡村中随处可见的渠塘是最能反映这一关系的景象。每年春天一到，河水初涨，很快会进入到如毛细血管一样密布的渠堰之中，而这些"毛细血管"是否畅通，能否让上下游同享水源，就要看沟堰是否通畅。

过去，四川农村的水车随处可见，一架筒车可送水数里，脚踏翻动，几百亩田得以润泽。但水车的拥有情况常常与庄户人家的经济收入水平相关，大户人家田多，可以自置水车；小户人家田少，则一般与邻家合修。家家户户都要用水，便构成了一道"通堰大局"，如果说阡陌纵横的乡村有一种复杂而又井然有序的关系，那么渠塘就是最直观的呈现。

水碾也是农村常见的生产工具，引水到户主要靠它，水与田家的亲密程度也体现在水碾上。水碾利用壅水效应来碾压谷物之类，省钱省工，经济实用。但水碾靠水力带动，如果水流不足，则容易受堵造成不畅，"当春夏之季洪流汩汩而来，碾上之田每患水淹；碾下之田每至受旱，上下交病"。胡疆容当年主政的那个小县就曾经出过一条《深淘渠堰拆除水碾的告示》，官府公布了具体的治理办法："每当立秋以前，务须以篓盛石堵塞堰口，开放湃缺，使水直下。"这是其一。其二是"中间堪坎七道，每道各低减五寸，则下流之得水自易"。其实就是采用了梯级方式，以促进水的流动，使上下皆能受益。其三是如果水碾太过密集，就必须要撤除一些，淘挖深通，保证水流顺畅。公告也警告那些自私的人，不要成为"碾户之害"，因为用水方式也包含了公共意识，桃花水如期而至，平等且公平可能是乡村社会最为自然的民主法则。

筑塘引水的活儿始于冬闲时，以免于春耕时缺水。筑堰开塘除了灌溉，往往还有副业之惠，塘内可种菱养鱼，坎上可蓄竹栽树，实为乡村田园的一道风景。范成大就曾经在《吴船录》中描画了一番春季"连日得雨"后的景象，透出一种丰收在望的喜悦之气：

西行秦岷山道中，流渠汤汤，声震四野，新秧勃然郁茂。前两旬大旱,种几不入土,临行,连日得雨。
道见田翁,欣然曰:"今岁又熟矣。"

"流渠汤汤,声震四野",这是多美的乡村啊!记得过去每次坐车走旧道从成都到眉山,在经过新津时就会看到岷江上非常有名的唐代古堰——通济堰。它是仅次于都江堰的又一岷江灌溉体系,表面上看来却很平常,并无特别之处,但内里的学问可不少。比如在古法制堰中如何筑堤拦水、如何笕口分水、如何加淘堰沟、如何安设筒车、如何岁修摊派等等,都需要精密的安排。通济堰有千年以上的修堰史,至今还灌溉着50万亩良田,这一带岷江边还有蟆颐堰、鸿化堰,均为唐代古堰,可见古代水利工程技术之发达,沿岸还有成百上千的大小堰渠,蜀地桑麻为之所系。堰是水利之钥,也可以说是乡村之钥,它们其实是在牢牢地锁住我们的土地,不让田禾的膏腴流失。

过去,农村的孩子有不少是在堰塘里学会游泳的。芦苇深处,荷叶瓣下,水中还有老牛、鸭鹅相伴,堰塘就是他们生活的一部分,也是乡村记忆的一部分。岷江蓄满了大大小小的沟渠堰塘,桃花水也流过了那个漫长的农耕时代。

"桃花水就要来了",我们的车已经开得很远。

万山深处寻江源

1994年的深秋时节,我来到松潘县一个海拔三千多米的地方。那个地方叫弓杠岭,我从当地人那里租来一匹马,并在一个藏族人的带领下骑着马在一望无际的草甸中慢慢前行。越往里走,草甸里的水越多,滋滋地冒出来,大地就像一块吸饱了水的海绵一样,一踩上去就踏出一股水来。刚走一段路,我就听到一个声音,声音越来越大,最后变成轰轰的巨响。就在这时,眼前突然出现了个很大的洞,洞中的水哗哗地往外流,呈汹涌之势。

藏族人说,看见了吧,这就是岷江的源头!

尽管有些激动,但我对他的说法却有些怀疑,难道岷江源头就是个洞？这的确有些颠覆我的想象。实际上，地质环境是非常复杂的，我更相信那一大片饱含着水源的草甸才是岷江的源头，那个洞只是其中的一个水穴而已。《水经注》中说："崖散漫，小水百数，殆未滥觞矣。"也就是说，岷江之源如毛细血管的网状结构一样，是由无数细小的溪流汇聚而成。但不可否认，站在那里的时候，我感受到一种特殊的氛围，在弓杠岭的远处矗立着连绵而常年不化的雪山，你只需稍稍把头仰起一点，就会看到那些雪山有着一种母亲的姿态，让你瞬间热血沸腾，眼中噙满泪水。

那一天，车在山间盘旋之时，我们看见了5 588米的雪宝顶，那里有巨大的冰川存在，极为壮观。远望群山，有种混沌苍茫之气，让人顿生敬畏，我相信那是个充满神性的地方，有一种大慈大悲的力量。直觉告诉我，岷江一定就诞生在这些群山之中，那些冰川、那些厚厚的积雪都会化为河流，而河流必须要有如此庞大的水源储备才足以流淌千里。也许只有这片聚合云雨的高原土地，才有如此宽阔、深厚的胸怀，才可能是岷江真正的母亲。

杨慎在《丹铅余录》中说："江出岷山，其源实自西戎万山。""西戎万山"指的是一片更大的区域，虽然这个说法有些浮泛，但从古人那里我们也得到一个启示，即岷江是由无数水源汇聚而成的一条河流，前面提到的当地人带我去看的水洞最多只具有象征意义。

地理学上岷江有东、西两个源头。我去的弓杠岭是东源，而西源在高达4 610米的朗架岭，两个源头相距不远，东西二源在不远处的川主寺汇聚之后，始称岷江。水文地质界仍以东支为正源，也就是说我到过的弓杠岭才是公认的源头。弓杠岭在松潘县境内，正好处在去往九寨沟、黄龙的途中，那里也常常被作为一个景点来招徕游客。记得过去在那个水洞旁边插有一块写有"岷江源头"的木牌，周围散落着马群，到处是马粪蛋子，很多到过的人都会在那里照相留影，足见租马带路是桩好买卖。人骑在马背上，踢踏踢踏地溯源而上，也算是种独特的体验。

岷江干流全长711公里，除了源头，我还曾从不同的视角看到过岷江的不同景观，每一处都有不同的感受：春天放水的堤堰，夏季横渡的人群，秋日江岸的芦苇，冬天裸露的浅滩……大脑里好像有一本相册，存放着我与岷江的各种"合影"。

岷江之尾在宜宾三江口，金沙江与岷江在此交汇，以下始称长江。而江头与江尾给人的感受是完全不同的。在弓杠岭上

张柏林(1843—1928年),美国地质学家。1909年3月到中国旅行考察,沿长江进入四川,在岷江流域留下了大量珍贵照片此图是他在灌县上游岷江所摄

看过源头之后,再在这里目送这条大河汇入长江,总有种怅惘之感。这样的情感是没有在江边生活过的人难以理解的。小时候家就在岷江边上,我就是在岷江边长大的孩子,对岷江的情感没有其他哪条河流能够取代。如今我住在锦江之侧,锦江是岷江支流,在都江堰分流而下,流经成都又汇入岷江,这仿佛是冥冥中的安排。每天推开窗子就能看见锦江,视距不过百米,春夏秋冬在江边悄然更替,树木倒映在水中,或斑斓,或明亮,或深邃,或幽暗,那是我生活中沉思的部分。

每个人的心中都有一条岷江,但地理意义上的岷江却只有一条。不妨先来认识一下地理意义上这唯一的岷江吧。民国出版的《四川地理学》中有一段概括性的描述:

> 大江源出松潘厅徼外岷山,曰岷江。南流经茂州杂谷厅(即理蕃厅),纳黑水河、杂谷脑河、纳凹河。至成都府西北,东出者为沱江,合绵、雒诸水,南流经资州、泸州……南经眉州、嘉定府,会大渡河。大渡河合青衣江,与岷江会。岷江又南,纳清水河(即马边河)。经叙州府,会金沙江。

这段话大致讲出了岷江干流的流向与大支流的汇合点，但基于现代地理学知识、更为专业性的描述是这样的："岷江为长江上游左岸一级支流，是四川中部一条重要河川。"（《岷江志》，四川省水利电力厅 1990 年编）相较民国时期的记述，这句话隐含了一段认知上的巨大改变——在古代，岷江一直被视为长江正源，而非支流。那么，这个改变是怎么来的？

在历史文献中，《汉志》和《水经》均以岷江为长江的干流，一致认为"江出于岷山"。[①] 著名历史学家方国瑜也在《中国西南历史地理考释》中考证说："自僰道以下称为江水，即沿岷江之称也。"也就是说长江之名与岷江是密不可分的，长江的得名与岷江有关。《汉志·蜀郡》在"湔氐道"一节中说"岷山在西徼外，江水所出，东南至江都入海，过郡七，行二千六百九十里"，湔氐道是古名，在现在的四川松潘县境内，之前说的弓杠岭正在湔氐道中。长江的源头出自岷山，古人大都以此为常识。

岷江在过去又有"大江"之说。能称大江者必汇聚天下之王气，《蜀水考》中有这样一段话："四渎惟江最大，发于岷，

---

① 古人常以"江"特指长江，亦称"江水"。

迳夔荆达扬而入于海,此江之源也。"何谓四渎?这是我国古代对四条独流入海的大河的称呼,四渎即"江、河、淮、济",指的是今日的长江、黄河、淮河和济水。这句话的意思就是说在"四渎"之中长江体量最大,有傲视群雄的气魄,而它发源于岷山,经过夔门和荆楚之地,最终汇于大海。值得一说的是,岷山又称"渎山",再次证明长江源于岷山之说,后来秦并天下立江水祠于蜀,这就是成都历史上直到清朝尚存的江渎庙,至今四川省博物馆还存放着一些铜像,均为当年的祭祀之物。后来又有"岷山导江"(《尚书·禹贡》)的典故,意即疏导岷江是长江的治理之始。《山海经》载:"岷山,江水出焉,东北流注于海。"这些都说明岷江为长江正源的说法自古可溯。

苏轼曾写过《游金山寺》一诗,其中便有一句"我家江水初发源,宦游直送江入海"。这是他在镇江金山寺的感兴之作,那里过去被称为"海门",是长江的出海口,苏轼做官出游到那里,自然就联想起自己的家乡眉山(今岷江中游城市),而这也证明在宋代的时候,人们仍然把岷江作为长江的上游。

但这样的说法在近代逐渐被改变了,随着地理考察的深入和测量技术的进步,人们发现岷江并不是最长的河流,也不是水量最大的河流,如果按照长度和水量来比,岷江就不是长江的正源。

对河流正源的判定依据是"河长惟远"或"水量惟丰",这是后来逐渐确立的地理通用原则。古人无法清晰获知河流的长度,主要是受地理环境的制约和测绘技术的落后影响,后来在错综复杂的山川中有了新的发现,才得到更为客观真实的地理认识。明代的时候,徐霞客就已经发现金沙江比岷江长,后来人们又发现大渡河也比它要长,有上千公里流程,远远长于岷江。二者在流域面积上的差距也非常大,岷江干流在大渡河口以上的流域面积为3.37万平方公里,而大渡河全域面积是9.07万平方公里,千百年来的地理认识从此被推翻。

徐霞客是第一个提出岷江非长江正源的人,他写的《江源考》彻底否定了"岷山导江"的说法。但河源学上的变化并没有彻底改变岷江的地位,因为从人文历史上看,人们好像仍然习惯性地把岷江作为长江源头。岷江穿过蜀中腹地,从头至尾都与人类的活动紧密相连,历来通舟楫,人烟繁密,流域内农耕文明发达,江水与沿岸土地、苍生为伴。《三国志》中有一首关于岷江的古老歌谣:"蜀有汶阜之山,江出其腹;帝以会昌,神以建福。"所以,与其他河流相比岷江没有孤绝的长度,在人迹罕至的区域上踽踽独行的不是岷江;岷江是一条活的河

从当年的叙州府（宜宾）城里看岷江，岷江在此汇入长江

〔德〕恩斯特·柏石曼（1873—1949年）摄

流，是一条带着人类情感的河流，它从古到今都是与人类生存相依的河流。

毋庸置疑的是，岷江上游地区是长江上游的古文明中心，这个论断有其地理与历史上的巨大支撑。岷江文化研究者谢祥林是我多年的朋友，我们曾一起探讨岷江对成都平原以及人类文明的影响，他说："独特的地质构造运动产生的沉陷湖盆，加上后期二百多万年的河流沉积，使得今日成都平原具有滤水性强、减震性高、土壤肥沃、天然坡降明显（利于自流灌溉）等诸多优点，其孕育人类文明并不断促进文明发展的能力自然非同一般。"

所以，关于岷江是不是长江正源的问题，到近代还一直存在争论。如清人张邦伸在《江源考》（1924年《松潘县志》）中就说"盖源虽以远者为宗，而亦以大者为正"不可信，他特地拿金沙江来举例："金沙盘曲于万山中，细流断续，巨石横亘，从古不通。"他认为金沙江虽然比岷江长，但这个长有什么意义呢？"终不可改为江之正源也。"到了民国时期，徐荆船在《江源考辨》（1924年《松潘县志》）中也说："金沙江历夷地，纳细流，而合大江，并无济于农田舟楫；谓之大支流则可，谓之古正流，则不可。"其实，此二人都是从河流与人类的关系来看待江源问题的,认为远离人类文明的河流是与人类不搭界的,像金沙江、大渡河流域在过去就常常被视为蛮荒之地,如今这当然是缺乏现代科学知识的片面认识。

但这样的看法彰显出另外一种尺度,其思想也不可全废。首先他们提出了"源"与"长"的不同,因为这本身不是一个对等的概念,只要细细体味,"源"从字义上也包含了文化之源的含义。过去在成都锦江上有座万里桥,关于桥的来历有这样一段传说:当年诸葛亮送费祎使吴时,两人就站在此处依依话别,开启万里之行,"万里之行,始于此"就有源头的隐意。后来杜甫写过"窗含西岭千秋雪,门泊东吴万里船"的诗句,就是这层意思。范成大当年在成都任职时常常过万里桥:"余在郡时,每出东郭,过此桥,辄为之慨然。"后来他写了一本游记《吴船录》,就是取杜甫诗意。淳熙四年(1177年),范成大辞任后从万里桥出发,沿岷江入长江,过三峡,经湖北、江西入江苏,最后回到他的家乡苏州。从成都直通东吴,古人说有万里之遥,这样壮阔且诗意的行程并不多见,顺流直下间,人生的广阔也是与源同在的,是用万里江水来丈量的。

说到这里,又引出另外一个有趣的话题。人们常说蜀道难,但细想起来此话还不能一概而论,因为走水路出川好像并不太难，难的是自北向南的旱路，确有崇山峻岭重重阻挡，天堑险途常为兵家所用。但东下的水路一舟通往大海，中途固有险滩巨石，但相比北路仍然算是一条四川连接中原的通衢大道。

旱路蜀道一般是指剑门驿路。入蜀路线是从广元到汉州（今广汉），《蜀故》中言其"多崇山峻岭，盘折难行"，且"宋乾德以前，剑州间虎豹犹甚"，说的就是绵阳到广汉之间的白杨林中，常听得见野兽嘶吼，令人魂飞魄散，原来是"裂号子"来了。① 后来因为行路太难，又改走苍溪、阆中、盐亭、潼川（今三台）、汉州一线，但仍然是"率皆鸟道"，且"自明末寇乱，久为榛莽"。

而水路就完全不一样了，战国时期张仪向楚王分析天下形势，说到蜀与楚的关系，就深感不利。他如是说道："秦西有巴蜀，大船积粟，起于汶山，浮江已下，至楚三千余里。舫船载卒，一舫载五十人与三月之食。下水而浮，一日行三百余里，里数虽多，然而不费牛马之力，不至十日而拒扞关，扞关惊，则从竟岭而东近城守矣……"扞关，在这里指巴蜀相争时于长江上设置的关口，即后来的瞿塘关。这段话的意思是如果秦军

---

① 当地方言，指老虎。

坐船而下，就会危及楚国的安全，张仪并非多虑，实际上秦伐蜀之后，就是取道岷江去征伐楚国的。

由于四川与湖北的地理关系受长江的影响很大，历史学家徐中舒先生在《巴蜀文化初论》一文中就说："巴楚接壤，巴所受中原影响较多；秦蜀接壤，蜀所受中原影响较少。"他的这段话讲明了交通的巨大作用，南北交通因山而受阻，东西交通因水而畅通。在清朝咸同年间发生的"川盐济楚"，也是影响深远的历史大事件，当时就是因为太平天国截断长江航道，淮盐不能上运，才通过川盐下运来保证湖北一带的民食，而这大力促进了川盐的发展，才有了后来自流井、五通桥等川中大盐镇的迅速崛起。

所以，蜀道难与不难不能一概而论，水陆有别，确实需要两说。李白是第一个说"蜀道难"的人，但明显还是针对北路而言，因为他也有"千里江陵一日还"的诗句，而后一句"轻舟已过万重山"更描画出突破盆地重围的东路交通。要知道，承载这轻舟的就是出川的大江，而行走在这条江中，古人也自然逍遥："上牵百丈下乘流，炊稻羹鱼一叶舟。"

南宋乾道六年（1170年），陆游沿江入蜀，船近三峡一带，正是过去公认的川江与长江分界处。乘客换船也在这里，上则

清代时期岷江上的盐船
清光绪版《四川盐法志》插图

是"千六百斛舟",也即"入峡船";下则是"二千五百斛大舟",运载量差异明显。上峡的船在出行之前,都会有一些充分的准备工作,如修船、祭祀等,陆游在《入蜀记》中记录了上下船之间的差异:"倒樯竿,立橹床。盖上峡惟用橹及百丈[①],不复张帆矣。百丈以巨竹四破为之,大如人臂。予所乘千六百斛舟,凡用橹六枝,百丈两车。"从中能够看到水路蜀道在交通装备上的变化,想当时用"大如人臂"的篾缆拉船,江水之迅猛可见一斑。

陆游在湖北沙市附近换上"嘉州赵青船"。在入峡前,要行祭祀,"舟人杀猪十余口祭神,谓之开头"。而在"舟人分胙"之时,他乘机下船在附近游览一番,写道:"与儿辈登堤观蜀江,乃知李太白《荆门望蜀江》诗'江色绿且明'为善状物也。自离塔子矶(位于湖北鄂州以西),至是始望见巴山。刘宾客有诗云:'巴人泪应猿声落,蜀客船从鸟道回。'"自然,陆游对入蜀是非常期待的,但仍对江险怀有一丝顾虑,所以进入蜀江之前,心中既敬且畏。

《荆门浮舟望蜀江》是李白的出峡之作,他看到的是安安

---

① 即牵船用的篾缆。

静静的一条江,好像什么也没有发生过,激流之后归于平静,由这反差带来的震撼也更为强烈,与陆游入峡前的忐忑迥然不同。当时正是涨桃花水的初春,眼前是一片开阔坦荡的景象,李白这样写道:

> 春水月峡来,浮舟望安极。
> 正是桃花流,依然锦江色。
> 江色绿且明,茫茫与天平。
> 逶迤巴山尽,摇曳楚云行。

既然舟已到了荆州,为何还要望蜀江呢?李白甚至觉得江水连颜色都没有变,这就是同源的记忆,正如前文所述。

有趣的是,两年后的乾道八年(1172年),陆游从秦岭以北的御敌前线回成都,走的是由北向南的陆路。这次他骑驴入川,两相比较,与乘舟大不相同:

> 衣上征尘杂酒痕,远游无处不销魂。
> 此身合是诗人未?细雨骑驴入剑门。

从这也可以看出,出入巴蜀是水路易、陆路难,水路更能牵动一种特殊的情感。作为长江的古正流,历史的岷江上永远有这样一叶轻舟,藏在西戎万山的深处。

六字古法中的水利密码

都江堰市过去叫灌县,灌县因灌江而名,即灌溉之意。《小腆纪传》中说:"江从灌口来,夏秋水涨,阔盈里许。冬春水涸如带,邦人或以河名之。"但这个灌字不简单,直接以"灌"作为地名可能在世界上都颇为罕见。

我对"灌"的最早认识源于我父亲,他曾经在一个山区里的水库工作过十多年,按专业的说法,那个水库处于岷江水系三级支流上的镇江河流域。它离都江堰应该有足足两百里的距离,但都江堰的水却能通过东风渠一路引流到水库里,并用以灌溉附近的三万亩农田。小时候一放暑假我就会去父亲的水库,那个水库有个百米长的库坝,高达六七十米,颇为雄伟。

都江堰全景,远处是安澜索桥
〔美〕张柏林摄于 1909 年

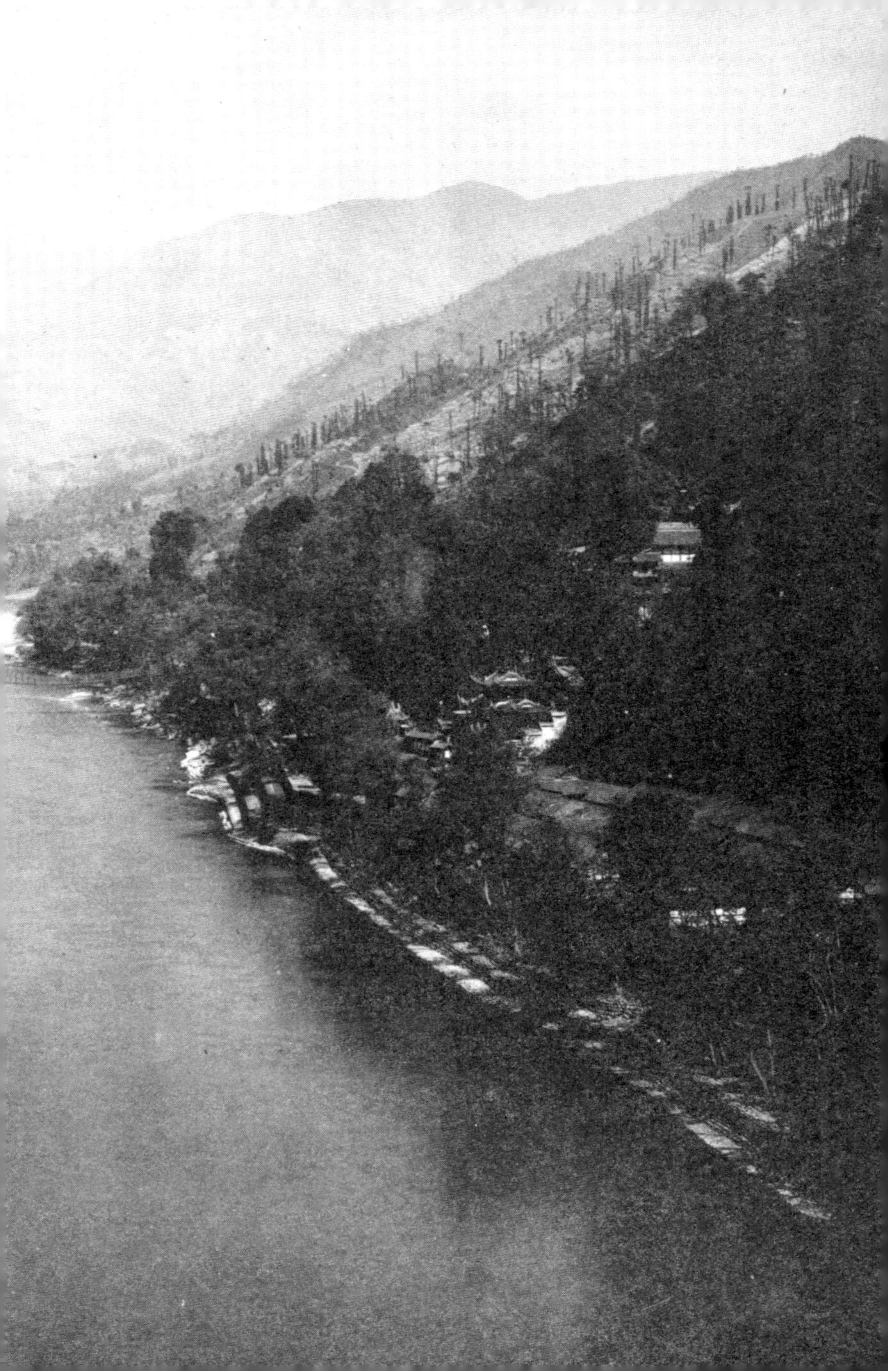

洪水季节，水库有个泄洪口，水会通过泄洪口排出，形成一道悬瀑，壮观之极。所以我从小就知道水库的用处是灌溉，而那个水库跟都江堰有很大的关系，它是都江堰庞大灌溉体系中的一个分支。

灌是都江堰的魂，都江堰让岷江为民所用，为万顷土地所用。都江堰的地理位置得天独厚，而它的重要性也可以佐证岷江绝非一般的江河，清代王人文在《历代都江堰功小传》的序中写道："中国言水利者，蜀最先。大禹，蜀人也；开明，蜀帝也；李冰，蜀守也。"所以都江堰这项古代最大的水利工程之一，是中国早期对河流进行开发利用的实证，而它就在岷江上。

战国时期，秦伐蜀，当时一般的谋士均反对，认为四川是蛮夷之地，没有必要兴师动众，耗费钱财。但秦国将领司马错极力主张，他认为"得其地，足以广国；取其财，足以富民缮兵"。他为什么会得出这样的结论呢？主要还是因为川西坝子的肥沃和岷江的灌溉、通航之利。秦惠文王采纳了司马错的建议。后来的历史印证，司马错的主张是完全正确的。在得到蜀国之后，秦国又对都江堰进行开凿和治理，同样反映出高超的政治军事智慧，后来蜀郡守李冰治水虽然功劳很大，应该说只是贯彻了这一战略思路的结果，他深知治蜀必先治水的道理。

民国时期著名学者姜蕴刚曾称李冰是"世界上最古老、最聪明的水利专家",功劳是"看定治水机要,在于万山之下的灌县地方,由岷江中流凿开离堆以分散水势,以内外二江,然后再设都江堰操纵水力,使其灌溉整个成都平原,由水害转为得水之利"(1940年《新四川月刊》第一卷第十期)。

"治水机要"四个字最为重要,也就是说,李冰在考察了整个岷江流域后,非常准确地发现了岷江流域上这个最为重要的水利枢纽之地。那么,事实是否果真如姜蕴刚所言呢?清朝光绪年间,四川总督丁宝桢对都江堰水利进行修缮,就是随意动了这个"治水机要",从而引来一场风波。

事情是这样的,清光绪六年(1880年),朝廷内阁收到给事中①吴镇的一封奏折,说丁宝桢误听道员丁士彬之言,将灌县离堆拆毁。此事非同小可,事关川西平原的水利和民生,所以接到这份奏折后,朝廷马上派恩承、童华两人前往调查,后又派成都将军恒训督查此事,一时间让地方紧张异常。

那么恒训的督查结果怎样呢?恒训在给朝廷的奏折中反映的问题主要有三点:一是在"分水大鱼嘴,用石条当头陡砌,

---

① 官职名,清代隶属督察院,与御史同为谏官。

加高一丈，一遇盛水，反致冲激漫溢"；二是"原修人字堤金刚墙（即现在的飞沙堰）一百三十丈，冲毁残缺"；三是"离堆当水之冲，已有塌裂之处，设全行冲塌，省门恐为泽国"。（盛康《皇朝经世文续编》）

众所周知，都江堰水利工程最重要的三个地方就是鱼嘴、飞沙堰、宝瓶口，三者的主要功能分别是分水、泄水、排水。而恒训说丁宝桢在这三处都出了问题，这还了得？朝廷要求丁宝桢据实回奏，"如敢意存掩饰，贻误地方，恐该署督不能当此重咎也"。但事实是否如恒训所说的那样呢？后来丁宝桢在《覆陈都江堰工情形疏》中对上述问题悉详陈之，尽力解释，以求公正对待。

丁宝桢（1820—1886年），贵州平远人，咸丰三年（1853年）进士，历任岳州知府、长沙知府、山东巡抚、四川总督等。他为官期间，颇具政声，特别是在山东巡抚任上时，两治黄河水患，攒下了足足的功德和口碑。所以光绪二年（1876年），他到四川后被寄予厚望，刚一到任就干了几件大事：严劾贪吏，建机器局，改革盐法，修都江堰——但就在修都江堰一事上即遇到了非议，而被非议的关键就是把这个千年古堰给修坏了。

在都江堰历史上，历代修堰都要遵循一个古老神秘的六字之法：深淘滩，低作堰。这句话怎么理解呢？曾经当过十年成都水利同知的强望泰，从道光七年（1827年）起就专门管理都江堰，他认为自己做的事是"划都江堰分千支万派，溉十四州县之田，活亿万生灵之命"，责任非常重大。强望泰是一位经验丰富的水利专家，在他的治理下堤坝坚固，沟渠畅通，岷江暂无水潦之虞，下游灌区大大受益，而这都同他能够深刻领会古法治堰的精妙之处有关。

他在《两修都江堰工程纪略序》（盛康《皇朝经世文续编》）中是这样理解"深淘滩，低作堰"的：

> 其云深淘滩者，所以防顺流之沙石，不使淤入内江也。低作堰者，所以使有余之渠水，便于泄入外江也。推明其义，因于是冬兴工，即多加河防，广作笼埂，深去河底之碛石，低砌笼埂之层数。戊子春夏，察看水势，六字之法，觉果有验。旋于各堰，一律如法修治。

其实，这段文字看似简单，实际操办却不容易。强望泰是分析过历史上修堰的经验和教训的，在"延访绅耆，披阅志乘，细绎深思"的基础上，才悟得古人六字之法的奥妙。但真正在

岷江记

实际修堰过程中，还是疑窦丛生："深淘滩"要"深"到什么深度？"低作堰"要"低"到怎样的程度？因为从来就没有一劳永逸的办法，水情年年有变，而堰需年年修，在当时的条件下就得灵活掌握，对水情拿捏得当十分不易。强望泰在擢升他地任职后，仍对都江堰充满了敬畏，认为自己多年的努力远不能说是深谋远虑，"若谓虑远说长，则吾岂敢？"所以他寄望于后贤认真领悟六字古法，活学活用，用心去管理好都江堰。

民国时期，吴江人沈兆奎曾经写过一首题为《都江堰》的诗，读来颇有一番趣味。

> 深淘滩，低作堰，此理自深语自浅。
> 岷水分歧肺叶开，遂令千里成绕衍。

"岷水分歧肺叶开"一句非常之妙，都江堰分水之后，干支流散开，确如张开的肺叶，而分水的关键就是那六个字。丁宝桢所受到的责难其实就是说他没有遵行六字古法，没有找到治水修堰的机要，致使每年洪水来临冲毁河堤，贻害无穷。如吴镇的奏折中就说："都江堰外江淤沙堆塞，地势高于内江丈余，丁宝桢复将内江挖深一丈七八尺，水势全注内江，连年堰工冲

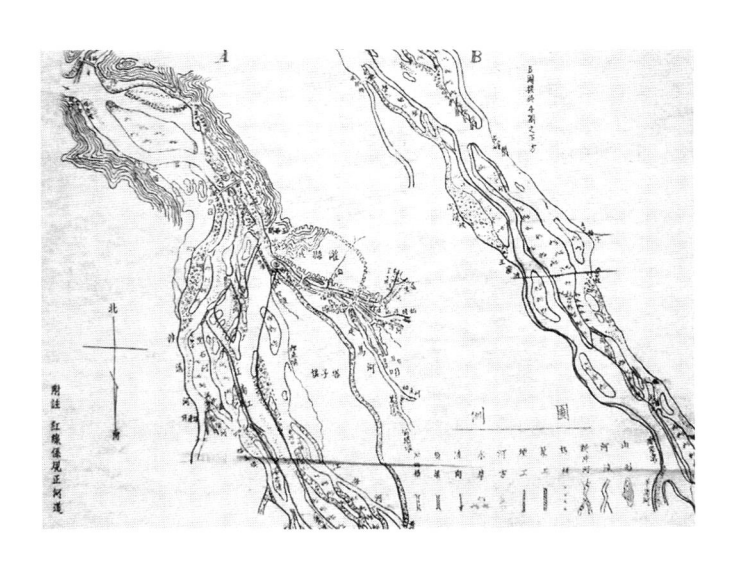

都江堰岁修工程平面图。工程于每年春耕前对河道进行
淘滩、筑堰，以起到清理规整、保证灌区用水的目的
1936年四川省水利局绘制

塌，实由分水不匀所致。"所谓分水不匀，其实就是没有掌握好"深淘滩，低作堰"的精要之处，让内外江失衡，河道受冲。

或许，丁宝桢是真心想为百姓办件好事吧，毕竟他过去是朝野皆知的循吏，故他对恒训的"空言訾诋"感到很震惊，也很委屈，于是自辩道："都江堰之坏，非坏自臣。臣之修堰，并非将河堰迁移而改置之也。亦就其自来形势。为之疏其壅塞，培其堤埂，以顺民之情，而救时之弊耳。"

后来丁宝桢写了《覆陈都江堰工情形疏》一折，一条一条地应答恒训的责难。他在回应恒训"分水大鱼嘴，用石条当头陡砌，加高一丈，一遇盛水，反致冲激漫溢"的指责时说，分水鱼嘴每年都要修，工程却常常偷工减料，装卵石的竹笼一看就很"卑薄"。此处正当岷江正流的要冲，是截水的关键所在，所以建筑材料如果不坚厚高大，根本不能抵御洪水的侵袭。他在鱼嘴之前和两侧加了石笼外护数层，工程效果非常不错，几年来经大水冲击，至今屹立中流，丝毫没有损坏。丁宝桢对恒训的指责有些愤怒，不无讥讽地在奏折中写道："试问加高一丈，盛水犹且冲激漫溢；设再卑薄，则水将驾过鱼嘴二丈以上，是一片汪洋，更何从藉以分水？其漫溢又将何如？"

丁宝桢又对恒训"离堆当水之冲，已有塌裂之处，设全行冲塌，省门恐为泽国"之语进行回应，他说：都江堰的离堆正当江口上，李冰在开凿内江时，特意留了山石一角来对它进行屏障。由于上游山脚有石岩三道，将水一挡后，减小了冲击力，使水不能直接冲击离堆，这是李冰非常高妙的一个设计。但在同治三年（1864年）修堰时，成绵道道员何咸宜误将三道岩全部凿去，致使离堆失去了屏障，第二年洪水一来就把离堆冲塌了一角。后来该县士民极为不安，多次想补砌，但因石头是天生的，人功无能为力，所以他最怕的是补砌一块石头上去后会适得其反，一旦被水冲垮，石头落下去就会堵塞堰口。"臣三年大修时三次亲往查看，亦虑离堆不可久恃，曾与委员等百计筹思，实无善策。"

其实，丁宝桢修都江堰并非没有用心，也非没有尽力，而恒训作为成都将军，手握军政大权，还要参与川边藏区的地方事务，与他在权力上互相制衡，难免不给他挑刺。丁宝桢虽据理力争，仍然被朝廷认为有过错，在政治斗争中暂时处于劣势，从中也可以看出四川总督与成都将军之间的矛盾之深。在《清实录·光绪朝实录》中记录了对此事调查的最终官方定论：

> 丁宝桢办理堤工要务，又值经费支绌之时，宜如

何尽心区画,慎重兴办。乃仅凭丁士彬之言,并不详细考察,率更成法,发帑兴工,以致被水冲刷。又不据实奏陈,迨经降旨询问,仍以人字堤毫无损折等辞,粉饰覆奏,实属办事乖方。

很快就有了相应的处理办法,首先是要求丁宝桢必须"仍守成法",将分水大鱼嘴退修原处,再将外江淤沙淘平,内江深漕平垫,按古法中的"内六外四"来分水,并且"一俟水涸农闲,即行办理"。本来丁宝桢想在修堰上寻求更好的手段,这样一来就不敢轻举妄动了。同时,他那几年费尽苦心的治堰之举被全部否定不说,相关人员也遭到了处罚,成绵龙茂道员丁士彬、灌县知县陆葆德被革职,他自己也降为三品顶戴,只因皇帝顾念丁宝桢过去的功劳,且此事非为个人徇私,是好心办了坏事,所以还是让其继续留任了四川总督一职。

通过这件历史陈案也可以看出,里面虽有政治因素,但丁宝桢的做法多少有些事与愿违,他之不得法,有一己固念,有僭越前贤的地方,不知可否也算是历史认知能力造成的局限呢?比如他擅自加高分水鱼嘴,却没有科学的依据;解决不了离堆受冲毁的危机,对重大问题束手无策;又将飞沙堰易笼为石,想一劳永逸,但实际上那些石笼的作用是增减高度,灵活控制水流,而固定的石头则完全没有起到调剂的作用。这些在当时人看来也都是大忌,是动了都江堰的风水,连丁宝桢自己后来也颇感惶惑,"智绌材短,负疚神明,问心难安者也"。

1942年,老舍流寓四川,曾经游览都江堰,他在二王庙的墙上看到了"深淘滩,低作堰"六个字,也对这六字古法有所思考。虽是文人视角,却非常有趣,不妨将他在《青蓉略记》中的原话录在下面:

> 治水的诀窍只有一个字——"软",水本力猛,遇阻则激而决溃,所以应低作堰,使之轻轻漫过,不至出险。水本急流而下,波涛汹涌,故中设鱼嘴,使分为二,以减其力;分而又分,江乃成渠,力量分散,就有益而无损了。作堰的东西只是用竹编的篮子,盛上大石卵。竹有弹性,而石卵是活动的,都可以用"四两拨千斤"的劲儿对付那惊涛骇浪。用分化与软化对付无情的急流,乖乖的为人们灌田了。

老舍的这番话用了"软"来概述治理都江堰的方法,算是道出了精髓所在，大白话，却有大道理。都江堰水利工程关系着亿万民生，历代对都江堰的治理无不是谨小慎微，不敢贸然擅创新法，这里面有着不少的历史经验和教训，丁宝桢修堰就是其中之一。都江堰有赖天地间的造化，是隐藏千年的水利密码，要破译它困难重重，而人们只能心领神会，相形度势，对岷江水加以引导，而不能凭一己想象行事。"深淘滩，低作堰"的核心是师法自然，人一定要顺服于天，不然就会招来祸患，正如强望泰所说："余不敢诿之于天，不得不师之于古。"

但保守陈法，并不指不作为，通过丁宝桢的故事，我们更应该从一个侧面看到：兴修水利其实是在加固王朝的根基，任何一个千疮百孔的皇权都坚守着这样一条基本的民生底线，而又在之上形成了一套貌似威严的政治道德。陆游在《禹庙赋》中说过"沟浍可以杀人，涛澜作于平地"，这绝非故作惊人之语，不管哪个朝代的皇帝都要重视水利建设，小心翼翼地对待大地上的每一条江河，才能"避其怒，导其驶"。

清朝道光四年（1824年），四川布政使董纯颁布了一道《防旱示》，他为了兴修水利，特地制定了十三条政策，劝谕四川各地筑堰开塘，以防灾害，并"将以水利废兴，定地方官之贤否，为举劾之权衡"。治理不好水，你就甭想保住乌纱帽，将水利之兴与仕途挂钩，一条训令的产生背景和实施效果都是与岷江水利密切相关的，它的利害程度是"以粮民身家计"的。所以，水利之兴废，牵连官吏之升贬，又必然会关系到庶民之祸福。

值得一提的是，有人曾认为六字古法最早是"深淘滩，低则堰"，而非"深淘滩，低作堰"，那个"作"字是后人改的。是否真有其事？清人彭遵泗在《蜀故》一书的"补遗"中有记载：

> 灌县离堆斗鸡台之下堑凿石崖，尺为之画，凡十有一，谓之水则。水及其九则民喜，尽没则民困。傍有石刻八分书"深淘滩，低则堰"六字，皆蜀守李冰所为也。今志改"则堰"为"作堰"，便失其意，亦且不文，书以存古。

所谓"水则"，就是中国古代的水尺。宋代的水则是刻石十画，两画相距一尺。设立水则的目的是观察水位的情况，以起到报汛的作用。"低则堰"的大意可能是水位低的时候便在堰上刻划水则，与"低作堰"迥然有别，一个是记录水情，一个是筑堤防洪。这样说来，难道是人们理解错了？一字之差背后却有玄机重重，当然，这又是另外一个话题了。

四川盆地的一根脐带

有人说,岷江的形状很像只酒爵,也有人说像古代的烛台,给人以无尽的遐想。岷江的水系分布为上中下游三段,每一段河渠纵横交错,或呈树枝型,或现纺锤状,变化繁复,但干流主要保持自北向南的流向,横贯四川腹地。

在历史习惯上,一般把都江堰以上段称为岷江上游,都江堰到乐山段为岷江中游,从乐山到宜宾为岷江下游。

岷江上游一直处在一种比较原始的自然状态下,人烟稀少,支流众多,如漳腊河、牟泥沟、云昌沟、松坪沟、黑水河、杂谷脑河、草坡河、渔子溪、寿溪河、尤溪、湔水等,分布于岷江干流的左、右岸。但与几十年前相比,这些大小河流变化不小，沿途兴修了不少电站，搞水电梯级开发，景象大异。如今，由于旅游需要，公路修进了山里，汶川到九寨沟的道路就基本是沿着岷江在走，这一带风光秀美，特别是在秋季，两岸树木斑斓夺目，蔚为大观。

在岷江上游的大支流中，人们最熟悉的可能是杂谷脑河，河长158公里，藏汉边地的历史为之所系。但这不是最重要的，因为就在它的流域内，风景之美可冠巴蜀。一到秋天，人们纷纷涌进米亚罗沟、毕棚沟、梭罗沟等地去看红叶，而却少有人了解，这些沟壑里斑斓的溪水大都汇到了杂谷脑河中，并从汶川汇入岷江。

岷江水系纵横交错，大的支流达50多条，上游24条，中游12条，下游14条，顾祖禹在《读史方舆纪要》中说："自岷峨而下，沿流以至于夔，不胜其众。"

在上游中，很多看似涓涓细流的小溪小河，发源地各异，流向也与岷江参差交错，常常是悄无声息地钻进了哪座山脉后就消失了一般，但几经周折之后，又神秘地与岷江相汇。比如马尔康的梭磨河，发源于红原县鹧鸪山，南流至丹巴，与小金川相汇后，其下始称大渡河，是大渡河的东源，而大渡河奔赴千里为的只是在乐山大佛脚下与岷江相汇，这个过程可谓百转千回。阿来早年的一本诗集《梭磨河》，写的就是这条河，那些诗篇中听得见小河的流淌。

值得一提的是，也因为上游的地理环境非常复杂，存在不少地理认识上的误区，虽得后人澄清，但由于约定俗成的原因，仍袭其误。比如黑水河，发源于鹧鸪山奶子沟，其实比岷江西源还要长，至干流汇口有207公里长，而朗架岭才149公里，流域面积也相对小一些。但过去没有勘测技术，黑水河弯弯曲曲藏于深山之中，人们对它的河长缺乏认识，更缺乏比较，所以一直将它作为岷江的支流，而实际上它应该是岷江的又一个源头。

岷江最重要的河段是中下游，它是岷江走出高山峡谷，通过成都平原进入四川盆地丘陵区的一段，也可以说是岷江与人类发生密切关系的一段，从未开发的深山沟壑进入到开发后的经济地带，并为农耕的需要形成了完整的灌溉体系。在这一段上，历来人口密集、市镇相连、农耕繁忙、商贸辐辏，岷江流过之处，"十夫有沟，百夫有洫，千夫有浍，万夫有川"，灌溉与河运两旺，沿岸是汲水、浣衣、打鱼的人间景象。

小时候，我生活在岷江中游的一个小城五通桥。小城虽小，却是个非常有意思的地方，它处在乐山与犍为之间，更早的时

岷江边的日常生活：洗衣、淘菜、打水

候是块江湖飞地，在明清时期盐业大兴后才逐渐繁富，成为岷江边最大的盐码头。小城故事多，这个小城最多的就是和岷江有关的记忆，因为它跟岷江的关系太密切了，在我的个人记忆里，就有不少江边的故事。

那时候，吃水还是件困难的事。院子里虽然已经有了自来水管，但用水仍然不方便，经常停水不说，还要排着队等接水。水龙头里常常只有一股细流，细到在滴，接满一桶得等上半天。那时家家户户一般都备了一个大水缸，我八九岁的时候就要去提水，每天把水缸装满是我的任务。水管里没有水的时候就得到河里去挑，大人挑水的地方，也是洗菜洗衣服的地方，还是人们早晨涮马桶的地方。记得那时母亲都是在拥斯江边（岷江在五通桥的内河）洗衣服，哪怕是在冬天。当时母亲患有哮喘，不能沾冷水，但没有办法，再冷也得下水。所以每洗一次衣服，她就会受凉喘上半夜，而我就胆战心惊地听着她的咳嗽声，把被窝捂得紧紧的。

但作为孩子的我们是热爱水的。一到春天，孩子们就会跑去河边舀蝌蚪，装在玻璃瓶中，放在窗台上看。也会采来水葫芦种在水塘里，等它开出蓝色的花，一院子的人都来赏玩。河边有成片的灯芯草，白色髓心抽出来制成火绳，浸入油中当作照明，那些微弱的灯光恍若有灵，摇曳在童年的夜中。

初夏，是到水边摸河蚌的季节。河蚌藏在河滩的软泥里，捉住它们的办法很简单，用脚去踩，一下午要踩好多个。那些蚌壳被扔到岸上，太阳一晒就张开了壳，大人说蚌壳里有珍珠，珍珠在梦里会发光。

河边的芦苇丛里有彩鹬，那是一种斑斓的水鸟，掠过河面啄鱼的动作精彩至极。我用弹绷子打过很多次，从未奏效，只有一次擦着了翅膀，追了很远仍然让它逃走了。河边也能捉到灰褐色的秧鸡，是被人用砂枪打伤了的，落到了岸边。

涨水时节的乐趣最多，那时候岷江里有漂木，从上游林区砍伐后顺江放来，木头漂在水面上，把它们钉在一起做成筏子，就成了一只自由之舟。最怀念在江上光着屁股的感觉，生命就像上游漂来的蔬菜和瓜果一样新鲜而纯朴。恰在这时，端午节如期而至。岷江小城的端午节就是河水节。那时候小城的人家会到河边砍菖蒲挂在门窗上，以避邪气，家家要包粽子，草叶的味道是好闻的，也充满喜气。端午前夕，河上有人早早就在搭大龙船，一艘比一艘好看，争奇斗艳，大人带着小孩把小城转了十八圈。到了端午那天，我们会涌到江边去看划龙舟、抢鸭子，人山人海，锣鼓喧天，江湖之盛莫过于此。

当然，洪水也会如期而至，小城十年之中总会遇到一次大洪水。记得有一回，涨水是在晚上，人们都已经安然入睡，突然就听到有人在喊"涨水啰！""水进屋啰！"全城的人都惊恐地起来抢救东西，只见床下早已漫进了水，小木凳、鞋子、盆子、马桶等都浮了起来，乱成了一团。好在天亮的时候水又退了下去，有惊无险，小孩子在屋檐下居然发现了没有来得及退到水里的螃蟹，他们早忘了洪水的可怕，正把螃蟹放在盆中，看它们互相咬斗呢。但大人们却满脸愁容，正忙着晾晒那些被打湿的衣物，摊了一院子，慌乱之态仍未散去。

洪水带来的灾害，我在小城的史志上看到过不少记载。如最早的一次是北宋太平兴国八年（983年），"七月，岷江水暴涨，八月复涨"。元世祖十五年（1278年），"四望溪大水，三日始退"。清朝时期的记载就更多了，最严重的一次是乾隆五十一年（1786年），"浪头高数丈，漂没居民以万计"。但民国六年（1917年）7月21日的大水比乾隆五十一年的那次洪水还要高八尺，可能是小城历史上最大的一次，"堤防被冲毁，花盐街至四望关一带尽成泽国"。不仅如此，"大震由南而北"，然后是"痢疾流行"。

有水灾，就会有旱灾，这是河流带来的两种极端灾害，也是岷江史的一部分。1937年,家乡就遇上了百年不遇的旱灾,"四望溪干涸、断流,致使船户失业者一万余人,盐不得出,煤不得入,盐场及沫溪河煤矿工人十万人日渐失业"(《五通桥区志》)。大量工人失业,小城陷于凋敝。每遇到这种情况,当地老百姓就要举行一些独特的求雨仪式。据老人讲,过去小城有捉鬼之习俗:如某一天,小城街上突然人声喧动,传来"鬼被捉到了"的叫喊,便见那"鬼"被五花大绑地绑在轿子上了。扮鬼的人穿的是古装,脸上画着脸谱,披头散发,一些小孩还往"鬼"的身上吐口水、扔石子,那些捉鬼的人架着"鬼"在游街,好不热闹。

还有类似的情景,但轿子里抬着的不再是鬼,而变成了石菩萨。怎么回事呢?原来是从山上的庙子里请菩萨下山,祈求河里不要涨大水。很多年前的一天,天气晦暗,只见一群人把菩萨抬到河边,人们便开始烧香磕头,法事做完,四个大汉把菩萨重新抬起向河岸撞去,据说撞出来的印迹可以预示今年的水位,河水是不会超过这个印痕的,菩萨就起到了镇水妖的作用,人们也乐意相信这样的神迹。现在的人们把这些镇妖、祭祀等场面当成具有观赏性的民俗,但在过去却被认为是生存之需,人们需要与河流保持一种神秘的心灵感应。

岷江年年有灾，或涝或旱，但人们仍然要依靠它，它给人们带来了最原始的生存保障。人类早期的文明发源地一般都会靠近河流，岷江也不例外，如都江堰的芒城遗址、新津的宝墩遗址都位于岷江河道附近，这些原始部落选择在近河地带居住实出于其生存的考虑，首先就是要适宜采集食物。在现代考古发掘中，几乎都能够发现与渔猎相关的物件和鱼骨，繁衍生息需要在一定的物质条件下进行，如此文明的火种才得以传递。

每次走在岷江边，无意中看见几只渔船的时候，总感到历史如一团浓影，紧紧围着它们。在江中鱼类日渐稀少的当下，江面的一幕确实常常让我感到很惊异，因为这样的画面太古老了。从捕鱼工具和技能上看，他们是职业的渔夫，不是打鱼爱好者，这使我了然：打鱼可以为生，与旁观者的情趣无关。渔夫是极少极少的一群人，生计前景堪忧，但他们的存在再一次说明：渔猎是人类最为古老的职业，人类的生存从未与江河断绝。

在我小的时候，小城里还有渔社，是个集体单位，有几十号渔夫。他们有时集体出去打鱼，那是一种非常壮观的景象，几十条小渔船同时出现在江面上，两头渔网一拦，中间撒网，两侧用竹竿击水惊吓鱼群，收网之时又放出鱼凫啄鱼，在一阵围追堵截之下，不一会就会鱼虾满仓。那时候，我特别羡慕那

江边渔船
张致忠摄

些渔夫的烹鱼饮酒之乐，后来在很多地方看到岩壁上的雕刻，多有渔猎图，古人烂漫的生活之裕，渔猎必是其中的一部分。

而江河带给我们的远不止这些。自古以来，岷江就是出川入川的黄金水道，如果说四川是个被包裹在盆地里的婴儿，那么岷江就是一根脐带，巴蜀文明的发育、成长，很大程度都靠着这条长长的水路。秦以后，岷江强大的经济运输功能日益凸显，四川沿途的大宗货殖，都是通过岷江一路运送出川，《宋史》中记载："川益诸州金帛及租、市之布，自剑门列传置，分辇负担至嘉州，水运达荆南，自荆南遣纲吏运送京师。"岷江沿途的船运景象也蔚为壮观，"俯视舟航，顺流而下，若脱叶之浮水；车马往来，若蝼蚁之在途"（杨翚《碧云亭记》）。

家乡的岷江边上有个叫西坝的小镇，出产的生姜非常有名，在明朝时就是贡姜。每年春夏之际，正是生姜的销售旺季，当时在我家旁边有个大院子，里面堆满了从西坝的船上运来的姜，中转送往各地。那些生姜装在大袋大袋的麻布口袋里，一层一层码着，整个院子都弥漫着一股生姜的气息，要到夏天过后，船一轮一轮地全部运走，那味道才会消失。但在那一段时间里，附近的家家户户是不缺姜吃的，豆瓣姜丝、仔姜肉丝、葱姜鱼块……物产之丰，谁又在乎你顺手拿几块下厨呢？

我记忆中的岷江上始终有一条运姜船，别人心中的岷江又是什么样呢？或者说，当我们在谈论岷江时，别人的心中有没有一条运姜船？因为面对的是一条大江，它的历史和地理都存在着巨大的变迁，那些变迁是由一幅幅复杂、动态的画面组成的，我们也许只能捕捉到其中极小的部分，把它们存放在大脑的沟回里，让其保持着显影前的液态，偶尔"冲洗"出来而已。

岷江没有跨疆的分界，基本是一条完整的河流。这是因为秦以后的岷江没出现区域的分割，流经地区主要都在四川省内，这也是它被称为川江的原因。跟世界上很多河流相比，岷江的地理角色是相对单纯的，不像澜沧江流出中国境内后改叫湄公河；更不似莱茵河横穿欧洲，流经不同的国家，民族、风俗、经济、文化存在着诸多差异。当然，岷江流域也曾是一个有着复杂族群共存的历史性地区，过去曾笼统地称之为西戎蜀羌，岷江上游地区是藏、羌、汉等多民族的杂居之地，而中下游是叟、僚、僰等原始部落族群大量存在的区域，处在荒服之列。这点我们可以从岷江水系干支流名字的变化中看出，比如青衣江的名字来源于青衣羌，大渡河曾经叫"蛮江"，岷江宜宾段曾经叫"僰江"。所以岷江沿岸居民虽然主要以汉族为主，但并非一个在文化上完全同质化的区域，它至今还保存着文化生态上的差异性。

在岷江边上，特别是中下游地区，江边岩洞中还保存着大量的汉代崖墓。当时这一地区主要是大量羌人、僰人、獠人先后聚居的地方，所以墓葬也带着族群的生活特点，死后一般都是选择在崖壁上凿洞安葬。而到唐宋后，我们又会看到在同一地区的江边山壁上出现了大量的摩崖造像，有人说这是通过"蜀身毒道"（身毒：音 yuān dú，即古印度）流进四川的外来文化，而"蜀身毒道"分为南、西二道，南道就是岷江道，沿江而来的痕迹就在摩崖造像上体现了出来。这两种不同时期出现的不同文化现象，反映出隋唐前后岷江中下游流域聚居群落的改变。

实际上，这一江段也是岷江沿线大小城镇集中崛起、人口大量迁入、文明进程较快的地区。这点我们可以通过犍为郡的变迁来看。犍为郡是西汉武帝大规模经略西南夷后设置的，为"三蜀"之一，张岱在《夜航船》中讲"成都为蜀都，汉高分置广汉，汉武分置犍为"。蜀郡、广汉郡和犍为郡构成了四川最早的版图，现在的四川境域大概就是由此变迁而来。《水经注·江水》中说三蜀"土地沃美，人士隽乂"，也就是说这里是当时西南一带最好的地方，乃开化之地。

犍为郡最早的郡治在鳖县（贵州遵义），后来地盘不断扩充，郡治移到南广（云南盐津）；汉昭帝时又移治僰道（四川宜宾），后再移至武阳（四川彭山），此时管辖的范围非常之大，甚至包括了都江堰在内的岷江上游大片地区。唐肃宗时期，犍为郡的治所迁到了嘉州（四川乐山），但很快又被废掉，只在乐山区域留存其名，这就是现在的犍为县。由一个历史上的大郡变为一个小县，可谓经历了千年巨变，但在汉昭帝后的郡治中，僰道、武阳、嘉州都在岷江边，依江设城其实是为了顺江而治，而犍为郡的版图无论怎么演变，都还是依托于岷江这条线。

　　岷江有着深不可测的历史容量，而它的广阔也为人生启幕。小时候我常常站在岷江码头上看那些来来往往的船只，总有一种想到很远的地方去的冲动，江河之远与少年之思，是岷江给我的人生第一课。而人们在更多的时候会用历史学、地理学、人类学、社会学的眼光来看它，但这只是人类视角下的岷江，我们更应该知道它是自由的，不受羁绊的，它穿过溪谷和平畴大地，与自然、现实、神圣汇聚在一起，成为一条永恒的河流。

　　而我和岷江的记忆间永远有一条小鱼，有时沉潜于江水，有时又游进我的生活，并发出粼粼之光。

一座江城的记忆

法国学者吕西安·费弗尔（1878—1965年）有一个观点，认为人类与河流之间是彼此塑造的。他在《莱茵河》一书中曾经说道："人固然要力求自己适应莱茵河，莱茵河也不应被设想为数千年来丝毫未受人类干预的一条河流。"

其实，我们可以把这句话中的莱茵河换为岷江，沿江的城市从诞生到发展都可以理解为一段依托在岷江基础之上的变迁史，而这些城市的存在又反过来在不同程度上影响过岷江。在都江堰离堆和乐山乌尤山，都曾经有开凿引流的人工痕迹，那是人类改变江河的一些例子，当然最为明显的还是江边的城市，它们是人类活动最为直接的实证。正如费弗尔把沿岸的城市称为"莱茵河城市"一样，岷江沿岸也有很多"岷江城市"，现在岷江流域有三十多个大大小小可以称为岷江城市的地方。唯一的不同是"莱茵河城市"有着国家的边界，而"岷江城市"只有历史上曾经存在的郡州界限，相对而言政治、军事、民族差异要少很多。这些城市明显与没有江河的城市有很大的不同，江水给这些城市的风物特性、气候变化、建筑风貌、物流运输等都带来了巨大的影响。

《汉书·沟洫志》中说："古首立国居民，疆理土地，必遗川泽之分，度水势所不及。"这句话的意思是过去建立城邦，首先需要考虑江河的因素，人类自来就有栖水而居的习惯，很多城市在筑城之始都选择建在河畔水边。在岷江沿线有几个非常重要的城市，除成都外，在上游地区最重要的城市是都江堰，在中游地带是乐山，下游是宜宾。它们既是地理上的节点，又是地域文化的代表，三个地方各具特色，但在岷江文化的集大成上，我更愿意来谈谈乐山。

乐山是大渡河、岷江、青衣江这三条江的汇合地，岷江在此处才真正呈现出泱泱之象。清人王沄在《蜀游纪略》中说："岷江至嘉州始大，大渡河水来会之，蜀舟皆集焉，一都会也。"作为一座江城，乐山地位特殊，文化底蕴深厚，江河的意义自然不可或缺。可以说没有江河对乐山的塑形,乐山很可能就是一个普通的城市,但三条大江汇于一处让它卓然而立于四川盆地,其地理景观撼动人心,江河如此剧烈地演化于一地,在全世界都少见。清人在《嘉州府志》中也不无自豪地说:

> 岷江从北来,绕出郡背,青衣、凉山诸水自西来会之。萦回冲激,郡宛中央。凭高瞩目,豁然大观。九峰秀如芙蓉,屏拥其左,三峨翠若列眉,鼎峙其右。控西南夷之襟喉,为东北路之要会。明秀雄胜,果甲全蜀也。

江河对城市的影响,我们可以通过历代城市中与江河相依相存的人类活动记载,来揭开其中隐藏的秘密。

乐山最早有族群活动的传说是从鳖灵开始的,古蜀的历史也与之有关。扬雄在《蜀王本纪》中讲了一段他的故事:

> 荆有一人,名鳖灵,其尸亡去,荆人求之不得。鳖灵尸随江水上至郫,遂活,与望帝相见。望帝以鳖灵为相。时玉山出水,若尧之洪水。望帝不能治,使

鳖灵决玉山，民得安处。

这段神话传说讲的是什么意思呢？它讲的是鳖灵从湖北漂到郫县后复活，见到了望帝，即被授以相位。这个神人到四川就是为了当官吗？不是，他是来治水的。于是"岷江水患平，蜀民安处，勤于耕稼"，后来他就接替了望帝的位置，成为丛帝。望、丛二帝是最早的蜀王，在先秦古蜀国时期，不会治水不可以立国。

但是，有不少学者就认为扬雄说的这不对呀，鳖灵应该是先溯水到乐山，然后才北上成都，即便"浮尸"也必经乐山，这才是正常的逻辑。然而那毕竟只是传说而已，我们的祖先都是些神仙一般的人，不会拘泥于我辈凡俗的想法。自此，乐山便有了"开明故治"的说法。如果真是这样，鳖灵可能就成了乐山最早的城市建设者，而他出现的意义还体现在治水这件事上。

当然，鳖灵留下了什么不可考，文字记载极少，他所处的时代也被有些人称为"传说时代"，但这个懂水的湖北人与城市之间营造起一种可供后人想象的历史寓意。作为一座江城，乐山得江河之利，"上通成都，下达渝夔。雅河通雅安、天全，铜河通峨边、金川。为水陆要冲，商埠之盛，甲于川南"（民国版《乐山县志》)。但也受江河之害，明代安磐就在《江城记》中写道："吾州介山水中，西北刊山为城，东南滨水而堤，堤即城也。三水皆汛急，皆会州东南，皆能为州城患，而沫为最。夏秋之交，常平城。"利与害，是水于一个城市的两种面目。

安磐（1483—1527年）是嘉州人，明弘治年间进士，曾任吏、兵等科给事中，相当于中央办公厅的司局级干部，爱上谏，"有直声"。他既然是乐山人，自然对家乡非常关注，而他所处的明朝，正当嘉州的城市建设进入比较成熟的时期，州城格局豁然，安磐的《江城记》留下了这一时期修筑城墙的详细过程。

明万历时期，嘉州"石城周一千七百丈，门十，曰三江（今会江）、观阳（今为涵春）、定波（今为福泉）、拱辰、北上（今为迎恩）、瞻峨、来薰、望洋、育贤、崇明（今为丽正）。门各有楼，楼名各如其门"。当时的城中又修建了很多街道，如州前街、布市街、大什字、土桥正街、馆驿街、小什字、白水街、砖街、河街、书院街、梓潼街、育贤街、白塔街、高水井街、学堂街、走马街、西河街等，这些街道有些仍然保留在老城之中，古代街道的脉络依稀可见。

其中，像河街、西河街这些临江的街道是江城特有的，过去在筑城之初主要依滨水而建，后来由于水患的影响，有些建筑设施就迁到了位置高一些的地方。在清朝的时候，嘉州的米市、盐市、柴市、猪市都是在江边的沙坝上，地方空旷，也便于舟船运输；但问题也多，一旦涨水，把沙坝淹没了，就得换到其他地方。如米市"水涸沙坝，涨则大什字"，盐市"水涸沙坝，涨则馆驿街"，柴市"沙坝、接官亭，涨则皇华台"，猪市"水涸则观阳门外，涨则养济院"（清康熙版《嘉定府志》），从这些集市的变动可以看出江水对城市生活的影响。

岷江对建筑也有影响，最明显的是现在位于乐山月咡塘的文庙。乐山文庙是古代嘉州"州学"的重要公共建筑，至今犹存，武汉大学在抗战时期曾把校本部西迁到这里。但文庙最早的位置并不在这里，而是临近低矮位置的江边，"州学在岸南数十步，以今计之，正当中流"，因为常有江水"平城"的威胁，明代时就迁到了高标山下的一个半山坡上，以躲避水患。明万历的《嘉定州志》中记载有这一迁移的过程：

> 儒学洪武初在州之西南，本宋元旧址，同知杨励重修。二十七年（1394年），啮于水，知州杨重钦、学正李敏迁建于方响洞上。正统十一年（1446

乐山文庙，为避水患它从江边搬迁到高标山脚下
〔英〕亨利·威尔逊 1908 年摄

年),同知柳芳、学正黎浩迁明伦堂于后山。天顺八年(1464年),训导曾智具奏迁今地,盖高标山之凤翼左掖也。

文庙的迁移,是明代嘉州非常重要的一件事情,大概人们在江水和孔子面前有着同样的敬畏,薪火相传也需要有城邦之固,这也是安磐要写一篇《江城记》的原因。当时的安磐远在京畿,按说是政务繁忙,但他却非常关心家乡的事情,特别是治水一事,想来有不少洪水漫城的经历和记忆曾让他揪心。

正德六年(1511年),刚上任不久的嘉州州守胡准就遇到了洪水,"州县戒严",但这个人是个能臣,遂想根治水患,还民平安。这时的嘉州城堤是几十年前州守魏翰兴修的,"岁久而木朽石倾,而地削",他要重修就得下大力,而非小敲小打。正德八年(1513年),胡准开始动工修城堤,这在当时绝对是项浩大的工程。胡准既然下定了决心,就要大干一场,嘉州历史上最大的一次修堤工程开始了。但刚修了一半,就遇到大水降临,所有人都非常担心,怕功亏一篑。当时,"大水卒至,叫跳冲击,漫浸者三日,州人相视失色"。胡准一定是在终日忧心忡忡中度过的,他知道如果堤垮了,乌纱帽不保不说,老百姓也得给他骂死，留下千古罪名。但是，"既水落，城石无分寸移动。民益欢呼"。洪水检验了工程的质量，城市安然无恙，安磐也大为感动，于是挥笔写了《江城记》。

安磐记录下了嘉州修堤工程的整个情况：

> 八年（1513年）仲冬望日始事，掘地深八尺，万杵齐下，砌石厚凡八尺，以附于土；编柏为栅，以附于石。栅之外，仍卫以土石。自栅而上，东城高凡十有四尺，南城高凡十有六尺，厚则以渐而杀。上置女墙，高凡五尺，延袤凡六千余尺。凡石必方整，合石必以灰。

> 是役凡用夫万人，木工百人，铁工五十人，石工一千二百人，工皆计日而给饩与直。铁万斤，柏万株，灰百万石，石百万余片，运石之舟百艘，白金二千五百余两，米六千余斛。

城堤修好后不久，胡准就调走了，所谓流官就是这个意思。但他的事业未竟呀，实际上胡准只修了东南方向的城堤，解决了大渡河、岷江的水患问题，而西北方向并没有动，这就只有留待后人了。好在十几年后，即明嘉靖甲申年（1524年），州守李辅"昼夜董率，肆厥心力"，在胡准的基础上又修建了城堤、城门。两次大修，李辅也功不可没，他在亲自指挥民工刊木叠石之后，让嘉州城墙体系更为坚固、完整，既能抗水患，也有军事防卫的功能，而嘉州这个水陆都会似乎在此时才有了比较稳固的保障，成为岷江中下游最重要的江城。

明代嘉州人程启充也仿安磐写了一篇《嘉定州修城记》，其中记录有这一次修建的花费："是役也，铁工百有五十，石工五千，丁夫万有五千，僧夫九百。石材百有三十万万，灰半之，铁三半之。计廪则万二千斛，运石之艘五百，白金之出三千有奇。民匠之直取诸乎里中，积二万万算。"

投入如此大的人力物力，嘉州城是不是就可以一劳永逸了呢？答案是否定的。正德年间修好的城堤，可谓是优质工程，用了一百年，到万历年间也还是出现了问题，虽然一直修修补补，始终无法得到彻底的解决。

> 东南二城滨水，成弘间屡筑屡颓。正德十三年（1518年），知州胡侯准深固其基而厚叠以石，坚致完密，屹然金汤，今近百年。奈西水暴悍，而东城一

民国时期的乐山城。岷江与大渡河在此交汇，合江处即为肖公嘴

岷江记

带又为内水浸灌，时有倾塌，而补葺之竟不如胡侯坚矣。良由费窘石少，而监工者又不无虫蠧其中也。

到了清朝，嘉州城几乎在每一朝都得到不同程度的修葺，但江水对城堤的破坏却从来没有中断过，再坚硬的事物也经不起日光流年的无情剥蚀。

及至现在，在我的记忆中，乐山在20世纪末前又大修过一次城堤，最大的变化是肖公嘴。肖公嘴的来历颇有些意思。肖公指的是江西人肖伯轩、肖祥叔、肖天任公孙三代，他们被称为水神，曾经护佑过郑和下西洋，后人为表纪念在各地均建有肖公庙。乐山肖公嘴乃江中之尖角，形如鱼嘴，正好处于岷江与大渡河的交汇处，大水一来常常被冲得暴牙裂齿，后来人们修建了敬奉肖公的庙观，以肖公来镇水护舟，此地也由此得名。

清人程穆庵在《府江棹歌》（《四川近百年诗话》）中有诗句："大峨秀拔九峰横，三水东南汇郡城。明发换船过佛脚，沫漾黄浊府江清。"说的就是肖公嘴这个地方的景观。肖公嘴地处大江汇合之地，河面一半清一半黄，而从这里下去江面变宽，河道变深，过去走水路都要在此处换船。肖公嘴正对闻名世界的乐山大佛，舟船一般都停靠在岷江东岸一带，旅人可登岸进城。而船要过佛脚，船夫必先在附近做一番停顿和休整，上走成都，下行叙府，岷江地理在此陡然一变。

乐山大佛是中国第一大摩崖造像，气势撼人，要说镇水，肖公就是小巫见大巫了。大佛当年是为镇江而凿，为的是"杀水"，但菩萨面带微笑，绝无杀意。过去民间有个说法，说一旦洪水漫过大佛的脚背（当地人叫"大佛洗脚"），乐山城就要遭殃，所以要借用一种神明的力量来征服江河。修建大佛用了近百年的时间，工程浩大，一座巨佛巍峨而立，历经三代工匠的修建，体现了人们改变岷江的雄心。在整个岷江流域中，唯此处气象最大，所以大佛也称"大象"，唐五代诗人齐己在给嘉州郡守欧阳彬的诗中写道："大象影和山面落，两江声合郡前流。"

大佛下即为佛头滩，范成大到此也曾大为惊叹。他在《吴船录》中说："佛足去江数步，惊涛怒号，汹涌过前，不可安立正视，今谓之佛头滩。佛阁正面三峨，余三面皆佳山，众江错流诸山间，登临之胜，自西州来，始见此耳。"洪水时节，大佛脚下的江面确是一道壮阔的风景，江水汹涌浩荡，强悍之极，野莽之极，可以荡涤胸中杂草，释放出一种豪放的人生快意。

但有人会对大佛的存在产生一个疑问：当年要下那么大的

决心，耗费那么大的人力物力，在长达近百年的时间中做这样一件事情，到底为的是什么呢？我想这可能说明人们对水患的恐惧之甚，到了非得修建一尊巨佛来镇水的程度，要不人们就只有选择离开这个地方，另择芳洲。大佛虽然为海通和尚倡导开建，但后来经过官帑民资的大力支持才得以建成，它的济世价值其实是大于宗教价值的，这可能又是解读江城的另一种角度。更重要的是，大佛因此成为这个城市建城史的一部分，也可以说是岷江史的一部分。

作为一个岷江城市，乐山不仅仅有绵远而深厚的历史叙事，更有平凡而真实的日常生活，而岷江像一条隐形的线索串联起了无数的记忆。20世纪50年代，我的父母因为特殊的经历同时来到这座江城，青春的相逢和命运的相济让人生的河流在这里交融，而我的童年也从此与岷江相连。待到长大成人，我已经离开了童年生长的地方去往他乡，但命运又再次把我拉回到这里。我妻子那时在乐山读书，学校就在江边，我们常常沿着大渡河边的公路一直散步到斑竹湾，江边有成片的木筏。我们就跑到摇晃的木筏上去划水，看江上的船，而人是那样年轻，水中倒映着蓝天白云。后来发现，我每一次来到这座城市都仿佛在一种记忆中游走，记忆会像一片落叶、一滴雨珠一样

乐山是岷江上最大的水运枢纽,也是最大的岷江城市,过往船只很多会选择在此地停泊。对岸即为世界闻名的乐山大佛

〔美〕张柏林摄于1909年3月

让我停下来。历史的岷江与个人的岷江在此交织，我无数次地来往于岷江边，想在时空中寻找那些残留的岁月痕迹，它们也许就是我们前世留于今生的唯一信息。

江城往事如烟，总有一些让人不能忘怀。抗战时期，武汉大学西迁乐山，台湾学者齐邦媛当年就在此求学，三江水为她的青春故事布下了一幕苍茫的背景，在一个人同一条河流的关系上，也常常有岁月一样的深不可测和隐秘不言，直到化为永恒的乡愁。在齐邦媛《巨流河》一书中，"三江汇合处"这一章节极为出彩，我想，如果没有这一章，这本书就会失去魂魄，落入平淡——乐山为她的人生带来了最为动人的片段。作为一个流落异乡的少女，她对江城的记忆是如此独特，让我忍不住在这里与读者再次分享她的文字，这些文字里有岁月的忧伤，也有记忆中我们对那个业已失去的江城的怀念：

> 坐在河岸那里，晴天时远远看得见青衣江上帆船顺流而下，后面是无垠的江天。青衣江至今仍引人遐想，千年前李白初过乐山，有诗《峨眉山月歌》："峨眉山月半轮秋，影入平羌江水流。夜发清溪向三峡，思君不见下渝州。"平羌就是青衣江。……这来自神

秘西康邛崃山脉初融的雪河,注入在我脚下浊流汹涌、咆哮的大渡河后,左转流进岷江,在山岬角冲击之后,到了全城取水的水西门外,江水变得清澈,流过唐朝依山所建高七十一米的大佛脚下,温柔回荡,从没有浑浊的时候,天晴正午可以隐约看见江中横过一条清浊的分界。

面对这样壮丽的江山,不由得我不千百遍地念着张若虚《春江花月夜》中的"江畔何人初见月,江月何年初照人"的诗句,我自知如此渺小,如此无知,又如此仿徨无依;但是我也许是最早临此江流,背诵英国诗人济慈的中国女子吧。我沿着自己那一段河岸前前后后地踱着,背诵着济慈的《夜莺颂》《希腊古瓮颂》《秋颂》……

旧时岷江鱼

岷江里有些什么鱼？这是个有趣的问题。

《马可·波罗游记》中说"都江水系，川流甚急，川中多鱼，船舶往来甚众"，记述了元世祖至元年间四川地区的水产状况；但是，"多鱼"之多却没有具体的表述，不知道多到什么程度，有些什么样的鱼？苏洵在《丙申岁余在京师乡人陈景回自南来弃其官得太》中说："岷山之阳土如腴，江水清滑多鲤鱼。"似乎也可作为一证。

现在人们吃鱼以鲢、鳙、草、青为主，多为人工繁殖饲养，与古人有很大的差异。一条大江中的鱼因环境、习性而异，地理跨度也使不同区段中的鱼不尽相同，特别是这几十年来河流巨变，鱼的种类、生长状况变化也大，所以从历史的角度来品品岷江的鱼是个新鲜的话题，但若要得到清晰的描述，还得先从岷江上游说起。

岷江上游处在青藏高原东缘，地形非常复杂，滩沱众多，水流湍急，那里并不适合所有鱼种的生存，却是一些特有鱼种的天堂。如虎嘉鱼，冰川时期残存的冷水性鱼类，但已濒临灭绝；山鳅、石爬鮡、四川鮡等也是非常珍稀的品类。如今在四川的一些餐馆中常能吃到石爬鮡（俗称"石爬子"），但都是人工喂养的，野生的常栖息于山涧溪河多砾石的急流滩底，很难捕获。

据科研调查，岷江上游有鱼类28种，其中虎嘉鱼、多带高原鳅、重口裂腹鱼、松潘裸鲤、青石爬鮡、四川鮡这6种被列为重点保护鱼类。丁瑞华在《岷江上游鱼类及保护问题》一文中分析说："（岷江上游）（1）鱼类区系成分较简单，与岷江中下游比较，种类较少，特别是鲤科鱼类显著减少。（2）明显具有青藏高原鱼类区系特点，与岷江中下游差异很大。（3）与岷江中下游和青藏高原鱼类相比，具有明显的过渡性特点。一些鲤科、平鳍鳅科和鲶科的种同时与鳅科和裂腹鱼类共同分布于此。"

灌县（今四川都江堰市）处于岷江上游，在清乾隆版的《灌县志》中记载的水族有：嘉鱼、虎鱼、鲤鱼、鲫鱼、鲢鱼、鳝鱼、鳅、虾、黄颡头（四川俗称"黄辣丁"）。

嘉鱼是细鳞鱼，"似鲤""肉嫩味美""其冬不出灌境"。其实嘉鱼是取善鱼之义，并不是专指一种鱼，而是对一大类肉质细嫩的淡水鱼的统称，也有人把嘉鱼解释为美好的鱼。《诗·小雅·南有嘉鱼》中说："南有嘉鱼，烝然罩罩。君子有酒，嘉宾式燕以乐。"有鱼有酒，在古人看来那是人生的一大乐事。虎鱼，"亦嘉鱼类也，但有齿如锉食鱼，故名"。此种鱼寄生于激流或洞穴，多以虾、蟹、蛤类为食。

《灌县志》的记载并不丰富，这同当地的地理位置、渔产状况分不开。但在当地有种传说中的鱼，叫"伏龙观鱼"，顾名思义，它是都江堰伏龙观下的一种鱼。"每有群鱼游深潭面，仅露背鬣，其大若牛。投以石，鱼亦不惊，人亦不敢取，盖异物也。"是什么鱼"其大若牛"呢？让人难以想象，估计有不少民间传说的成分。

但到了岷江中下游，水生物种群的情况就有了很大的变化。为了更好地了解历史中岷江鱼的情况，我查寻了岷江－大渡河水系一段文献档案，选择了三个点来考察：夹江、乐山、犍为，它们正好集中处于岷江流域的中游附近，特别是乐山乃三江汇合之地，鱼类资源最为丰富，通过这三地在150里水域内的记载，能够比较清晰地看到岷江过去鱼类的生存状况。

夹江处在岷江-大渡河支流的青衣江边，渔业兴旺，清代对渔户征渔课"银一两二钱二分五厘"。在清朝嘉庆十八年版的《夹江县志》"鱼之属"中记载的水生族类有：

鲤、细鳞鲤、白甲、青博（也称青波，学名中华倒刺鲃）、鲫、鲢、桃花鱼、七星鱼（即乌鱼）、鱼舅、鳝（即鳝鱼）、虾、黑头鱼。

到了一百多年后的民国二十四年（1935年），修撰的《夹江县志》中又增补了不少品种：

红梢、金串鱼、三白、墨线、沙钓、锯婆鱼（即鳜鱼）、娃娃鱼（即大鲵）。

可以看出，这些种类与岷江上游有很大的区别，当时的人们对鱼类的认识十分有限，没有目、科、属、种的细分，很多称呼只是对外形的描述。如白甲、墨线、红梢等，很难确切知道它们到底是什么鱼。没有科学的描述，难免产生歧解，如白甲是"头丰唇厚，鳞青色，以临江产者佳"，墨线是"似白条而腹大，背青黑色，以腰际有一条黑线得名"。形似者不少，很难分辨。

与之相比，民国二十三年（1934年）《乐山县志》中的记载就明显要细致很多：

墨头鱼、鱼舅、江团、客朗鱼、泉水鱼、临江鱼、嘉鱼、鲤、鲭鱼、鲨沤鱼、船汀鱼、鳡、鳛（即泥鳅）、鳜、鯈鱼、墨线鱼、白甲、土凤、鲫、江鮀、桃花鱼、鮠、鳗鲡、鳢鱼、黄颡、细鳞、魡鱼、江鳅、芦花鱼、纳中鱼。

此处鱼类种群的丰富可能跟三江合流有很大的关系。青衣江和大渡河都是大江，特别是大渡河，有上千里的流程，流域面积7.77万平方公里，流经区域众多，为岷江带来不少新的鱼种。如泉水鱼就是来自大渡河，《乐山县志》上描述它"出沫水（大渡河别称），上至福禄场一带河边洞穴，似墨鱼而小，口在颌下，重只数两，多脂膏，春秋出洞，食石浆，秋入洞则肥"。

青衣江也为岷江带来了特产，如一些"嘉鱼"，"出青衣水，长身细鳞，肉白如玉，味不甚佳，被丙穴之嘉鱼也"。

在清代文人张瑞的《铜雅河鱼诗话》中有这样一段话："乾隆辛巳（1761年），嘉州水涨，满河皆鱼。"这说明了铜河（即大渡河）、雅河（即青衣江）对岷江干流的影响，它们为岷江带来了丰富的鱼类。当年陆游在乐山也写过《江涨》一诗，能看到河水涨后，满河皆鱼的景象："江发蛮夷涨，山添雨雪流。大声吹地转，高浪蹴天浮。鱼鳖为人得，蛟龙不自谋。"岷江流经乐山，此江段恰处于岷江中下游的节点上，是鱼类最为丰富的区域，在河鲜食材的丰富性上也以此地为胜。

犍为处在乐山的下游，两地相距50公里左右，是岷江上一个重要的小城，过去它的渔业非常兴盛，清代对渔户要征渔课"银一两五分"。民国二十六年（1937年）的《犍为县志》中记载如下：

鳞类：泉水鱼、鲤、鲶鱼、鲫、桃花鱼、鱼舅、龙眼鱼、青波、黄鲫。

无鳞类：江鳗、鳝、黄勒丁（即黄颡）、鲢、鳅（即泥鳅）、七星鱼、人鱼（即娃娃鱼）。

稍作比较就可以发现很多名字都是民间称呼，且各地不一样，实为一种鱼。如黄颡，其实就是黄辣丁，现在到处都能见到，餐厅都以"野生黄辣丁"招徕顾客，但大多是人工饲养。不过因它肉质细嫩，川人以香辣、泡椒、水煮等法烹制，成了一道名馔，以岷江上游新津一带最为有名。又如七星鱼也叫鳢鱼，在民间叫乌鱼，为何叫七星鱼呢？"首有七星，夜朝北斗。"葱爆乌鱼片也是一道美食。

犍为已在岷江下游，河床渐宽，上溯鱼类时有出没。在《犍为县志》中还记载了一些河海双栖的鱼类，如鲙鱼，又称白鳞鱼、银鱼，《博物志》中说："吴王江行食鱼脍，弃残余于水，化为鱼，名脍残。"当然，这仅仅是传说，不足取信。实际上鲙鱼是一种季节性的鱼类，初夏成群上溯游到长江、岷江里产卵繁殖、生长，秋冬时又洄游至海边，它们在岷江上游极难见到，有喜暖的习性。鲙鱼的味道非常鲜美，也不易得，过去有"南鲥北鲙"之说，怪不得日本人山川早水在《巴蜀》中说他在四川吃到的鱼"其味颇似海鲜之味"。

另外，在文献中有不少鱼名是古称，比较生僻，今人多不解。比如鳡，实际就是鳝鱼，有些地方把它称为泥猴。又如黄鲫，"黄鲫类水鸡"，《闽中海错疏》中说："水鸡可食，味不及石鳞，黄鲫可食，味不及水鸡。"其实，水鸡就是虎纹蛙，黄鲫可能就是类蛙的一种鱼类。

值得一说的是，在三地的记载中，都有一种叫"鱼舅"的鱼，而且据《嘉定府志》中的记载，说它味道之佳居"诸鱼之冠"。

"鱼舅"是一个谜。"鱼舅"只在岷江中出现，《广舆记》中说它只在"嘉州出"，其他地方均无记载，可能是岷江中游特有的鱼。明朝杨慎曾说："嘉州鱼舅，载新厥名，鳞鳞迎媵，夫岂其甥，其文实鲦，江图可徵。"（《异鱼图赞·鱼舅》）什么意思呢？"媵"是过去的一种婚嫁制度，即女儿出嫁时，岳家必须以同姓女辈陪嫁，陪嫁过去的姊妹，自然属于媵妾，遂成为古代对于乱伦的隐晦说法。在《犍为县志》中也有类似记载："鱼舅，俗名烧火老鱼。"所谓"烧火老"，在民间是贬义词，指老不正经。

但杨慎认为"鱼舅"应该是鲦鱼，《尔雅注疏》中称其为"海鱼也"。鲦鱼是鲥鱼的一种，这种鱼的出没似与时节相应，从海中来，徐岳在《见闻录》中说："鲥鱼虽江鲜，实海错也，故其溯大江而上，来必有时。"所以此鱼非常难见，渔家不易捕到，售价可与黄金比，清人黎士宏在《仁恕堂笔记》中就说："鮰鱼初出时，率千钱一尾，非达官巨贾，不得沾箸。"从这点上看，被奉为"诸鱼之冠"的"鱼舅"倒确实有点像鮰鱼。

然而吊诡的是，我在翻阅地方史料的时候，发现此鱼在明万历的《嘉定府志》中有记录，但在康熙时的《嘉定府志》就没有了，后来的志书只是存目而已，说明到清朝后这种鱼就不见了，今人更是不知道它乃何方神物。但在文人的诗歌中还有它的身影，如乾隆时期山东人宫去矜在《嘉州》一诗中就写道："三江会足底，九顶接眉梁。潮落罾鱼舅，年登赛竹郎。"这个"罾"是一种河边用网搬鱼的方式，当地又叫"搬罾"。宫去矜的弟弟宫去恣当时是嘉定知府，他曾因此到乐山一游，估计也听闻不少当地风物，并以鱼舅入诗，以示新奇。

在过去，普通人家其实是很难吃到鱼的。鱼的价钱不菲，能够经常吃鱼的大概都是富裕阶层，所以嘉州的鱼市跟其他集市就有些不同，主要体现在买卖关系上。清康熙版《嘉定州志》中说鱼商是"常不入市，坐索昂值"，鱼一到货，马上就有人上门买走，不愁销路。

以上提及的均是县志关于岷江鱼的单独记载，那么把区域放大一点，又是什么情况呢？当时嘉定府要管辖从眉山到犍为这一大片地域，水路超过三百里，岷江中下游有一大段在其境内，我们可以通过明万历版《嘉定州志》的记载来看整个嘉州地区的水产状况：

墨头、鱼舅、江团、客朗鱼、泉水鱼、临江鱼、纳中鱼、鲤、鲫、嘉鱼、黄颡、鲢、鳜、白条、鲵鱼、芦花鱼、鳗、桃花鱼、虾。

应该说上述水生群类基本同三地的记载相似，但由于河流环境的细微变化，有个别品种出现或者增减，遂形成一地的特产。清同治三年（1864年）编撰的《嘉定府志》又有些变化，记载甚简，远不如县志丰富。但它只择其重点，除鱼舅、黑头鱼、嘉鱼外，其他鱼均较为常见，可以理解是以大宗水生群类来概括了这一地区的渔产状况：

鱼舅、鲤、江鳅、鲢、江条、白鳝、桃花鱼、黑头鱼、嘉鱼。

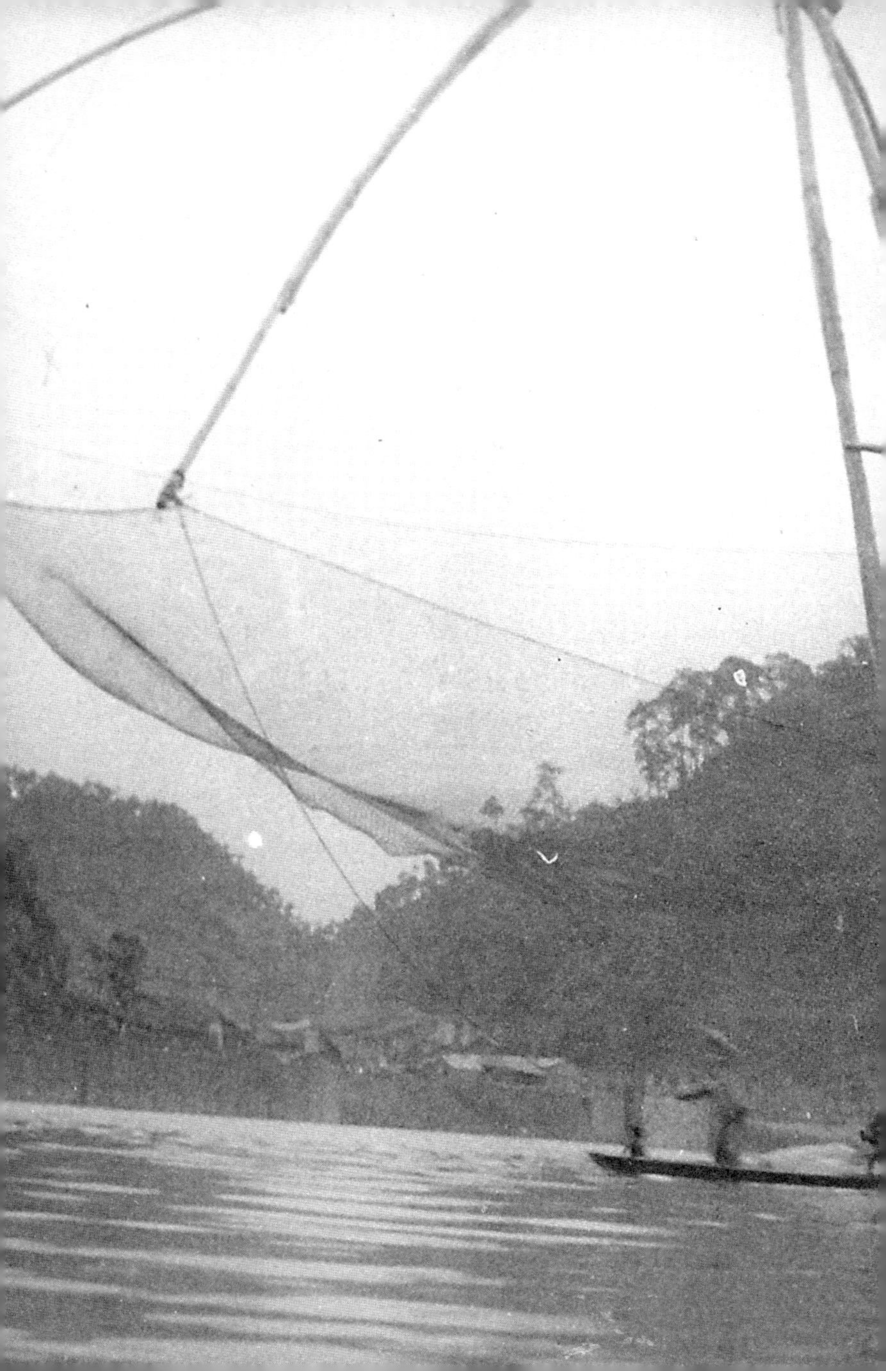

搬罾——岷江边的一种打鱼方式
乐山市档案馆供图

记得我们小的时候,最容易钓到的是"江条",俗称"串串""翘壳",一群群地浮在水面,银光闪闪,一晃即全部消失;最容易撮到的是江鳅,扁着裤腿用撮箕去撮,我们叫它"鲶胡子",它确有两根长长的胡须,小时候我们常常牵着胡须将它吊在空中,觉得好玩;最喜欢的是钓到桃花鱼,"味美备五色,三月水浅可得"。但是,这个志书记载明显忽略了当地一些不常见品种,如客朗鱼,"似鲫,肉嫩而美,不易得";又如船汀鱼,"名渡父,似吹沙(鲨沤鱼)而小,体圆色黄黑,有斑";再如临江鱼,"出临江溪,洁而美,大不盈三尺"。其实,在岷江中还存在着大量一般人叫不出名字的鱼类,如深涧中的奇花野果,渔家也不怎么辨识它们,只是笼统地称为"杂鱼儿"。

记得有一年,我在犍为县岷江河边吃过一回"杂鱼儿",客人在岸边喝茶剥瓜子,渔家在江边小船上撒网打鱼,不足一个小时,鱼便打上了一篓,一看,五花八门的野鱼都在里面;待洗净下锅,有的还在跳,得赶紧盖上锅盖;一烹熟上桌,香气扑面而来,味道是鲜美无比。现在想来,这里面会不会就有客朗鱼、船汀鱼、临江鱼呢?

岷江江岸下多洞穴,而鱼常常潜伏在这些深底洞穴之中,被称为丙穴鱼。所谓丙穴鱼,泛指秋冬后藏在洞穴中养肥的鱼;"丙"指的是阳气初升之时,一般来说,二三月正是吃这些鱼的好时节。乐山有不少丙穴鱼,如泉水鱼,"春初出洞食石浆,秋入洞则肥";又如江鮀,当地人称之为肥鮀,"腹多脂,肠无粪渣,细鳞肉白,缝丙出穴"。陆游在乐山时特别喜欢吃这种鱼,诗中常有对丙穴鱼的赞美,如:"玉食峨眉栮,金齑丙穴鱼"(《思蜀》),"堆盘丙穴鱼腴美,下箸峨眉栮脯珍"(《梦蜀》)。

在丙穴鱼中,有一种称之为"黑头鱼""翰墨鱼""墨头鱼"的本土鱼。据说"黑头鱼"只产在凌云山下,为乐山独有,王渔洋在《蜀道驿程记》中说:"立春后泛子,渔人以灯火照之,辄止不去。"袁子让在《二山志》中也道:"墨鱼头在大佛沱,春初出,上止龙泓,下止乌尤。"不过这个说法还是有些绝对,实际上"黑头鱼"在附近江域中都能见到,如青衣江边的夹江县就有,"及入岁二月至,惟郭璞台有之,今县亦有"(《夹江县志》)。

关于"黑头鱼"有一个美丽的传说,据说当年山上有文士郭璞注《尔雅》,鱼在山脚下游荡,思接渊鱼,墨水不小心翻倒进了江中,鱼食墨后变成了墨鱼。这个传说好生疯狂,惹得我小时候每到大佛山游览,就会伸头去岩下的江中探个究竟,也想倒点墨水下去喂喂鱼。

光绪举人王兰生有诗《嘉阳行船曲》，描写的是捕"黑头鱼"的场景，诗中说有对勤劳善良的小夫妇日日穿梭在这段水面上，而小娘子心里甜蜜蜜的，想的是"为郎网得墨鱼香"：

三江江水汇平羌，暮暮朝朝打桨忙。
郎在船头妾船尾，一凡隔断船中央。
何须三水开明镜，懒与三峨斗远妆。
日日乌牛山下去，为郎网得墨鱼香。

不过，诗人的想象与劳苦大众几无关联，他们有没有这样的浪漫要另当别论，反正我是不太相信的。

"黑头鱼"的味道如何？龙为霖在《食墨鱼感赋》中说："市之罗缕脍，芳鲜妙无匹；吞之遂潜化，如蚀神仙迹。"吃墨鱼的最佳时间是每年初春，所以詹荣在《嘉州竹枝词》中说："三月初三春浪暖，人人争买墨鱼尝。"

岷江里有多少鱼？这又是个有趣的问题。

岷江干流有700多里长，据1975年的鱼类资源调查，共有116种鱼类，但要在数量上作数学统计却是不可能的，毕竟

乐山岷江边的渔船，渔船旁是捕鱼工具
〔英〕亨利·威尔逊 1908 年摄

鱼类的繁衍生长是个变量，太过于变幻莫测了。但是，我们可以通过一个地方来观察，在1935年编撰的《犍为县志》中有一张《犍为县鳞介产额统计表》，就对岷江犍为段每年捕获的渔产进行了统计，其中鲤鱼86 400斤、鲫鱼87 202斤、鲢鱼18 660斤、鳅鱼17 000斤、鳝鱼18 202斤、大小杂鱼98 360斤、龟4 850斤、鳖3 881斤、虾4 589斤、蟹1 095斤。

这个统计表是怎么来的呢？"系就岷江流域及各有名流溪，据调查所得，前后二三年产额斤数比较，实有如此之多。至陂塘沟池，年约产万余斤。田鱼一项，随处皆有，不过零星细微，难得整数，统计全境每年约产三万余斤以上。合表列数，实得五十万斤之谱。"也就是说，除掉田鱼和龟、鳖、虾、蟹，犍为县一年纯粹的岷江所产之鱼也不下四十万斤，那么加上岷江边十几个主要县级以上城市来计算，过去岷江每年捕鱼要超过四百万斤，而这些都是地道的野生鱼，以如今江河的状况是绝对不会再有昔时的盛景了。

风烟望五津：古渡记

从古至今，岷江边的渡口、码头之多，无人能够说出确数，这是因为岷江水系遍布四川，大大小小的支流有百条以上，有名有姓的都难以计数，更不要说那些叫不出名字的野渡、野码头了。

但在过去，岷江上最有名的渡口有五个，它们是东晋常璩在《华阳国志·蜀志》中说的"五津"："其大江湔堰下至犍为有五津，始曰白华津，二曰万里津，三曰江首津，四曰涉头津，五曰江南津。"在汉代以前，过了这五个从都江堰到彭山县的渡口，感觉就要出川了，故"五津"有蜀道漫漫的寓意。而王勃《送杜少府之任蜀州》中的名句"城阙辅三秦，风烟望五津"，让这五个渡口留在了历史的诗意记忆里。

那么，这"五津"如今在哪里呢？因为时间久远，文献稀缺，没有确切的记载，所以后人只能耐心考据以寻找答案。刘琳在《华阳国志校注》中分析道：白华津在温江县三渡水；万里津即新津县邓公场渡口；江首津即新津县东南白果渡；涉头津在彭山县北二十里的双江渡；江南津则在其南。但这个推断是否准确仍待考，这且不管，关键是常璩这段话后面还有一句："入犍为有汉安桥、玉津、东沮津。"这就把"五津"变为了"七津"，又加入了玉津、东沮津。所以，清嘉庆版《犍为县志》中说："江水入犍为有二津，曰玉津、东沮津，与蜀都五津通为七津。"

这两个渡口又位于何处？常璩是东晋人，当时的犍为郡治在武阳（即今彭山县），所以他说的这些渡口大致都在武阳附近，包括汉安桥，"（犍为）郡去成都百五十里，渡大江。昔人作大桥曰汉安桥，长一里半。"但后来玉津、东沮津的位置发生了很大的变化，也就不再在彭山一带了，这是因为犍为郡治又移到了僰道（今宜宾），后又移到了嘉州。就在这些变迁中，过去的一些地名也跟着在变。在历史上，同一个地名移到附近或者更远的地方是很正常的事情，方国瑜先生在《中国西南历史地理考释》一书中就讲过:"每一地名之产生、改变以及消失,都有一定的历史条件,反映历史在一定空间的活动。"但有一点是肯定的,那就是这七津都在岷江上,它们的变化只会是在岷江沿江区位上的变动。

那么,后来的玉津、东沮津是不是消失得无影无踪呢?不是,玉津实际就在现在的乐山五通桥观音镇一带,而东沮津应该在玉津以下。这个推断又是如何得来的呢?这得先从玉津的历史说起。

隋朝大业十一年(615年),距离现在四川省乐山市不到十公里的岷江边,突然出现了一个玉津县。这是当年隋炀帝实行改州为郡,并以郡统县后出现的新事物。于是,同处在岷江边的犍为县被一分为三,"分县地置玉津县"。

为什么取名叫玉津县呢?"玉津者,以江出璧玉,故名。"但有没有受之前那个玉津渡的影响,或者说是否是名字移动到了此地还无确据。

玉津县的位置——"导江(即岷江)在县西五里",也就是说玉津渡口就在县城外五里的岷江边。当年陆游路过这里时还写过一首《舟过玉津》的诗,其中有一句"玻璃江上送残春,叠鼓催帆过玉津",说明这里曾有足观的市廛景象吸引过他。

不过，陆游的玉津与常璩说的玉津已非同一地，其名可能只是从东晋移到了宋代，而我相信中间的关联依然是存在的。

玉津在朝代的变迁中也留下了一些端倪。唐代，玉津县的建置基本没有变化，只是从隶属眉州郡变成了隶属嘉州管辖。但一到宋代，情况就变了，北宋乾德四年（966年），改玉津县为玉津镇，重新并入犍为县。后来犍为县的治所也随即移到了玉津镇。直到元代至大四年（1311年），犍为县治所才搬到现在的犍为县城，玉津这个名字也随之从历史版图上消失了。

2017年深秋的一天，我到岷江边寻找古玉津，来到了乐山冠英镇岷江边一个叫下码头的地方。这里一直是当地人下渡、起岸之处，过去粮食、盐巴、柴禾、百货、牲畜等都是靠这里进出。相隔不远还有个南瓜渡，正好在一个河湾上，我仔细观察了附近的地形，又找当地居民了解，大致可以猜测过去的古玉津码头就在附近区域内。在岸边走动的时候，我一直想发现一些过去的痕迹，幸运的是就遇上了一件事。

那天，我无意中在岸边发现了一块埋在地里的石碑。一看就知道是有些年头的东西，便请农民用锄头撬开，掘起后又用水冲洗，上面居然出现了依稀的碑文，认真细读后断定是一块庙碑。我想，这块碑说明附近曾经有座寺庙，那座消失的寺庙是哪个时期的呢？它是否与古玉津存在着一些关联呢？实际上我在十多年前就来到过这里，那时还能看到有小船渡河，河边也有当地人背着背篼、挑着担在此等渡。如今，前面不远的地方新修了大桥，渡口自然就废弃了。但一个千年古渡，说消失就消失了，还是让人颇为感叹。

值得一提的是，按照古书记载古玉津县岸边还有一个"王波渡"。这个地方离乐山大概有二十里水路，范成大曾经在这里住宿过一夜，还对这个渡口颇感兴趣，作了一番考证，认为"王波渡"应该叫"王皤渡"："（从嘉州佛头滩出发）仅行二十里，至王波渡宿。蜀中称尊老者为波，祖及外祖皆曰波，又有所谓天波、日波、月波、雷波者，皆尊之之称，此王波盖王老或王翁也。"

作为四川制置使的范成大掌管军政大权，对四川的地理应该是比较熟悉的。第二天，他记载的行程是沿着岷江向下，"四十里至罗护镇""百里至犍为县"。罗护镇即今乐山市五通桥区桥沟镇，在唐朝时是一个军镇，设以抵御边夷。根据与罗护镇、犍为县的距离，可以推断出王波渡就在玉津县城岸边，而那时玉津尚属于南宋王朝的地盘，王波渡会不会就是玉津渡的民间称呼呢？

玉津县存在了六百八十多年，应该说当时已经有了一套完整的城镇格局，而作为县治，自然应该有街道、衙门、庙宇、民居、堂馆等建筑物遗留下来。那天，我在冠英镇上溜达了半天，也没有找到任何一点玉津遗县的痕迹，那些老街看上去固然也有些年代，但都是清末以后的建筑，且其中穿错其间的大多是近三十年新建的各种楼房，让安静的小镇显得有些浮躁不安。

很难想象这样一座古城为历史所疏忽，更不要说一个小小的渡口。

不过，玉津县令宋白倒是留下了玉津的一些记忆。宋白（936—1012年）是位大文人，被誉为"北宋五凤"之一，他走上仕途的第一站就是玉津，当时年仅三十岁。宋白写过"梅雪初销腊酒香，嘉州属县且寻芳""春风麦陇连蛮芉，细雨梨花间海棠""最念春风赏酒处，梅酸笋翠后溪头"等诗句，让沉没于历史深处的玉津古城在诗意中复活，想来那个已经消失的渡口就应该藏在这样的美景中。

玉津古渡处在乐山以下岷江右岸，受三江汇合的影响，江面宽阔。清人张传耜曾经写过一首《玉津观涨》，可以感受到玉津在春汛来临前后江面的变化，实际上这就是桃花水后的岷

江下游水情:

> 成都城外濯锦江,岷峨雪消初滥觞。
> 嘉州以下合黎雅,入犍为境尤汪洋。

但这首诗颇有些奇特,玉津早就不存在了,张传耜却仍然用了玉津这个古名,这让民国时期编撰《犍为县志》的老先生们颇感不爽,认为他厚古薄今,"在清世,曾以榷税最裕,官民皆富,复有金犍为之称号。然诗人则少引谈犍为,而多赞赏玉津,此亦奇闻"。这说明玉津虽已不在,但其名却一直留到了今天,也可视作对历史的一种追怀吧。

宋白在玉津还写过《春》一诗:"隔岸黄鹂语,当轩白鸟斜。晚来风紧处,飞絮满人家。"诗中景色还在吗?在,真真实实地在。站在古玉津县岸边,如今的江边还能看到这样一番景象:芦苇成片,飞絮满天,江水碧青,流淌不息——我想这景致即便放在古代也是美的,或者说它本身就是一直延续到今天的古代美景。

在"七津"之中,只有玉津的位置是可寻的,而其他六津在一千多年历史中,有的可能已经改了多次名字,有的变移了

岷江记

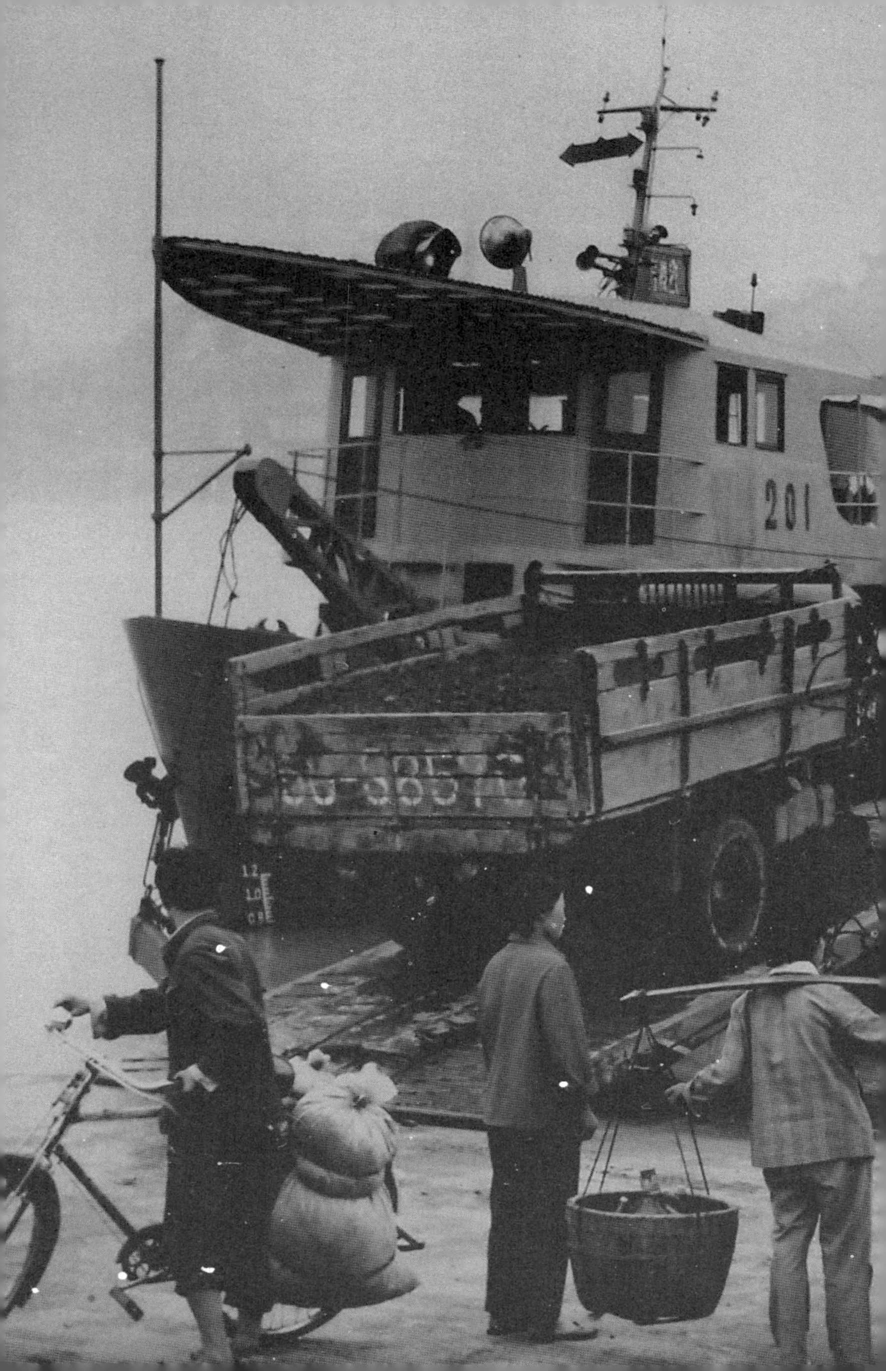
201

20世纪80年代初的岷江汽轮渡船
乐山市档案馆供图

方位，有的早已消失……一切均为尘埃吞没。实际上，就是保留下来的古渡口也命运堪忧，基本都被现代桥梁所取代，常常被遗弃而任其毁坏，甚至被人为拆除。这让我想起2018年夏天在夹江县木城镇青衣江边的遭遇，我亲眼看到千年南安古渡正被挖掘机挖掉，当年筑堤的坚固条石全部被掀起，暴露在干涸的河床上，然后被大卡车运走，尸骨无存。

东沮津消失于何时不确，但它的位置倒是可以作一番猜想。如果东沮津也随玉津一起迁移，那么它应该还在玉津以南，照此推断它大概出现于乐山五通桥方圆几十里地内。这一带茫溪汇入岷江，形成了有名的桥滩二地。如果按照字面意思，东沮意即岷江东岸的低滩，很有可能指的就是现在的竹根滩、四望关一带。

当然，这些猜想源于童年时期对岷江渡口的记忆。在过去，竹根滩、四望关之间就是大渡口，且是岷江上最大的盐码头。记得过去每年夏季潮汛来临，江水汹涌，江上的舟桥被渡船取代，乡人则凭借一条来回摆渡的大船过河，船在上游百米处的岸边系着一根粗绳，以免被洪水冲走，这种老式的渡船在八十年代都还存在。

有意思的是，现在我家居然与岷江支流上的一个渡口相邻，即位于锦江边望江公园附近的玉女津。《小腆纪传》中说："玉女津，在锦江南岸。水极清澈，石栏周环，久属蜀藩为制笺处。"这段话说明玉女二字跟唐代女诗人薛涛有关，现代人知道的不多，但在过去东出成都，坐船出川，必得经过这个玉女津，甚至行人要在玉女津附近住一宿，第二天才真正上路。玉女津也是古人设宴送别的地方，据说不远处薛涛井的水"极为纯美"，清朝四川总督每日都要派人在此取水；山川早水在四川考察了一年零四个月后于1906年离开成都时，也"暂停上岸，取薛涛井水"(《巴蜀》)，情意甚殷。如果坐一条船从玉女津出发，就一定要经过玉津、东沮津，这在过去是一条漫长的水路。在清朝光绪时有个叫王兰生的文人，住在锦江边，过着"织锦闲时学捕鱼"的生活。他在《锦江遣怀》中描绘昔时玉女津两岸的景色："春锄照水疏疏白，御麦摇风细细香。"可惜恬静的风光一去不返，河岸早已被林立的高楼大厦占据。

  过去，岷江上的津渡众多，在水运发达的年代渡口承担着重要的交通功能。仅就乐山境内而言，大的就有西津渡（后称斑竹湾渡）、草鞋渡（宋代叫燕津）、青衣津（后称半边街渡）、保平渡（明清时叫东津渡）、凌云渡等。渡口上有"渡夫"，其中一些渡夫的薪酬还被纳入当朝政府的年度"财政预算"中，如康熙版《嘉定府志》就记载:"横梁渡夫四名,每名工食银七两二钱,共银二十八两八钱。""雅河渡夫二名,每名工食银七两二钱,共银一十四两四钱。"

渡口又分官渡和义渡,渡中是江湖。而渡口也常常是风光秀美之地,成为当地的一道名景,如"灌阳(都江堰)十景"中有"白沙晚渡","犍为十景"中有"孝渡流芳"。渡口往往有着中国画中古韵,一抹夕阳、一片芦苇、几只飞禽,让人意绪飞扬。但随着陆路交通的发展,航船的功能明显退化,内陆河运尤甚,现在的人们很难再有渡口相关的记忆,当然也就鲜能体验坐船那种缓慢而悠然的意趣了。

从旧江河中开来的慢船

读美国作家梭罗的《河上一周》,这本书是他1839年在康科德河与梅里马克河上的乘舟旅行游记。梭罗以《瓦尔登湖》闻名于世,这本书算是它的姐妹篇,也可以说是其自然主义文学的起步之作。泛舟河上,梭罗用真实而细腻的笔调对沿河的生态环境进行了翔实的描写,探究精神与自然的关系,并引入更为深沉的哲学思考。这样的书在中国难见,书中涉及的科学知识和人文思想为同时代的中国作家所缺乏,也体现了近代以前中西文化的巨大差距。

但是,关于江河的个人游记在中国历来不缺,特别是明清以来,文人雅士纷纷将方舆、形胜、物产、人物等纳入视野,内容之丰富大大优于前代，也出现了不少有价值的文本。岷江也不例外，著述林林总总，文字中对航道、航线及沿途滩沱、灌口、码头、城镇的历史记载并不鲜见。愈到近代愈加丰富，个人的书信、诗文、影像等旅行记录纷纷出现，而后一部分可能更具独特的人文价值，它们往往能为社会学、人类学、历史学的研究提供很多鲜活的细节。

从古至今，留在岷江上的诗文无数，成为名篇的也不少，岷江可以说是一条文学的河流。在内陆河流中，岷江经过的四川处在一个极为特殊的地理位置上，从川西高原到成都平原，再到川南丘陵，岷江一路迂回于大断裂带，又穿过四川腹地，深入盆地周围的崇山峻岭，沿途风光秀美绝伦，实为很多河流不及，而无数的诗情画意就是这样被源源不断催发出来的。张船山在乾隆年间沿岷江水路出川赴京就职的过程中，就写有一首叫作《嘉定舟中作》的诗："平羌江水绿迢遥，梦冷峨眉雪未消。爱看汉嘉山万叠，一山奇处一停桡。"所谓"停桡"正是为两岸景色流连、停驻，岷江之美由此可见。

在古代行舟岷江，无事可干，喝酒写诗可能是一种消遣的方式，正如苏东坡说的："舟中无事，博弈饮酒，非所以为闺门之欢；而山川之秀美，风俗之朴陋，贤人君子之遗迹，与凡耳目之所接者，杂然有触于中，而发为咏叹。"(《南行前集》)这段话是他在"己亥之岁"游历湖北的一番感受。苏轼一生长期宦居他乡，多次出川，在岷江上留下的诗词也反映了他的人生轨迹。如经过乐山的时候他写下"锦水细不见，蛮江清更怜。奔腾过佛脚，旷荡造平川"(《初发嘉州》)，诗中提到的锦水(岷江)、蛮江(大渡河)、乐山大佛，正是岷江中游三江汇合处的景象，宽阔而浩荡，能够看到他面对一个新鲜世界时的欢快心境。

女性一般不会像男人一样喝酒行乐、放纵无羁，但往往会多一些思乡之类的小情绪。唐代女诗人薛涛就曾写道："峨眉山下水如油，怜我心同不系舟。何日片帆离锦浦，棹声齐唱发中流。"(《乡思》)杜甫笔下的岷江则是另外一番景象："细草微风岸，危樯独夜舟。星垂平野阔，月涌大江流。"(《旅夜抒怀》)他写出了永恒的孤独之感。诗人的人生际遇不同，与景物之间的融合就会不同，因而意境迥异。但不管怎样，岷江带来的诗情画意是一笔丰厚的山水美学财富。

水上航行是缓慢的，但缓慢也是一种韵味，被拉长的时间让整个世界都慢了下来，而慢的意义应该从多方面来考量。退回去五十年，中国的航船技术还非常落后，特别是民用这一块

民国时期岷江上的游船

基本停留在古代水平，江上的木船没有动力装备，非常原始，使得岷江上的航行是一个漫长的过程。以成都到乐山为例，现在的高速公路用时1小时，二十年前的公路大概需要4小时，过去坐船大概需要数日，1906年日本人中野孤山在旅行日记中就说："从蜀都的锦江解缆出发，顺流急航大概需要三天的时间才能到达。"（《游蜀杂俎》）而民国教育家侯鸿鉴在1933年的旅行耗时更长，坐了七天的船才到达。请注意，这还是下行顺流的时间，要是上行不知要走多少天。

1912年，郭沫若远离家乡乐山，坐船去成都，在这一过程中他写下一首别母的诗："阿母心悲切，送儿直上舟；泪枯唯刮眼，滩转不回头；流水深深恨，云山叠叠愁；难忘江畔语，休作异邦游。"（《舟中偶成》）这是走上水时写下的，少年的离愁被空旷的江面放大了，那时的岷江之行真不是件容易的事情。上游与下游的距离虽然从现代交通技术来看并不是很远，但从心里却产生了一种杳渺的感觉，事实上就在明朝以前，乐山城外还经常有边夷侵扰，乐山处于盆周丘陵地带，在过去与成都平原有明显的风俗之隔。

岷江上的航行记录中，以范成大的《吴船录》最为有名。但他以文言记之，寥寥几笔，不免简略，如"放船过青衣，入湖湘峡，由平羌旧县至嘉州，日未晡"。相比之下，民国之后的文字有了白话文的纪实性，且细节也更为详备，如侯鸿鉴的旅行日记就较为完整，能看到人在船上的思想和活动，特别是沿途的口岸、码头、哨卡，以及风景、民俗都记录得较为翔实，颇具研究价值，我们不妨来分享一下他在1933年的岷江之旅。

他的行程是从成都开始的。

"二十三日晨起……约九点钟始上船，午餐后始开船。行过九眼桥税卡，停舟纳税。……三点钟，过望江楼、崇丽阁。……四点钟，舟至三瓦窑停泊。"还没有天黑，船就不走了，可能是水情莫测，船家不敢贸然行船，但这一日仅行了十里水路，按现在的交通情况来看，还没出成都的三环路。

船到了苏码头。苏码头在双流正兴镇，过去是个繁华的地方，商贾云集，如今水运衰落后，市镇落寞，只有当地的"正兴泥鳅"还让人记挂，这也是得益于岷江边之食味独特。但此时的侯鸿鉴仍然还在成都郊区行走，这段水路仍然叫府河。这天他走了五十里水路，感到极为不爽，因为四川的叶子烟熏得他难受，"川省人民吸烟者多，舟中烟榻三，吞吐云雾，时令人目眩心醉"。

船至黄龙溪。侯鸿鉴这样描写这个小镇："户口约有三百五十余户,因往来船舶过往或停泊,人烟稠密,遂为华阳县属东路之大镇也。"现在的黄龙溪已经成为旅游胜地,跟他当年见到的小镇是天壤之别。不过他看到的镇江寺仍然在,当年是"法鼓神锣,道家打醮",现在仍然香火旺盛。黄龙溪离成都市区只有半小时车程,如今周末度假的人不少,都是在江边茶馆里喝茶打牌,河风吹拂,一派成都坝子的安逸享乐气息。但当时的侯鸿鉴觉得自己处于"荒凉寂寞之环境中",这一夜,他"望灯火之凄怆,神为之沮"。

船泊江口。此地值得一说,自都江堰分流后,江分几支,一支流入成都州县,"过府城北折而南,经双流,入眉州,会于大江者,成都人谓之内江"(顾祖禹《读史方舆纪要》)。而内外江就合于江口,从成都坐船出发,就是在这里汇入岷江干流。江口的地理位置极为重要,在历史上可谓是一块风云之地,一个天然的关口,战争、迁徙、贸易、运输等均与它相系。其中,最为有名的是江口沉银的传说,俞忠良的《流贼张献忠祸蜀记》中有这样一段记载,说张献忠在成都建立大西政权,自己做了皇帝,搜刮民财无数,后来清军南下,他感到战争形势不利,决定撤出成都,遂"率贼营男妇百余万,操舟数千,蔽岷江而下。都督杨展起兵逆击之,战于彭山之江口。官兵枪铳弩矢百道俱发，贼舟多焚，所掠金玉珠宝及银鞘数千万，悉沉江底"。

江中沉银这段传说得到了近年来考古发掘的佐证，文物数量惊人，里面有大量的耳环、镯子、戒指等首饰，大西王国的宫廷生活裸露于水底荒滩。但张献忠在转移的过程中是否带走了所有的金银财宝仍是一个问号，彭孙贻在《平寇志》说："（张献忠）用法移锦江而涸其流，下穿数仞，实黄金瑶宝，累亿万，杀人夫，下土石填之，然后决堤放水，名曰'水藏'。"也就是说，张献忠当时可能另藏下不少财宝，而这些财宝仍然深埋在岷江江底的某一段中。

历史上在此有过一场大战，风谲云诡，但侯鸿鉴的这一天却过得极为平淡，他只记下了一件船上发生的事：同船有个姓吴的伙计喝醉了酒，"登岸饮酒而略有醉意，上船，即与乘客有言语之龃龉"并动起了手脚，"惹起某某二君之怒以木遥掷之"，于是船主为了平息风波，就把这个人赶紧叫走了，吴姓者便"肩铺盖而回府去矣"。

晨起开船，过彭山县，"停舟验关"。过去船行江上有不少关卡，收取各种税费，船家要排队办理，而行客只能在船上等候。过眉山，到王家渡，又遇到"停舟验关"，有税捐局稽征所设点于此。当天晚上船宿太平场,仍然在眉山境内,该场"有观音庙,香火亦盛。居户亦有三四百家……市街之茶馆、赌场、烟馆甚多"。从彭山到眉山这一段水路过去又叫玻璃江,乡人苏东坡有诗云:"相望六十里,共饮玻璃江。"

这一段,范成大在《吴船录》中也留有记录,如下:

> 辰初,以小舟下彭山,己、未已到,与孥累船会。即解维,午后,至眉州城外江,即玻璃江也。冬时水色如此。方夏,潦怒涛涨,皆黄流耳。江上小山名蟆颐,川原平远似江、浙间。

遇夜雨,舟迟发。到青神县,又"停舟验关"。过汉阳坝,此地是岷江上非常有名的大码头,是三县九乡汇集之地。小镇上的"汉阳丝市"曾经与成都簇桥丝市齐名,但已经是过去的事情了,现在人们只记得它的"汉阳鸡",肉质鲜嫩,只需井水柴火白煮,好吃嘴儿常常寻觅于此。其实,过去的旅行之中人们常常要停船到岸上去买一些东西吃,借以打发时光。在1940年的《旅行杂志》上曾刊登一篇方菲女士所写的散文《岷江上》,里面讲到了坐船的一些感受。她写道:"走过一个城市或是小镇的时候,便停下上岸去四面逛逛,买些食物回船",而"船夫一个一个的提着酒壶,背上插着烟杆,上岸寻赌局去了"。

是日,侯鸿鉴停舟板桥溪。此处乃一唐代古驿,如今是个破旧小镇,这同岷江航运的衰落是相关的。但在过去,这里是平羌三峡的峡口处,《蜀中名胜记》中说"蜀江至此,始有峡之称",李白的《峨眉山月歌》也许就写于这一带。可能正因为此,他当夜睡在板桥溪边,天下大雨,船上的被盖被淋湿,人却来了诗兴,想"有此大雨,漏湿衣衾,亦足助我诗料不少"。

方菲女士在这一河段也记录下些许在船上住宿的感受,带一点薄薄的诗意,但与侯鸿鉴的心境略有些不同:

> 船夫们都在岸上找住宿的地方,于是我们把行李在船头和船尾打开,张开四肢舒舒服服的睡起来。半夜醒来远处有不知名的鸟叫,依然是满天星斗,天是那样的高不可及,使人觉得身子悬了空,又似乎是在一个无底的空虚里往下沉,永远不着到边底。

到第七天，船才终于拢了乐山。这一天"晨光渐霁，披衣起视，晓烟笼岫，晴波漾舟"。看来侯鸿鉴的心情不错，但毕竟在船上坐了七日，还是想早一点到达目的地。眼看着马上要到了，却因为种种事情阻碍，让他高兴不起来，比如"行至十二时，因廖姓客所带之烟叶货税犹未讲妥，故须午后三点时或尚难开行。余于是踌躇久之，乃雇船伙二人，为余送行李至东大街中国银行。余即登岸"。到了嘉乐门，又被士兵检查行李，拖延了一些时间，快要天黑时，才终于进了乐山城，长长地松上了一口气。

侯鸿鉴的岷江旅行日记，不过两千余字，却用了诸如"闷坐舱中"这样的字句达十余次之多，可见岷江旅行沉闷的基调。他到达乐山之后，感触良多，最后发出了这样的感叹："噫，自成都至嘉定仅三百五十里，舟行七日始到达此，亦蜀道难行之说也，信哉。"

岷江之旅犹如蜗行，固然也会沉潜一些东西，但缓慢的弊端是显而易见的，在没有电报、电话以前，信息的闭塞也不难想象。过去邮路多走水路，书信往来颇费周折，以抗战时期的乐山为例，当时成都的《新蜀报》要晚到一天，重庆的《新华日报》《大公报》甚至要晚到一周。这是叶圣陶在《嘉沪通信》

中写到的,他说《新蜀报》其实走的已不是水路,而是靠公路上的烧炭汽车;《新华日报》《大公报》的发行就要麻烦得多,从重庆到乐山要走水路,又是上行——洪水季节,就算是动力稍微小一点的汽轮也需要在激流或回水的地方让人拉纤,当然会把新闻变成旧闻了。

这不由得让我想起马尔克斯在《活着为了叙述》中的一段话,他回忆哥伦比亚最大的一条江——马格达莱纳河时说:"任何坏消息自海拔两千五百米处由烧柴的汽船在马格达莱纳河上航行八天送到这儿,早已变了味儿。"想来岷江与马格达莱纳河的情况也差不了多远,蜀人有盆地之困,就会有改变道路的渴望,而这显然不能寄希望于那些从旧时光中驶来的慢船了。

20世纪40年代,四川大学农学院师生(左岸即为四川大学)在锦江边的船上

江底有部灾难史

> 江水来自蛮夷中，五月六月声摩空。
> 巨鱼穹龟牙须雄，欲取阛市为龙宫。
> 横堤百丈卧霁虹，始谁筑此东平公。
> 今年乐哉适岁丰，吏不相倚勇赴功。
> 西山大竹织万笼，船舸载石来亡穷。
> 横陈屹立相叠重，置力尤在水庙东。

这是1173年陆游在嘉州做通判时写下的诗句，《十二月十一日视筑堤》。诗的背景是他上任的头一年乐山遭遇的一场大水，"乾道八年六月壬寅，大雨水，嘉州漂民庐，决田亩"，所以他在冬天修堤之后去视察，回来就写了这样一首诗。

陆游并没有见到前一年的那场大水，他只是想象张牙舞爪的洪水如何厉害，"巨鱼穹龟牙须雄，欲取阓市为龙宫"，没有真切体会到洪水之灾有多么可怕。所以，当他看到人们用西山的大竹编织竹笼，装满船载来石头，然后堆放在堰口或堤防上，再层层叠叠相垒时，便以为这样就能挡住洪水的泛滥。

但他显然太过乐观，因为那些看似坚固的堤防，实际上不堪一击。历代修堤，费尽千辛万苦，后来还是会或大或小地出现问题，并不是人们不想把堤修牢，而是洪水实在太过凶猛，堤高一尺，浪高一丈，洪水的凶猛不仅古人无奈，就是现在也照样让人胆战心惊。民国版《乐山县志》就记录了1917年发生的一次洪灾，犹可见当时乐山城被淹没后的惨状：

> 民国六年丁巳六月朔，淫雨三日不止。初三日，河水陡涨，三江汇合，府河尤甚。城中进水之地深至五六尺，其未进水者土桥、鼓楼、府街而已。西门将及县署前，城东南穿过小什字，灌玉堂街、育贤街、道门口，皆为巨浸。初四辰，稍退尺许，早饭后，雨仍不止，水复涨，较前更高尺余。北门外水亦及城脚，

高标山崩,坏城根数十丈。大西门侧城亦崩陷,沿河居民破瓦登屋脊,处处呼救,有两日不得食者。张公桥栏干石,每条重千余斤,皆为水冲走。楠木堰坏良田四百余亩,沿江各乡镇损失田土、房屋、生命、财产不可数计。滇军进城无所得食,旋引去。

"沿河居民破瓦登屋脊,处处呼救。"这句话尤其扎眼,每一次想到洪灾,我都会想到这个画面。如此惨状甚能说明洪水的肆虐到了何等程度,滇军进城居然找不到一粒米,洪灾之后的饥馑可想而知。

都江堰位于岷江上游,一连续下大雨就会遭遇洪水,下游必遭其害。宋人黄休复《茅亭客话》中就有记载:"开宝五年(972年)壬申岁秋八月初,成都大雨,岷江暴涨,永康军大堰(即都江堰)将坏,水入府江,但见惊波怒涛声如雷吼,高十丈已来。"实际上岷江每一次涨水,都会危及沿岸城镇。我是岷江边长大的孩子,对洪水有深刻的记忆,所以读史之时,每每遇到这样的字句,常感惊心。

《四川省志》中就有这样一段醒目的文字:

> 康熙三十一年秋七月,嘉、眉、绵、灌、新津河水迅涨,损民居,伤禾稼。

"损民居,伤禾稼",这六个字背后不知道有多少土地被冲毁,多少人流离失所。岷江是一条不被驯服的河流,人们拿它无可奈何,在自然灾害面前百姓束手无策,唯有祈求神灵。所以过去岷江沿岸各地都建有不少龙王庙,寺庙也未必是避难所,但人们在这里或许能找到一些慈悲的力量。

家乡也有一座龙王庙,正正地建在竹根滩岷江码头上。在过去,此庙算是很壮观的建筑,过往的船只经过那里,远远地就能望到它,小时候我们常常跑到庙里去玩,觉得那个庙好高好大。当年洋轮第一次进入岷江,就曾经停靠在龙王庙的面前,小城的人也是第一次涌到码头上开了眼界,见识了坚船利炮。龙王庙前即岷江,下面有一个高高的码头,那时站在码头上往下看,常常为它的陡峭感到害怕。我就常常想,那么高的堤坎,江水都能在一夜之间涨起来把它们淹没掉,那么多的水是从哪里来的?背后的龙王庙为什么总压不住那些水?我对水的恐惧就是从那时开始的。

那时候,小城看汛情,得到龙王庙前的码头上去。常常是家里派小孩去侦探,看了后迅速跑回家告诉大人水涨到了哪里。在洪水季节,一天中可能要跑好几趟,来回也得有两三里地。而大人们就要到庙里烧香,作揖磕头,据说还是挺灵验的。那个龙王庙现在还在,顺河附近的老房屋都拆光了,就只剩它一座,每次回到家乡,我都想去看看龙王庙,它一直在岷江边,像个古老的遗物。我有时想,不是它遗弃了岷江,就是岷江遗弃了这座庙子。

或许,那些童年时汹涌而至的洪水已经远离我们了吧。

我常常会想起《创世记》中的一段话:"当诺亚六百岁,二月十七日那一天,大渊的泉源都裂开了,天上的窗户也敞开了。四十昼夜降大雨在地上。"我觉得,只要我们生活的世界上还存在着败坏、强暴和邪恶,洪水就会有漫天之时。实际上,就在写下这段文字的时候,窗外的锦江经历昨夜的暴雨,河水陡涨了一米左右,青灰的江面变成了酱黄,水速加快,漩涡变深,这让我意识到洪水离我们并不太远,对人类生存的忧虑时时会浮现在我们的头脑里。

岷江给我们带来了苦难意识,生命的脆弱让人生多悲苦。不过,我们的岷江在更多的时候是温顺的、美丽的,与人类的关系是亲密的。已故文化学者杨静远1942年在乐山读书时,正值初春时节，一个人走在岷江边上，看着春天里的一切，她的心情好到了极点，这一天她在日记中写道："那江里的水，似乎和冬天也不同了，漾着春意，碧油油的，不像冬天那般清澈。水上漂着翘头的竹筏，水中映着白云的倒影，竹筏好像浮在白云上，好个神仙世界。"固然是少女情怀，然而这样的感受，对于每一个生活在岷江边的人来说都是日常的、自然的，她的惊喜来自无邪的心灵与纯洁的江河之间诗意的碰撞。

岷江上河道也常常潜藏着诸多险情，在航船时代，它呈现了大自然最冷酷的一面。一艘船好好地在江上航行，突然间可能会遭遇不测，船毁人亡，这样的人间悲剧随时都可能发生。陆游在《入蜀记》中就曾经遭遇过类似的情况："船底为石所损，急遣人往拯之，仅不至沉。然锐石穿船底，牢不可动。"他还算幸运的，没有发生船毁人亡的事。在岷江上，百船必有一毁，这几乎是不可抗拒的事实。为什么会出现这样的情况呢？清人徐彝舟在《小腆纪传》中是这样讲的：

> 蜀江界两山间，即风亦无波，舟且不篷，奈何祸常不测？予目击之，始得其故。盖滩急水驶，怪石林立，舟薄而载重，长年每倩客为之，突然遇石，鲜不

裔粉，是以绝无颠覆，惟有沈溺。

一个是滩急，一个是怪石，这是最致命的原因。江上行舟，最怕的就是遇到这两个东西。

很多年前，我去成都某医院看牙，给我看病的医生让我觉得很面熟。我使劲地回忆，突然想起他像我见过的一个人，不，确切说是一尊雕像。这个记忆太奇特了，我说的就是当时立在乐山肖公嘴的尧茂书雕像，他太像那尊雕像了。但我不敢冒昧地去问他，因为尧茂书早就不在了——1985年7月24日他在金沙江段触礁身亡，作为首漂长江的英雄被人们纪念。就在给我看完牙，在病历上签名的时候，我看到他写下了一个名字，尧茂江。我突然就明白了，他就是尧茂书的三哥，曾经与弟弟尧茂书一起去青海，并陪他漂流了300公里的沱沱河；他也是长江的首漂者之一。后来，因为要赶回单位上班，他只得恋恋不舍地告别弟弟，留下尧茂书独自一人继续漂流，然而就在回去的途中，悲剧发生了。

如果兄弟俩一起完成剩下的历险，是否会有个完美些的结局，还是会遭遇更糟糕的后果？回去的路上，我一直在想这个问题。我一直在想那水中的礁石是如何尖利，划破了他的橡皮筏，让他永远消失在汹涌的波涛之中……

尧茂书是乐山人，从小在岷江边长大，应该有很好的水性，相信他对长江的认识应该源于岷江的经验。在我们那个年代，守着一条江不下水的孩子不多，在江水中冒险是我们童年成长的一部分。那天，我躺在一张医院的手术椅上，听见金属器械落在器皿中发出的尖锐声音，血从嘴里流出来。作为医生的尧茂江，表情是平静的；我却不能平静下来，不是因为拔牙产生的疼痛，而是缘于内心那个突然被翻出的故事。

江中历险并非什么新鲜事，但总与悲情相连，尽管尧茂书的漂流意义完全不同，他是用生命主动追寻人生价值，但英雄主义色彩的壮举也因为代价的昂贵，而未免显得沉重。

岷江险滩最多的地方是乐山到宜宾这一段，清人徐心余在《蜀游闻见录》中说："由嘉定至叙州，中隔三百五十里，所有著名险滩，均在此中。"

1938年抗战期间，武汉大学被迫西迁，主要的迁移路线是走水路从武汉到乐山。其中十万册图书是搬迁的重中之重，里面有不少是非常珍贵的古本和善本。在运输过程中，大家小心了又小心，生怕出纰漏。饶是这样，也还是出了岔子。1938年4月20日早晨，就在岷江上发生了翻船事件，"转运图书仪器第一批二百十四件，木船在石牛碛失事"（1938年4月20日"迁校委员会"第九次会议电文，存于武汉大学档案馆）。

石牛碛的位置靠近四川宜宾，此地已经由长江进入岷江水域。此次落入江中的货物是工程用具10件、纸张21件、书籍等183件，共计214件。"（武汉大学）最重要之九十箱系西文旧杂志，因船沉致潮湿损失甚大。"（《竺可桢日记》）

实际上，在运输书籍的过程中出现的险情还不止一次。1938年还发生过一次翻船事故。1938年9月16日，国立武汉大学图书馆给校委会的函中是这样说的：

> 本校末次运嘉之图书杂志，因木船在巴东附近触礁，致受水湿。除杂志霉烂者较多，业已详细注明外，其余未及一一注出。再此次敌机袭嘉，本校所损失之图书杂志，现正从事登记，容当另制详细目录呈报。

武大西迁过程中，从武汉到乐山主要靠水运，而运输的船只几乎都是原始的木船，运输能力低下，常常出事。除书籍以外出现险情的记载还有不少，如1939年5月10日，由华懋股份有限公司承运武汉大学的货品过程中，就又出现了"木船失

道士观，岷江上游最险滩之一，位于乐山五通桥

〔英〕亨利·威尔逊1908年摄

吉":"由渝承运贵校电料等五十件,于本月六日交张四海木船运嘉,殊该舟行至脚溪下首斑竹林地方,因故打张折回,将船擦漏。"(华懋公司致武汉大学函,原件存于武汉大学档案馆。)

岷江最险江段在《蜀水经》的记载中有两处,都在我家乡的区域内。

一处叫车鱼烋(烋,指滩碛聚集的地方,民间也简称为车鱼子、叉鱼子),就在乐山至犍为的"八十里水路"中,徐心余在书中记录了他经过车鱼烋的旅行感受,可谓是惊险万分:"迨驶近滩中,波浪翻腾,船几倾覆不可救。余在舱中,为浪所击,倾跌如翻斤斗者,神已失,气已促矣。"

一处叫道士观,也叫真武沱,在五通桥城边,与车鱼烋相距不足三十里水路。黄庭坚称这里是嘉定到叙州府最险之滩,船过此处就如死里逃生一般,葬身船底的事情屡屡发生。前些年,我曾经在当地看到过一块私人收藏的大石碑,石碑上刻的是:"凡大水天气,走下水船到道士观务走西流,拉倒纤;倘走正流冒险误事,定将该船夫重办不贷。"这块石碑过去就立在道士观附近岸边,官衙警告过往船只务必谨慎,这块碑就是江险的实证。

小时候,人们说起道士观往往甚为恐惧。按乡里的说法是,若是上游淹死了人，那就到道士观下去捡尸。其实，岷江上的大小险滩远远不止这两处。抗战时期，马一浮在乐山乌尤寺办复性书院，进城要坐船，而水路必经两江汇合的大佛脚下，这一段水情也非常复杂，经常出事。

1942年8月的一天，复性书院的员工何茂祯去城里买油办事，走到大佛脚下就翻了船，"惨遭灭顶"。书院立即派毛正华"持招寻尸身启事九张，沿流而下，在各码头分别张贴，悬赏二百元寻觅下落"（《马一浮全集》）。寻尸启事张贴情况如下："天池坝一张，牛华溪三张，竹根滩三张，西坝一张。"这些都是我童年时非常熟悉的地方，也是些岷江在乐山下游沿岸的大镇，江水要挨个流过这些地方，如果这几处没有见到尸体，那么就只有到道士观去等消息了。

江上飘来死尸，是我们小时候经常看到的情景。好奇的人们在江边围观，指指点点，猜测是男是女，是老是少，但大多数人是"唉"的一声，转头离去。就在这个过程中，有的尸体继续往下游漂，也有的遇到好心人将之打捞回岸边，用篾席遮住，那种凄凉悲惨难以言说。何茂祯死的那天夜里下了一场大雷雨，江里涨大水，他的尸体一直没有找到，十天后马一浮为他在江边举行了招魂仪式。道士观这个关口最终也没有留下死者的任何音讯，可想岷江的水流之大、之急，江底犹如坟场，且不留任何碑铭，只当招收野鬼。

晋朝的成公绥写过一篇《阴霖赋》，讲的是连日阴雨之后，河水涨起来淹没了房屋，其中有一句叫"沉灶生蛙，中庭运舟"，没有在江边生活过的人很难想象这句话的惨状。1943年7月的时候，也就是何茂祯死后的第二年，乐山又连降暴雨，江水把马一浮住在乌尤山坡上的"濠上草堂"也差点给淹了，"被水齧屋，几圮，阶不没者仅寸，诸友涉水来相视，争为移书上山"。大水之后，他在诗中感叹道："何殊风堕瓦，真见釜生鱼。"（《蠲戏斋诗编年集》）我想这是回应成公绥的那句话，大有同病相怜之意，但在江河面前，生命不过一浮沤而已。

在过去的岁月中，岷江发生的洪灾和险途中的船毁人亡，可以说是不计其数。如果说岷江为人类带来了一部文明史，那么也同时带来了一部灾难史。文明与灾难同行，这也许才是历史的全部。

> 1919年，犍为县政府在道士观下立一块石碑，上面刻的是：凡大水天气，走下水船到道士观务走西流，拉倒纤；倘走正流冒险误事，定将该船夫重办不贷

民國八年風大水災氣速小

為縣知事王□示流拖村紳僱艇

船至□仕蕴務走西

流冒險謀事定將該

建船夫重□不檢討

同刊

小桥通古今

桥助人渡水,桥也显露人迹,在荒山野岭,见到桥是一种安慰。

最早的桥非常简陋,在极为偏远贫穷的地方或许还能看到一种被称为"梭溜"(也称"溜索")的桥。这种桥只有一根粗绳,人从上面顺力滑到对岸,呼啸而过,惊险之极。《读史方舆纪要》把这种桥称之为筒桥:"两岸石柱以竹绳横牵,斫木为筒,状似瓦,覆系绳上。渡者以麻绳缚系筒下,仰面缘绳而过。"

严格讲,"梭溜"或筒桥都不算是真正的桥,最早具有桥梁形式的是笮桥。笮桥,又有吊桥、绳桥、索桥、悬桥、絙桥等称呼。郦道元在《水经注》中记载:"县即汶山郡治,刘备所置也。渡江有笮桥。"这句话证明笮桥可能在三国以前就出现了。所谓笮桥,就是用竹索编织而成的架空吊桥,这种桥只需在两头用石桩系牢,中间凌空,不受河水冲击的影响。实际上,在岷江上游的藏羌地区,仍然能够看到类似的桥,也可以说它们就是古代笮桥的升级版,只不过采用了钢绳、水泥等现代建筑材料,所以因牵引材料不同又有竹索、藤索、茅索、铁索之分,但现在能够见到的多为铁索,如大渡河上著名的泸定桥就是铁索桥。

在李冰时代,成都有"两江七桥"之说,两江指的是郫江(即今府河)、检江(即今南河、锦江),它们从成都穿城而过,是都江堰水利系统的一部分,对早期城市的塑造有隐形的影响。其中,锦江上就建有一座笮桥,位置在今南河桥(也称彩虹桥)上游一百米左右的地方,但早已不存,只是后来考古发现在附近岸边有大楠木桩,认定是笮桥遗迹。

当年,陆游在《夜闻浣花江声甚壮》中写到过这座小桥:"浣花之东当笮桥,奔流啮桥桥为摇。"一个"啮"字真是形容得好,水在咬桥,如犬狺狺,道出了河水湍急之态。

因为笮桥,锦江也曾经叫笮桥水,成都往西出城,叫走笮桥门，陆游有《看梅归马上戏作》一诗云："平明南出笮桥门，走马归来趁未昏。"现在在百花潭公园有座笮桥，是钢筋混凝土造的。无数次走过这座小桥，我都会想起过去南河上的古笮桥，可惜桥仿古而不古，让自己的心思也跟着古不起来了。

在岷江上最有名的笮桥是都江堰上的安澜索桥。此桥横跨在内江和外江的分水处，建桥确切时间不可考，但应在宋以前，是目前岷江上唯一留存的古笮桥。安澜索桥曾经以竹藤为绳，所以又叫过绳桥或竹藤桥，其间曾毁于战火，清代重建为竹索桥，两边修木亭以固绳索，并加设了扶栏，以安渡狂澜，"安澜桥"之名始于此。现在的安澜索桥用铁链托身，两边锚柱稳固，安全无虞，但走在上面步履蹒跚，有杜甫诗中"连笮动袅娜"的韵味。

南宋文学家范成大曾经在这里写过一首《戏题索桥》的诗，他当时见到的小桥很有生活情调，晃悠悠的，"大风过之，掀举幡然，大略如渔人晒网、染家晾彩帛之状"，富有生活气息，跟那奔腾的大江形成了鲜明的对比：

织篱匀铺面，排绳强架空。
染人高晒帛，猎户远张罿。

薄薄难承雨，翻翻不受风。

何时将蜀客，东下看垂虹。

岷江上更多的是石拱桥。历史上石拱桥出现得较晚，是隋唐以后建筑技术达到一定程度才广泛出现的。由于受跨度的影响，石拱桥多出现在岷江支流的小河小沟上，体量也较为轻巧。

受河宽、水流等因素的影响，古代岷江干流上固定的桥梁很少。岷江干流常常达百米以上宽度，要架设一道桥梁绝非易事，就算能够架设，要保证它不被洪水冲击也不容易。就在2018年7月底，彭山岷江大桥就被洪水冲垮，而此桥也才建成短短24年，桥垮塌的原因是"桥基不稳固，梁体出现裂缝"。作为一座现代桥梁都如此不堪一击，更不必说不具备修建大型桥梁能力的古人了，所以古时一般都是采用活动的临时性桥梁。如宋代乐山就在城区到凌云山之间修过一道桥，采用的是木排浮舟的方式，秋冬时节可行，但一到涨水的季节，此桥就不保了。

过去，岷江水上交通主要是以渡代桥，而真正出现大型桥梁也就是近几十年的时间。随着桥梁技术、建筑材料的发展，如今那些被冠以"岷江大桥"之名的桥梁在不同的地方横跨在岷江上，交通左右两岸，草草数来有几十座之多。

石拱桥，可以说是随处可见，单以成都来说在古代就有上百座大大小小的桥。成都有府河、南河穿城而过，沟渠众多，桥梁纵横，有名的如万里桥、驷马桥、平安桥等，只存其名的有洗面桥、送仙桥、青石桥等，变为新桥的有万福桥、安顺桥、复兴桥（即现在的新南门大桥）等。按傅崇矩在《成都通览》中所考，成都的桥又分为"无形之桥"和"有形之桥"："无形者，平铺街市中，人不易觉。有形者，横跨流水上，尽人皆知"。无形之桥则有玉带桥、桂王桥、无影桥等，不留意便看不到，主要是因为房屋、树木的遮掩，又由于桥身实在太小，故被掩盖在闹市之中。但这些桥都是城市交通的一部分，也可以说是岷江记忆的一部分。

我最为熟悉的是锦江上的九眼桥。它是一座九孔石拱桥，始建于明朝万历年间，历史悠久，故事也多。记得小时候，有个农民老大伯到我们学校讲忆苦思甜课，说自己当年很穷，沿江乞讨到了成都锦江边，没有住的，就住在九眼桥的桥洞里。这段记忆给我留下很深的印象，后来我曾经专门去探访过那些桥拱，确实还有流浪汉蜷缩其间，躲风避雨。事实上，此桥非彼桥，老的九眼桥已不复存在，只是在原址下游不远处按照古制复建了一座，称为新九眼桥。如今，我几乎每天经过那里，都想起那段被搬动的历史，而桥下仍然是搬不动的江水。

在过去，家乡五通桥算得上是岷江边最有意思的一座"桥城"，从古至今建了不少的桥，而五通桥这个名字就是因为桥而来的。清朝乾隆时期，当地修了一座石拱桥，叫普济桥，因旁边有座五通庙，于是便被别人改叫为五通桥，以此衍化，遂成为一个地方的称谓。这座桥至今犹存，现在看上去不过是一座三孔石拱小桥，远不如当地在清朝乾隆年间修的丰乐桥：

> 四望溪有二源，一发荣县，一发井研。自三江镇合流，西至王村岸渐高、水渐急。而场东狮子桥为盐厂孔道，自国初来累圮累修。丁亥秋霖潦暴发，桥乃十去四五。岩头寺僧普闻集众议之，有谓补葺之费减易成者，有谓增高之事半功倍者。僧曰："不然，夫水浮于桥则冲激而易损，桥浮于水则镇压而难摇，若因循苟且，是以有用之财投诸不测之渊也。今修桥非高出两岸，无以垂远。"闻者有难色。僧曰："度斯桥之费数千金耳，若合数千百之人结数千金之缘当无不可为者。"众以为然，倾囊乐输，得金如数。（田叔虞

《丰乐桥记》）

这段文字讲的是：一个岩头寺和尚四处化缘，极力说服众人，筹金三千二百贯，修建了一座"为墩者八，为拱者七，高三丈三尺，宽二丈二尺，长二十有三丈"的桥。修桥的目的是疏通盐厂孔道，以便盐舟出入。过去，这些盐要卖到远至湖北、贵州一带，货殖巨大。可惜的是这座丰乐桥早就不在了，而普济桥还继续被使用，虽然看上去像是乡野老叟，毫不起眼——两座桥的命运让人唏嘘。

小城五通桥河流纵横，桥连接着三地两岸，渡河过桥是日常生活，人们常常每天都要过几座不同的桥。四面环水的小城，桥多不说，也独特，在岷江桥梁史上颇具代表性，在此不妨来讲讲其中一座桥的变迁，说说岷江水上交通的一段往事。

先来说说小城的地理状况。岷江从乐山而下，在大约二十里的地方要经过一个大洲坝，这个洲坝叫竹根滩。这个竹根滩是个大镇，也是岷江上最大的洲坝，岷江被它一分为二，形成了内外两河。外河是岷江干道，内河叫拥斯江，拥斯江往下南行与茫溪交汇后，又与岷江干道重新合在了一起，地理形势非常特殊。近代著名历史人物左舜生曾说："竹根滩与五通桥之间的山水结构,大概也是我此生永不能忘的印象之一。"(《近三十年见闻杂记》)他所说的"山水结构",全靠桥来串连。

茫溪从左岸汇入岷江,却不是直接汇入,而是先与内河交汇,然后再汇入岷江,于是出现了一个相对平缓、宽阔的河面,"河水清涟,平静秀碧",人们称它为"小西湖"。

> 四望溪(即茫溪),县北七十里,人烟两岸,万井相望,野绿空碧,皆泛于水。杨柳湾处跨以蜂腰长桥,桥下小艇双飞,往来如织,颇有西湖打桨风味。(《犍为县志》)

四望溪横亘着一座桥,名叫四望桥,也就是上文中说的"蜂腰长桥"。

四望桥之前还有长远桥。过去四望关与竹根滩两岸没有桥,过河全靠渡舟,后来人们为了交通便利,便在"桥公会"(由当地绅商组织)的倡议下,决定建一座长远桥,"由众灶筹集固定金,每年水落,由四成堤侧至对岸码头,搭建板桥三十丈,名长远桥。夜间并置路灯二三盏于桥上,以便行人"。(民国版《犍为县志》)桥是用木板铺在水面上搭建的,易坏,受水的涨跌影响也大。民国十九年（1930年）才改建为悬空木桥，这就是四望桥，结构实用，样式也美了。乡人袁子鉴在《五桥山水记》中说："由桥南北望，近水遥山，俨入画图。"

修桥不是件简单的事情。拥斯江河面逾百米，不是一般的小沟小渠，秋冬两季的河水是平静的，一旦洪水来临，整条河汹涌之势则足以淹没两岸。那时的修桥技术还非常落后，固定的桥经不住大水冲击，怎么办呢？人们便决定把桥修成活动的木桩桥，木桩桥是季节性桥梁，每年端午节涨水前拆桥，中秋后搭桥，年年如此。

这座木桩桥（蜂腰长桥）即四望桥，又被当地人称为"灯笼桥"，因桥身形态独特，状若灯笼。"灯笼桥"似梦似幻，为江中一景。

1943年仲春，丰子恺也曾在五通桥短暂停留，办画展，作有《长桥卧波》一画，画的正是这座"灯笼桥"。这幅画很有意思，画面的视角是从竹根滩往四望关那头望过去的，按说这一带沿江皆是吊脚楼，不可能有画中几个人悠闲喝茶的位置，难道是丰子恺先生弄错了？其实，当年他到五通桥后，借寓在江边一个叫"陆安"的旅社，推窗开去看到的应该就是那一片景色，只不过他略作了艺术加工而已。在《长桥卧波》这

20世纪30年代岷江上连接桥滩二地的灯笼桥

幅画上,"灯笼桥"是构图的关键,也是画中之魂,只见桥形参差交错,小舟在一旁轻摇,桥滩的水乡韵味跃然纸上,这幅画也就永远留在了小城的人文记忆里。

"灯笼桥"年年修、年年拆,年年重建的时候也有不少变化。搭建"灯笼桥"要考虑很多建筑原理,特别是河水在不同情况下的变化等问题,所以人们每年都要根据具体情况和累积的经验来调整建造方式。当然,人们主要还是得从实用性去考虑,比如在桥的两侧加了斜撑的木柱,以增加桥的稳固;又如桥面曾经一度是搭在木架中间的,有些像廊桥从中间穿,后来又把桥面直接搭到了顶部,人再行走在木架上面,从老照片上就能够发现其中的变化。

但"灯笼桥"如此拆建往复,终究有些劳民伤财,后来人们就用浮桥替代了"灯笼桥",这应该是20世纪40年代的事情。浮桥用43只特制小舟连串而成,桥只固定两头,桥体随水起伏荡漾,略有自然弯度,极富美感。

浮桥建成后,就不用再拆散桥体了,哪怕是到了洪水季节,只消把整座桥拖到一个僻静的河湾即可,等洪水一过,便将桥放归原处。但浮桥是木质结构,桥面用木板铺成,木板间有两指宽的缝隙,日晒雨淋,便有不少朽坏的地方,那些洞洞眼眼

春秋时节的浮桥

张致忠摄于20世纪80年代初

常常是小孩子们的陷阱，一不小心脚就落了下去。过桥时，大人总会提醒小孩，看桥面走路。改革开放后，女子渐摩登，那桥洞藏妖孽，不知折断了多少高跟鞋。

浮桥还有个有趣的地方。桥横在江中，过往的船只如何通行呢？原来桥的中间开有一道七八米宽的口子，上下船只一来就把口子像瓶塞一样打开，船一过才重新把缺口合上，一天要开合无数次。过船时，过桥的路人就只能耐心等在两端，远远看见河上要来船了，便赶紧跑过去，抢在船过桥前过河。

桥的功能是为行路方便，但桥也随着时间的流逝有了自己的历史。20世纪三四十年代，五通桥成为抗战西迁重镇，各路人马纷至沓来，浮桥一时成为小城的交通枢纽，连接了桥滩二地的芸芸众生，这里面的故事就太多了。

单说一个。1949年冬，国民党七十二军军长卿云灿向西坝方向全面撤退，部队要经过浮桥，但吉普车过不了桥，只好弃在桥头，据说解放军赶到时掀开车的引擎盖，里面还留有余热，而这竟然成了小城改朝换代的分界。卿云灿过桥后并没有毁桥，据说是走到西坝就起了义。按说兵家往往不会留下后患，不然那桥的存亡还真难说。

那是唯一一次可能出现的兵燹之灾，但被河风轻轻一吹，了无痕迹。似乎说明人们更爱和平生活，更爱桥下那些个悠然的景象："清水河边柳眼开，乘风晓发迎朝晖，扁舟一放垂柳岸，尺半银鳞入网来。"清人张曾敏写的这首《清水河诗》（清水河即茫溪旧称），里面描述的情景跟我童年时见到的没有两样，只是初春早晨的河边，我要啃着馒头过桥去读书，尚体会不到他的这番诗意。

20世纪80年代初，离浮桥不远的地方修了一座钢筋水泥大桥，桥滩两地从此可以通车。新桥的目的就是要取代浮桥，时代进步了，旧桥的功能明显不足，被取而代之是必然的事情。实际上在它建成不久，浮桥就被拆掉了，剩下空空荡荡的一块河心。但后来人们又觉得不对呀，看上去老不顺眼。确实，过去的浮桥正好落在一条审美线上，不偏不倚，恰到好处。就像眉毛，再好看的眼睛也需要它点缀。

大概在十年前，人们又重新建了座浮桥，桥是塑钢的，不是原来的木质。新旧有别，但聊胜于无，至少能让那些远离家乡的人们回到故里，不会觉得心里缺了点什么。其实，还是缺了点什么。

岷江话:一条河流的孑遗

古代的四川有没有"古蜀语"?如果有,古蜀语在汉语中处于一个什么样的地位?这看似非常学术化的话题,实际上却与历史上四川人的生活和文化息息相关。

历史学界对此有两派看法,有的说有,有的说没有,这显然和蜀人的起源、蜀与中原的关系、蜀语对古蜀文明的作用等重大问题有关。蒙文通、童恩正等一派学者认为历史上并没有古蜀语,他们认为巴蜀与中原使用同一种语言,蜀地流行中原文字,蜀语只是汉语的一支方言,同时认为古蜀语是华夏通语的来源之一。认为古蜀语存在的有任乃强、邓少琴等一派学者,他们认为古蜀人有自己的文字符号体系,古蜀语不是汉语,可能融入了一些少数民族语言；但秦灭蜀后，秦语入侵，蜀语统一于华夏语。

两派观点各抒己见，都有一定的道理。不过，有个基本的事实是：蜀国是古国，在中原文明诞生的时候，蜀地并非完全是蛮荒之地，三星堆、金沙遗址的考古发掘已经证明了古蜀同样存在着一个古老而伟大的文明形态。然而，两种文明的关系究竟是怎样的呢？是各自平行发展；是互有联系，但有先后之分；还是一方曾经主导性地影响过另一方……厘清这个问题，也许就能进一步判定哪一种观点更为靠近真实的历史。当然，这还得拿出实实在在的证据和让人信服的推断来。

不过，这些学者们的论证颇为有趣，不少与岷江有很大关联，因为古蜀的生存发展与岷江有千丝万缕的关系。任乃强在《四川上古史新探》一书中对一些古蜀语的语音、词汇进行过考证，以求获得古蜀语独立存在的证据，其中就有与岷江有关的。他举过一些例子，如"湔"，《康熙字典》中说："将先切，音煎。水名。"任乃强说"亦取急意"。《新华字典》上的解释是："本义：水头。水流前锋。引申义：用水头冲洗。特指：水名。湔水，在四川。"《汉书·地理志》中说蜀郡绵虒县有玉垒山："玉垒山，湔水所出。"所以，他认为"湔"字是上古的四川人创造的。确实,湔水是岷江上游左岸的一条支流,在汶川和都江堰之间,这条河有很长一段在山高沟深的无人区内,外界知道的人不多。

"湔"在过去最早读"江"音,湔水似读江水,任乃强就认为"湔"曾经是古蜀时期对岷江一段急水的特有称呼,且由此影响到后来的一些行政区划的命名,"故岷江岸之地置县为'湔道'(湔氐道),都江堰水坝称'湔堋',蜀汉于此置'湔县'。古音江水,字音同于缸,与湔音迥别。其后蜀人读江如煎,字义遂亦相混"。如果他的这个推断成立,那么,这就是岷江保留古蜀语的一个小小例证。

现在的专家学者在研究古蜀语的时候常常有很大的困惑,在历史方言资料上面临三难,即搜求难、勘实难和研究者学识不逮。但任乃强先生学问宏富,常常有独到的发现,分析也颇具新意,应该说"湔"就是他的一例字词发现。

他还讲到"蒲泽"也是古蜀语。"蒲泽"是蜀王杜宇为他的子孙设立的氏族称谓,"取泽居之义",即临水而居的意思,这也跟岷江有关。杜宇时代依托岷江流域而存在,任氏便推断"其时成都平原为行将干涸之大泽,遍生蒲苇、野芋、菱、荷之属,蜀人似曾称之为蒲泽,而内水为蒲水(后世称为蒲阳河。

灌县的蒲村在此水之阳，今为蒲阳镇）"。由这个"蒲泽"可以看到古蜀时期在都江堰还没有人工开流之前的状况：岷江漫漶，沼泽遍地。

任乃强还提到过"蜀王兵阑"，他认为也是古蜀语，还是跟岷江有关。"蜀王兵阑"来自《华阳国志》的记述："僰道有故蜀王兵阑，亦有神，作大滩江中。其崖崚峻，不可凿，乃积薪烧之。故其处悬崖有赤白五色。"什么意思呢？就是说通往僰道（今四川宜宾）的岷江上有大礁，被称为"兵阑"，其实是一种比喻，意即放置兵器的栏架。《列子集释》中解释是"兰盾兰锜即兵阑也"，估计是江边悬崖上的一个尖石之类的庞然大物。"冬季出水，可辨而避。夏季没于水下，破害舟船。"怎么办呢？"乃于冬季积薪烧之，而沃以醋，则礁石层层剥脱，终得铲除。"

任乃强先生列举的以上三例皆与岷江有关，或境域命名，或地理状况，或江河事件，虽然不能完全证明古蜀语是独立存在的，也不能阐明古蜀语与中原华夏语的关系，但确实可以让人感受到一丝古蜀语的气息。

另外，在其他学者的研究中也发现一些古蜀语跟岷江有关系，如"鳙"，《诗经》中说是一种含光的蜡鱼，《太平御览》

说是"一名黄鱼。大数百斤，骨软可食，出江阳犍为"。其实鳠就是黄辣丁，以岷江为多。又如"肥鮀"，也是古蜀语，最早出自《广雅补疏》的记载，实际它就是洄鱼，现在乐山、眉山一带还这样称呼，至今未变。另外，《华阳国志》中的"灘"也是古蜀语，"县灘，有名灘，一曰雷垣，二曰盐灘。李冰所平也"。《蜀典》中说："灘，为水中滩渍之名。"这个"盐灘"就在乐山五通桥区牛华镇的红岩子一带，该地既盛产盐，又临岷江，现在尚存一个大滩在岷江中，很明显那就是一个"灘"。所以，通过以上的举例，我们可以看到岷江对古蜀语的文字和语音保存是有一定作用的，它就像一个大自然的巨大录音机，录下了一点中上古时期的蜀地语言信息。

但一条江河真的对一方语言有记录和存留的作用吗？这是我自己一直以来的疑问。我十五岁以前都在岷江边生活，说的是乐山话，语言环境使然。但九岁的时候发生了一件事，我去开封姑姑家过春节，在那个年代出这么远的门，中间隔着千里之遥，语言的障碍就出现了。其间，我出门玩耍忘了路，去问路，人家居然听不懂我说的话（我当时还不会说普通话），折腾了很久，最后自己沿着铁轨找到了家。那是我第一次感受到语言的隔绝，心里一直在问，为什么别人听不懂我说的话呢？

后来我离开家乡，也离开了这个语言环境。当我再回到曾经生活的小城，突然发现那里的方言跟外面的方言区别太大了，当外地人用一种陌生、诧异的眼神看着你的时候，我感到了家乡方言的拗口。在当代社会的交际中，乐山话完全像是个异类，在城市语言大肆侵蚀乡土方言的时代，它只是个偏于一隅的弱小群落。后来我发现，像我这样的情况非常多，家乡的一些人，特别是年轻人来到了大城市求学、工作、生活，都在自觉不自觉地脱离乡音，融入语言的大流，主要还是出于交流的需要。但是，不管怎么改变，他们的口音多少都还带有乐山话的余味，留着难以改变的发音习惯，这可能就是语言的烙印。

大概在二十年前，我写过一首叫《上升》的诗，其经过就是在一栋楼的电梯里听到一个人在说话，而他说话的口音一听就知道来自我的家乡。那时正是春天，时光轻忽，突然就有了种往事飞进电梯里的幻觉，于是我写下了这样的诗句：

> 正说着话　我就想起了小城
> 和一个过去的春天
> 你的声音有一丝　是属于故乡的

> 多少年了这种感叹太轻易
> "木槿花只开在童年……"
> 我说的是一些往事　还有小城
> 一个过去的春天

这里面有对乡土的一种亲近,根深蒂固,但并没有改变我对家乡方言的疑惑,也促使我常常去思考一个问题:乐山话是怎么来的?面对两大方言区(成都方言区、重庆方言区)的挤压,几百年来它为什么没有受到太大的影响,而独善其身?

关于乐山话,乐山市政府官方网站上有这样的解释:"乐山话是四川话中极具代表性的一种分支语言,在声调、因素还是词汇上都与邻近的成都方言、眉山方言、重庆方言有较大差异,颇具地域特色。乐山话同时也是全国所有方言中,至今还保持着古代五音色彩的语言。"

先来说说四川话。四川话的根源据说是上古时期的古蜀语和古巴语,当时蜀国与巴国是两个独立的国家,有各自的语言,它们共同构成了四川话的底层语言。但公元前316年,秦国相继灭掉巴、蜀两国,中原文化始入蜀地,"蜀人始通中国,言语颇与华同"(《地理志》)。之后,四川话又经历了战争与朝代的变迁，特别是受历史上不同时期移民运动的影响，在交混、融合中演变成为西南官话，最终形成了现今的四川话。

作为四川话分支的乐山话主要出现在岷江一带。在语言学上，乐山、宜宾、泸州这一带的话被称为岷江话，也即岷江小片。岷江话作为四川话的一个分支，又是怎么来的呢？

再稍稍来回顾一下四川话在近古时期的历史。"湖广填四川"是一个大的历史概念，指的是元末明初和明末清初几次大的移民运动，以填补战争之后四川人口稀缺的状况。移民主要来自湖北、湖南、江西、广东和福建一带，他们的到来逐步形成了四川话的方言片区，即以湖广话为主流的方言社会，四川的大部分地区都是以湖广话为主，只是后来在语音上形成了细小的地方差异而已。也就是说，四川话在多次人口迁移以后是以外来话为主，而之前的西南官话却大多被融合、同化了。但是，被顽强保留下来的仍然存在，它们就在四川盆地西南部岷江流域及长江两岸一带，特别以乐山的岷江话最具代表性，被称为"中古巴蜀语在现代的孑遗"。

岷江话最大的特点是保留了入声字，古代汉语有平、上、去、入四个声调，但现在的"普通话"是以北京语音为标准音，以北方话为基础方言，而所谓北方话则受元代蒙古人影响较大，古代的入声被分化到了阴平、阳平、上声、去声四个声调当中，所以普通话中没有入声。

应该说，入声的存在从语音上为我们保留了一个汉语的古貌，这是个非常"意外"又幸运的事情——在唐宋诗词的诵读中，没有入声是不可能完整地体会到古人诗歌韵味的，也就是说，用乐山话朗诵古诗词也许比普通话的诵读更原汁原味。那么，乐山方言的古音是如何保存下来的？它难道没有受到"湖广填四川"的影响？这就不得不说到岷江的作用。

岷江中下游地区偏于西南一隅，接近古代夷区，在历代战乱中受到的冲击较之于成渝二地要小很多，岷江起到了天然屏障的作用，保护了幸存的原住民。在传统农耕时代，这一地区地处丘陵地带，岷江在这一段迂回，造就了一个天然的封闭环境。同时，在地理上夹江－乐山这一带有个很小的冲积平原，是个适合农耕的区域，但范围不如成都平原大，也许外地移民更乐往粮草丰美之地，在迁居中没有形成人口优势，不能影响当地语言，反而可能被同化。所以，语言交流的不活跃，客观上减小了对方言的影响，在岷江中下游地区形成了一块独特方言的封存地。

研究者还有一个发现：乐山话与长江下游的江淮官话居然

有不少相似之处。在明代以前，江淮官话和西南官话的人口因为都分布在中国南方，同属于南方官话（南路话），所以四川话和江淮官话有关联并不奇怪，有人甚至说乐山话与扬州话还能够找到一些共同点，也许是长江串起了那一条漫长的交通线，让东西两端的城市有了经贸文化交流的可能。但后来经过战争和改朝换代的历史动荡，特别是南宋以后，北方话从中原大举南下，形成了湖广话，湖广话又进入四川，彻底改变了四川的方言格局。但乐山这一带却意外地保留了南路话，在局部地区留下了一块"语言化石"。这就是为什么作为四川话分支的乐山话属于南路话，而成渝大片的话属于湖广话——是岷江将之隔成了两个不同的语言系统。当然，还有一些学者认为岷江小片是由中上古巴蜀语直接衍生而来，是古蜀的原生方言，与主要源自移民的西南官话有截然不同的起源，和上述观点有相似之处。

　　一条江河神奇地保留古老的方言，这让人不得不惊叹。其实，岷江影响的不仅仅是方言，还影响了很多独特汉字的产生。在《蜀水经》中记录着一些古代水道用语，如水流沙上叫濑，水出尾下叫瀵，回流旋转叫漩，水如转毂叫漕，水漫不流叫沱，两山相夹叫峡，大石壁立叫碚，长石横江叫梁，滩碛相凑叫舢……可以说这些文字就是河流创造的，是江河文化的一部分，如果我们不认识江河，就不能够真正地理解这些汉字。

我曾经在乐山岷江边一个叫"打鱼子"的地方吃鱼，这个地名让我感到好奇，其实这个名字的正确写法应该是"打鱼舢"。当地人在口音中延续了古代方言的读音，却不知道"舢"的意思和书面写法，就像前面说到的犍为岷江河段的"车鱼舢"一样，"滩碛相凑叫舢"，大概就是因相似的地形而生名。

乐山是原生方言留存最多的地方，有些还保留在地名中。王浩儿，是乐山城岷江边的一个地名。如今的王浩儿渔港非常有名，也是吃河鲜的地方。一般人理解的"浩"字是"大水貌""水大也"的意思，其实它也是个中古时期的方言，意指小港湾，知道的人很少。乐山还有麻浩一地，是临岷江的一个小渔湾，在乌尤寺下面，东汉的麻浩崖墓非常有名，当年马一浮也曾经盘桓于此。这似乎说明古蜀语并没有完全消失，有些仍然在现代社会中继续存在，如果人们乐于去研究和发掘，它们就是活的风俗志。

如果我们稍稍细心一点，总会与一些古蜀语迎面撞上。每次回到乐山，总要到大街小巷上去寻找那个卖楺饼的小摊。其实这个"楺"就是古蜀语，念 kā，夹的意思，楺牛肉饼、楺肥肠饼,即夹了蒸笼牛肉或者粉蒸肥肠的白面饼子。那真是一绝。你想想,喊上一嗓子"老板,来块楸饼!"是何等的温暖人心,但这样的喊声一定要用那浓烈的乡音,而这乡音的背后有一条看不见的河流。

水运往事：从西坝窑说起

西坝在岷江下游右岸，古称西溶铺，是个码头小镇。西坝豆腐很有名，是岷江边上一道有名的美食，慕名而来的人络绎不绝。但在宋以前，西坝真正有名的不是豆腐，而是西坝窑。

西坝这个地方的土很特别，"土细而白，居民作陶咸取足焉"，所以西坝产陶器，以宋代时期制窑最胜。当时的西坝在古玉津县境内，陆游曾经在《老学庵笔记》中写到"省油灯盏"，应该就出自西坝一带，此物后来风靡于南宋。

我到西坝寻找过当年的窑址，那些成片的陶瓷碎片，因为修建高速公路被无意中挖了出来，裸露在土层里。当时我在当地农民家里买了几个挖出的宋代瓷碗，价格也便宜，大概总共才两百多块钱,现在肯定要翻上几番。西坝窑的面积之大、数量之多,让人震惊,如今人们才逐渐意识到它在四川古代陶瓷史上的重要性,但为什么此地的窑业在过去如此发达呢?

唐宋时期,四川的陶瓷生产已经达到了比较高的工艺水平,窑口众多,窑场林立,有名如成都窑、邛窑、彭州窑、广元窑等。但西坝除了有独特的自然资源,还有运输的便宜,它走上水可以到成都,下水可以入长江;也可转入青衣江到雅安,沿着茶马古道入藏,或沿着蜀身毒道去云南,进入缅甸、泰国,均有广阔的市场。在考古发掘中,专家认为西坝窑的规模是与当时经济发达的成都窑业生产相当的,在民间它曾有"窑州"之称,可见其盛。

巨大的陶瓷生产量,得有充分的运输来保障贸易,岷江的作用就发挥出来了。试想,一个大窑场如果没有便利的运输来支撑,它的销路就会大打折扣,岷江在商品的运销中优势尽显。明清之后,犍乐盐场的兴起也能说明水路运输的重要。

犍乐盐场是犍场(也称犍厂)和乐场(也称乐厂)的合称,两场其实地处一地,主要就在乐山五通桥区域(这也包括了西坝在内),只是在过去分属不同地方管理而已。犍乐盐场的制盐历史始于秦汉,盛于明清,以咸丰时期最盛,称为"川省第

岷江上的盐船。历史上的"川盐济楚",它们就是运载主力
乐山市五通桥区档案馆供图

一场"。到了抗战时期,国民政府盐务总局一度搬迁到五通桥,成为"战时盐都",它与自贡一起成为中国大后方的两大盐业生产基地,保证了军供民食,贡献巨大。

过去的盐实行的是引岸制,以岸配厂,实行专销。犍乐盐的销售范围主要在成都、雅安、乐山、泸州、万州地区及云南全省和贵州西北部,销岸横跨四省。民国三年(1914年)时,犍乐盐场已有盐井5 224眼,煎锅2 404口,年产盐76万担。那么,这么大的盐产量主要靠什么来运输呢?水运。

五通桥地处岷江边,犍乐盐行销省内外多靠水运。据地方志记载,在民国十七年(1928年)前,犍厂下运宜宾以下销岸,称为南货船,每只载盐200～800担,共有340只;行销湘楚的盐在纳溪换长船,下放渝州、万州;行滇岸者即换小船入云南小河。乐厂引盐,在牛华溪公仓人力抬至河下装船,称为大半头船,有700余只船,可装盐100～150担,由岷江上运府河岸;销府岸者直运成都,枯水期须换用驳船运中兴场,再用板车陆运到岸;上运南河岸者为中板船,有300余只,可装盐100～150担,到彭山转新津河到新津。运雅安的盐则在乐厂装竹筏,每只可载100担,有船60多只,由青衣江逆水而上,经夹江、洪雅到雅安。

南货船、长船、小船、大半头船、驳船、竹筏……这些大大小小的船只支撑起了犍乐盐场的全部盐运，总数在千只以上，可以说是布满了岷江航道，让江面都弥漫着盐的味道。记得小时候，我家附近不远的河边就是停靠大盐船的地方，一到黄昏，船密密麻麻地排在岸边，撑杆林立，极为壮观。那些船家在船上生炉做饭，炊烟袅袅，然后一家老小围着张小桌子吃饭。夏天的时候男人赤裸着上身，从江中提水把晒得滚烫的船面冲凉，晚上就直接睡在船板上，第二天一早便开船去了其他地方。从清朝开始，犍乐盐不仅是四川盐食的主供地之一，同时也参与到了如川盐入黔、川盐济楚等大事件中，成为历史的构建者，其中自然少不了那些岷江盐船的功劳。

在过去，盐是国家税入之大宗，盐运也为官方高度重视。光绪三年（1877年），丁宝桢任四川总督，实施官运制，首先在五通桥设竹根滩船局，负责官盐的运输。民国初年（1912年），五通桥又专门成立了船筏工会，抗战时期将船筏工会改为船筏办事处，实行军管，盐船须挂专门的旗帜，"盐运视同军运，盐工免役，不许征用运盐船只"。（《五通桥区志》）这些历史都是与岷江水运有关的，也证明了盐业的发展得依江之利。

民国三年（1914年）十二月，盐务稽核总所会办、英国人丁恩为考察川滇两省盐务，分别去了自贡和五通桥两大盐场，考察中他发现犍乐盐比贡井盐在运输上便利得多，而主要原因就是河运，他在《改革中国盐务报告书》中写道：

> 就运输之便利而言，犍厂为最，乐厂次之。乐厂重要之井多在岷江左岸，大渡河及铜河两岸亦有之，大、铜两河皆岷江右岸之支流也。犍厂最富之井则在岷江左岸之五通桥地方，及桥沟两岸，直至马踏井界。犍乐两场最富之井均系丛聚一处，与自流井无异，管理上皆甚便利，只有马踏河一带之井略形散漫，管理较难耳。乐厂之盐运赴销岸，须溯江而上；犍厂之盐则须换船始能运至岷江，然以运输之便利而言论，犍厂仍远胜自流井。按之上述情形，可知犍厂之盐由水路运至泸州，较由自流井运往者所需运费为廉。

丁恩的分析影响了中国近现代盐业经济政策的制定，在北洋时期，他是中国最有话语权的盐业管理者之一。丁恩走遍了中国的所有盐场，对每个地方的盐业状况都做了充分的了解，这其中就包括盐场的地理条件、盐产数量、运销成本、税额收缴等。他的报告明确地指出了犍乐盐在水运上的优势，遗憾的是时人并未察觉洋老头的睿智，而盐场后来的遭际将成为这段分析最磅礴的注脚。

四川大军阀刘文辉早年曾经在乐山有过一段戎马经历，比较早地发现了五通桥的盐运枢纽作用。后来，其兄刘文彩在五通桥设天福商号，专做运商生意，每年在五通桥购买大量盐引，然后将这些盐销往永岸、滇岸、涪岸等地。当时刘家控制着"犍乐井仁盐场治理委员会"，又设"清岸缉私大队"在通往各个销岸的水道上垄断船运，把持码头，刘氏家族的财富有很大一部分是来自盐。后来刘文辉在其回忆录《走到人民阵营的历史道路》中承认："盛产盐糖的五通桥、自流井和资中、内江等地又都在我的防区内，盐糖税收为我和刘湘所瓜分。"

现在小城还有不少当年的盐运码头遗迹，绿苔丛生、落叶掩弥，在河边随江水的涨跌时隐时现，偶尔只有三五人垂钓，或一二渔舟过往。当年盐商们出于风水、朝向和地形的考虑，在河边垒石、砌坎、筑台，形态各异，也是岷江边一道独特的风景。连接码头的是江边的吊脚楼，吊脚楼上还能听到这样的船夫谣：

说江湖,道江湖,哪州哪县我不熟?

成都府管嘉定府,桥滩两地把盐出……

岷江水运对一个地方的影响是巨大的,像五通桥这样的小城,过去基本就是一块江湖飞地,是水运的便利带动了它的经济和贸易,使之成为一个从清朝康乾以后富甲巴蜀的工商业城镇。

1938年,抗战来临,民族实业家范旭东把当时"吾国唯一的化学命脉"——永利企业从天津迁到了五通桥。他们在岷江边开垦了一块荒地,豪情万丈地要建设一个崭新的"新塘沽",这在抗战时期可以说是最为引人瞩目的建设蓝图,也是大后方最大规模的科研、生产为一体的建设项目,他为什么会千里迢迢地选在这里继续他的事业。这跟当年丁恩的调查报告有一定的关系,小城再一次显示了它在水运上的巨大优势。

范旭东(1883—1948年)是民国早期大实业家,素负建立"中国化学工业托拉斯"之雄心,他通过二十年的艰难创业,已经构筑起他的"永久黄"(即永利化工、久大盐业、黄海化学研究社)企业集团。永利化学公司是中国唯一、东亚第一的化工企业,被认为是当时"中国化学之基本","中国化学工

道士观是岷江边的一处险要之地，范旭东将永利企业迁到这里，并取名为"新塘沽"，以期振兴西南化工基地

业将来能否独立，当决于公司两厂之成败"。而有了这两家厂，范旭东曾感慨地说："基本化工之两翼——酸和碱——已成长，听凭中国化工翱翔矣！"

但抗战一来，永利碱铔两厂均被日军占领，这两只刚刚飞起的翅膀面临折翅的危险。所以范旭东决定将全部技术人员撤至大后方，来到四川五通桥道士观重新开设新厂，他在《我们初到华西》一文中讲出了选择此地的原因：

> 二十八年三月一日，公司特废去道士观旧名，改称新塘沽，纪念中国基本化工的摇篮地。新塘沽在岷江东岸，附近食盐、烟煤、磺铁、灰石、耐火土料等等，都有出产。据地质学家调查，甚至煤气、石油，尽有发现的可能，化工原料，堪称齐备。产量现在还不能确定，要再勘测，但比在别处，多少已有把握。这一带江水深湛，地势宽敞，上距嘉定二十余公里，下至叙府二百余公里，直达长江……利用岷江，可与成渝、叙昆两路直接联系，将来货品转运西南西北各省，亦甚便利，与我们选择厂址之原则，极相符合。

范旭东最看重的一是桥盐，二就是岷江水运，而这最早也是受丁恩考察报告的影响，他的团队在大后方选址时将目光定格在了这里。永利川厂建成之后，中国一批最顶尖的化工专家云集此地，科研成就之显著为抗战时期之翘楚。其中侯德榜的"侯氏制碱法"就诞生在小城五通桥，它改变了中国在世界上的化工地位。当然，最重要的是永利生产的化工原料是制造军工物资的材料，源源不断地支持了抗战军需。

永利在建设初期，几乎所有的建筑材料、机器装备都是靠岷江来运输的，如水泥就是从重庆采购，每月需要1 000～2 000桶，这都是用木船运到五通桥的，但运输不易，其间出现翻船事故达几十起之多，永利派有专人去解决"沉船失吉"的问题。不仅如此，由于永利是塘沽海边起家的企业，刚迁到四川的时候，对岷江水情不熟，特别是对抵抗洪水灾害的准备不足，也遭遇过不测。在永利的企业档案资料中就有一份反映洪水侵袭沿岸百姓住所的函件："敝厂契管老龙坝（道士观别称）滩地，地势过低，岁遭洪水，人民搭建棚房，不免被冲漂去。此次江流陡涨，坝上住户，深夜惊觉，呼船救命，搬徙什物，避难情形，不可言状。"

但永利仍然要依靠岷江来发展，它的产品需要岷江来做运输保障。当年在岷江边有一个"永利码头",这是永利为货物运输而修建的,至今犹存。抗战期间"永利码头"一直是在繁忙和紧张中度过的,是个真正意义上的抗战码头。后来,李约瑟考察中国西南科技之旅也是从"永利码头"开始的,他第一站就到了永利,考察完永利之后,坐船去了宜宾李庄,一路是岷江与之相伴。这次旅行让李约瑟更深入地了解了中国当时的科技水平,他的考察路线表明西南一带的科技生存线是与岷江紧紧相连的,当时抗战西迁的高校、企业、科研机构大多都在岷江沿线临时设建,应该说都充分考虑了水运的条件。

20世纪50年代初,我母亲在泸州读书后到五通桥参加工作,就是坐船去的,可知中国人离开坐船远行的生活也不过几十年时间。实际上就在十年前,我从五通桥竹根滩到西坝,过岷江时仍然坐的是汽轮,且一头是固定的趸船,一头是移动的码头,随水位的涨跌要在卵石滩上走上很长一段,才能找到渡船。沿途是挑箩筐、提蔑兜、背竹篓的人,蹒跚而行,到了渡口还要看运气,要是碰上船刚刚开走,即便两岸相望不过百米之遥,也要再等很长时间。

如今,横跨的岷江大桥已经修成,告别了千年的渡船历史,西坝的生姜贸易、西坝豆腐餐饮等已无隔江之困,往来极为方便。但我们不要忘了在陆路交通还非常落后的年代,船是当时人们主要的交通工具,水运的作用无可替代,更不用说对地方经济、贸易、文化等方面的影响。从西坝窑、犍乐盐到永利碱,其间的因缘际会成就了一个小城昔日的辉煌,现实的河流与历史的激流曾经有过交汇,它们在不同时期为一地的经济带来了繁盛。

河帮菜的岷江印记

前些年，诗人宋炜准备开一家饭馆，取名"下南道"。他想展现一下乐山、宜宾一带的饮食风味，而那一片地区过去就称为下南道。顾名思义，既有下南道，就有上南道，但南道从何而来？我对此曾稍作考证，南道的意思跟汉通西南夷这个大历史时期有关系，蜀与僰之间的道路，当时叫南夷道。后来到了唐代，唐太宗依山川形便分天下为"十道"，其中有"山南道"，境域就包含了巴蜀的东北部地区。上山南道西抵陇蜀，下山南道东接荆楚。到了民国初年，南京政府认为四川辖域辽阔，仍然保留了清朝以前"道"的设置，把原建昌道改为"上川南道"，原永宁道改为"下川南道"，辖地极宽，涉及50多个县,均在四川之南。也许为了更加简单通俗,后来的称呼直接就变为了上南道、下南道,经过了王朝更迭、疆域变迁,上下之分就成为一个大地理概念,纯粹是民间意味,已非官方行政区划。

其实,上、下南道就是个习惯性称呼,就像过去人们说"上成都""下重庆"一样,应该是循水路来讲的。所谓下南道就是指沿岷江而下,通往贵州、云南等四川以南的地方,是个简单的地理泛指,也许取"下南道"作为餐馆之名,只是为了利于我们认识一方水土的饮食特点。过去,川菜中有河帮菜的说法,指的就是岷江沿线的饮食口味,岷江是川菜的一条美食走廊。

河帮菜又有上河帮菜和下河帮菜两大流派之别,而这样的区分是以岷江的上下游来划分的。一般来讲,上河帮菜指的是乐山、成都以上的风味,下河帮指的是乐山、宜宾以下,泸州、重庆一带的风味。宋炜开"下南道"的初衷,就是想把那些星罗棋布于乐山、宜宾、自贡、泸州等广大城乡间的民间美食汇聚到一起,成为一个小小的代表川南风味的"美食博物馆"。

其实,上河帮菜仍然是笼统的说法,成都的菜与乐山的菜、宜宾的菜还是有着不小的差异,那它们的区别在哪里呢?一般来说，成都菜融合了川北口味，也有北来饮食的影响；宜宾菜受云南一带的影响大；乐山菜则相对独立，个性更为鲜明。要讲明这种关系可能是一件具体而琐碎的事情，但如果用岷江这条线索来讲，就方便了很多，宋炜用一份菜单阐明了他的美食心得。

在岷江沿线的河帮菜中，我个人认为最有特色的是乐山菜。在开办"下南道"之前，宋炜约我同他一起到乐山物色厨师，到乐山江边某餐馆汇合，然后泡茶聊天。中午，来了三个厨师，姓张，姓王，姓李。他们各自上灶，约莫一个小时，全部的菜上齐，满满当当一桌，我们开始动筷试菜。张师傅的凉拌鸡采用的是传统乐山白宰鸡的做法，王师傅的藿香鲫鱼是本土流行的风味，而李师傅的麻辣鳝丝体现的是乡村特色。这几道菜颇能代表当地的一些饮食风尚。

后来我跟宋炜聊到这些菜的时候，探讨了一个问题：乐山的菜跟其他地方的川菜最大的不同在哪里？他说是在用糖上。这确实让我有些吃惊，但细细想来很有道理，如乐山白宰鸡、甜皮鸭、凉拌白肉等皆用糖，回甜味浓，比其他地方更为明显。川菜麻辣口味重，糖有调和的作用，增加了口感的绵厚，但乐山人嗜甜的习惯确实又有些与众不同。

仅仅是口味这样简单吗？当然不是，使用糖还跟一地的经济有关。美国"饮食人类学之父"西敏司写过一本叫作《甜与权力：糖在近代历史上的地位》的书，书中写道："我们看到了糖从一件奢侈品化身为工业化生产之商品的过程……我们也看到了糖是如何经过一个自上而下的复杂文化过程，一步步地嵌入到了日常生活的肌理之中。"那么，这段话带给我们的启发是乐山菜的甜味与其说是一方的独特风味或偏好，不如说它背后有隐形的历史地理因素起作用，可惜常常为我们忽略。

乐山是岷江沿岸最为重要的城市之一，也是岷江中、下游的节点，其水陆交通的便利、物产之丰远胜周边城市，乃蜀中富庶之地。嗜甜的饮食时尚，在过去往往是生活水平的一种反映，糖的贵重跟制糖史有关，中国人对糖的喜爱直到五十年前都可以说是被压抑的。在我们的童年时代，吃糖不易，它代表的不是现实，而是另一个世界。正如西敏司所说的"甜是一种权力"一样，菜品温和绵柔的气质正体现了某种底蕴，糖是地方经济的反映，又在精神上具有欢愉的意味。相比下河帮菜的草莽风格和江湖气息，自然会让人联想到自然与经济的差异，贫山穷水是难有甜情蜜意的，只有甜才能够解放那些久远、细微、隐秘的味蕾。

甜也能让人想起那些风调雨顺、物阜民丰的年代。清光绪十年（1884年），刘光第游嘉峨，他走到乐山城郊时见到的景象是"风近古朴，种桑饲蚕，植树放蜡，务本之图，乡民颇识"（《游嘉峨日记》），此话可略见嘉州之乡土风貌。其实，乐山地处四川腹地，具有水运枢纽的地位，市廛繁富，是个鱼米之乡。

抗战时期，叶圣陶西迁到乐山教书，他的《嘉沪通信》记录下了一些日常生活感受："昨与朋友下馆子，宫保鸡丁，块鱼，鸭掌鸭舌，鸡汤豆腐……味绝佳，在苏州亦吃不到也"，"此间鱼多，间日购之。八九角可买一鸡，五六角可买一鸭，……七八角钱已吃得很好，与在汉口，在重庆，迥然不同"，"此间之饼饵糖食制作精良，云乐山类苏州"……这些生活感受虽然零零碎碎，但都可以从侧面看出一地经济状况。叶圣陶作为一个外地人，新到一个陌生的地方，刚开始的感受是非常强烈的，对地方饮食的评判也是敏锐的，如他说"此间鱼多""糖食制作精良""味道佳"等，恰巧道出了乐山饮食的特点。

饮食往往是地理与风土的融汇，不妨借乐山白宰鸡聊作谈资。乐山白宰鸡是乐山菜的代表，到乐山的人不吃回白宰鸡，等于没去过乐山。乐山白宰鸡汁浓味厚、麻辣鲜香，但它的勾魂之处与糖有关。郭沫若曾回忆："白切（宰）鸡我觉得以乐山为最好的……乐山的白切（宰）鸡之嫩，汁水之味美，实在是一种奇妙的艺术品。""雪白的鸡片，鲜红的辣油海椒，浓黑的酱油……这样写着都禁不住唾涎的津津分泌了。"（《我的童年》）其实，他没有写到最为独特的回甜，没有发现糖的妙用，可能是被"色"给遮蔽了。后来我看到宋炜在"下南道"的餐厅图册介绍中讲到他对乐山菜的理解，谈到了糖同一地饮食的关系："乐山山水清秀，出产丰裕，老百姓在遵从食材本味的同时讲究各种调味料的中和，擅于在极为微妙的分量上用糖。"此话可谓切中肯綮。

除却甜是乐山饮食的一大特点之外，我们还不能忽视岷江对乐山饮食的影响。乐山是个码头城市，码头具有社会学上的多义性，饮食的复杂性可以通过码头来透视。另一方面，码头的性格在饮食中也有反映，如在食客的流动、食材的丰富、烹饪的包容并蓄等方面上。所以，码头饮食有"烩"的特点，烩的本义是火中相会的意思，是指饮食的，后来才引申出了江湖之意。2017年的夏天，《舌尖上的中国》剧组第三季要拍摄乐山饮食，曾经与我交流过乐山饮食文化的话题，我极力推荐牛华麻辣烫，其实便出于我对乐山菜的一个理解——麻辣烫的精髓就是一个字：烩。

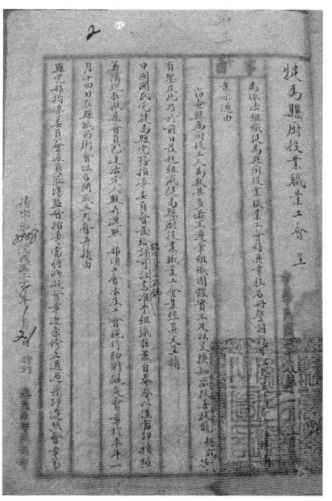

民国二十八年（1939年），岷江边的犍为县成立厨役职业工会，"不遵章组织团体不足以交流技能"
犍为县档案馆供图

岷江记

饮食文化与地缘文化一脉相承，乐山江河繁华，饮食自然带有码头风格。在过去，乐山下游二十里的五通桥岷江码头上有一条好吃街，抗战时期这条街上有个下江人开了家"试如何"的馆子，做糖醋脆皮鱼，无论是走上水还是行下水的客伙，都会慕名而来尝个鲜，是方圆闻名的水路美食。这个人其实是逃难而来，但码头接纳了他，这就是江河的汇聚与包容，让外来的饮食也能落地生根。混杂的饮食血统中往往会产生优良的美食基因，这又让我想起了王师傅做的藿香鲫鱼，二者好像还可以放在一起来谈。

脆皮鱼原本是江浙菜的做法，糖醋味，内地过去少见，吃惯了麻辣味的四川人对这种偏甜的口味有新鲜感，自然是趋之若鹜。其实，乐山一带以传统的家常鱼为主，麻辣味，且喜用藿香，这又是乐山菜中的一大特点。藿香有种特殊的芳香味，它在葱、蒜、姜中增添了馥郁，祛腥效果好。同时藿香有药性，也开胃。宋炜说藿香叶有异香扑鼻之妙，讳者避之不及，爱者闻之流涎，是乐山人的头号口嗜。确实，藿香真不是人人能吃，更谈不上个个喜欢，但它就是太奇妙了，一进乐山的大小餐馆，好像无处不见藿香，连夜烧烤中也有藿香排骨这样的做法，不得不让人称奇。想想也不奇怪，那里的老百姓连在凉拌菜中也爱放藿香，最为家常的就是凉拌白肉、凉拌胡豆，甚至凉拌折耳根也要放藿香。

乐山人为什么如此钟情藿香呢？食材丰富应该是原因之一。藿香喜长在潮湿多水的地方，而乐山一带正是适合生长的地方，房前屋后，小块隙地就可种植，采摘也方便。乐山人在河鲜中最善用藿香，也更能体现藿香的特点，若要数色香味之淋漓尽致，藿香鲫鱼为最。川菜在不断变化，就当下而言，如果要拿一道菜来代表河帮菜，我个人认为藿香鲫鱼是最适合的。另外还可一说的是，乐山人做藿香鲫鱼多用泡椒、泡姜，采用软烧方式，即鱼不过油，在起锅前勾芡收汁，这样味道更为鲜香浑厚。

说到河鲜，那一天我同宋炜又聊起了过去在乐山吃过的鱼，如爆炒乌鱼片。过去，乐山乌尤寺一带流行过这道菜，很有特点。主材只用木耳、葱节、姜片，乌鱼养在水里，现吃现做，从水缸里摸出一尾，除骨切片，下锅爆炒，鲜嫩滑口。

乐山人也善吃鳝鱼，除了传统的炒鳝片、红烧鳝段，食鳝丝也颇有意思，据说以乐山与峨眉相邻的临江小镇的鳝丝做法最为独特。鳝丝以野生幼鳝为材，春夏正是捕鳝时节，味道最佳；手刮鳝鱼是功夫，取背脊上的两条肉，鳝骨留来油炸，也是一道美味。鳝丝的做法有点像水煮鱼，做好后起锅盛盘，用筷拈之，鳝丝如一根根鲜嫩无比的"鱼面条"。宋炜说如果再佐以三月的椿芽，更是一绝。

在江边喝茶聊天，颇有点"白发渔樵江渚上"的意味，"吃"的龙门阵还意犹未尽。我曾经在乐山吃过一道菜，是朋友亲手烧制的大蒜烧鲵鱼，味道难忘，虽是人工养殖，但仍能得其鲜，用紫皮独头蒜红烧，用糖勾味，肉质鲜嫩，蒜香浓郁。我说完这个，宋炜接着讲起了他家乡沐溪河的"糖汁糟鱼"。他是乐山沐川人，沐溪河是岷江右岸支流，在西坝镇附近汇入岷江，所谓"糟鱼"就是取沐溪河里的小杂鱼，用高粱土酒和老黄糖精心糟制，再以二荆条或太和豆豉细切调味，香辣回甜。他说，一碟"糖汁糟鱼"，再来点威士忌，足以尽遣浮生之乐……

当然，坐在乐山的江边谈鱼，自然不能绕过江团。乐山最独特的鱼是江团，只在那一带盛产。江团在有些地方也叫江鳗，"江鳗，俗作江团，嘉州自峡口下犍为境乃有之，桃涨水出，味美极鲜"。（1937年版《犍为县志》）但李劼人先生在《漫谈中国人的食》中说是"江豚"之讹，也就是说江团应该是江豚。但还是前一种说法更为人所接受。江团学名叫长吻鮠，也就是一种长嘴鱼，百科上说它"体长，吻锥形，向前显著地突出。

口下位，呈新月形，唇肥厚，眼小"。此鱼无鳞、少细刺、肉丰肥美，过去民间叫"水底羊"，拿羊相比，算是跨界。而陈植菜《江豚鱼》中有"岷江名产有江豚，味美鲜鱼胜熊蹯"句，又把它与熊掌相比，颇为有趣。

清蒸江团乃乐山一道名食，做法大致是将料酒腌渍入味后洗净，放上火腿、香菇、姜葱，用猪油网包鱼，上灶清蒸，味道非常鲜美。当然，其中火腿的提鲜作用不可小觑，使用的火腿以云腿为佳，三年以上的云腿有香甜回口，蒸熟后香气四溢。又说回到甜，只是隐秘的甜是不易被发现的。

如今要吃江团不太容易，市场上所见基本是人工养殖，野生江团难觅。其实，郭沫若在回忆录中就说江团"甚名贵"，旧时如此，现在更是稀有。江团一般生活在岩下洞穴中，属于丙穴鱼之类，捕获江团须识得鱼窝子，还要有种特殊的工具。据说那是一种特制的鱼篓，鱼一钻进去就很难出来。过程是捕鱼之人在篓中放入诱饵，沉入江中深水，然后回家睡觉，等到半夜三更才摸到江边，将鱼篓提起，往往就有收获。不知此说是真是假，但颇觉神奇，感觉那是古人才有的生活，我们只有临渊羡鱼的份，却做不到退而结网。

几个月后，"下南道"餐厅开张，人们在这里可以吃到不少岷江沿江一带的美食，如犍为麻辣大头菜、西坝泡仔姜、峨眉山雪魔芋烧鸭、李庄大刀白肉、宜宾竹荪烧团鱼、五通桥肥肠楸饼、苏稽跷脚牛肉、沐川苦笋炖土鸡、牛华鸡丝豆腐脑、犍为叶儿粑等等，这些菜肴都带着浓郁的地方特色，也带着岷江的鲜活记忆。

记得在之前说到家乡的那条好吃街，沿岷江而建，临江一边多为吊脚楼。吊脚楼有旅社、茶馆、饭馆、货铺，非常热闹。那些吊脚楼悬在岩壁上，只用几根木柱支撑，孤零零的，却极具美感。吊脚楼之间常有窄窄的一条小道下到水边，挑水洗菜就在这里，小船也在这里上下货物。楼上的人吃酒喝茶，谈天说地，楼下的江中有几个凫水的孩子，各得其乐。在此间，不知道有没有一个推窗远眺的人在春涨秋落前若有所思，再鲜活的故事也会陷入虚无，如江水一样隐而不言。

西坝曾店儿,岷江支流沫溪河畔的小店

季富政绘

岷江之秋:等待一场洗河水

深秋,我又去了乐山。坐在江边喝茶,远远望去,河心已露出小洲,在洪水季节它是被完全淹没的,一旦出水面,枯水期很快也就来了。同我一起的朋友说,如果江中露出了鹅卵石,就会有大量的鸟类飞来啄食小鱼,也是一道景观。当然,那时的岷江一定很"骨感",宽阔的河床就像是件空空的衣裳,被河风鼓荡着,而河水尤显瘦骨嶙峋。

在去乐山之前,四川大部分地区已经连续下了几场秋雨,但岷江里看不到明显的涨水,可能是由于降雨量不足。从人文视角看,这个季节的水也是可观的,甚至也有名字,在古代它叫"登高水",也就是重阳之后的一汪秋水。古人的生活比现代人细致而有情趣得多，他们会把每个月的河水命名，让人知道四时更替。在已故著名水利专家张含英的《历代治河方略探讨》一书中就记录了一年中江河的变化：

> 二月、三月桃华始开，冰泮，雨积，众流猥集，波澜盛长，谓之"桃华水"。春末，芜菁华开，谓之"菜华水"。四月末垄麦结秀，擢芒变色，谓之"麦黄水"。五月，瓜实延蔓，谓之"瓜蔓水"。朔野之地，深山穷谷，固阴冱寒，冰坚晚泮；逮乎盛夏，消释方尽，而沃荡山石，水带矾腥，并流于河，故六月中旬谓之"矾山水"。七月，菽豆方秀，谓之"豆花水"。八月菼薍（古书指初生的荻），谓之"荻苗水"。九月以重阳纪节，谓之"登高水"。十月，水落安流，复其故道，谓之"复槽水"。十一月、十二月，断水杂流，乘寒复结，谓之"蹙凌水"。

这段文字其实来源于《宋史·河渠志》，张含英先生只是转述而已，我在这里再次引用，是觉得这些命名太有意思了，我们曾经有过多么美的江河啊！

岷江记

坐在江边已有寒意，连续的秋雨带来了降温。但它们对岷江的影响不大，这跟夏季的那几场大雨不可同日而语，看来"登高水"只适合来怀人或思物。那天晚上，我们沿着江边散步，有轮船华丽地穿行在江上，把江面映照得流光溢彩。这是"三江夜游"的旅游项目，据说十分吸引外地游客，但江水一旦消退见底，项目就得暂停。水涨水落，故事亦多，我突然想起了"水电报"，那是从水上漂来的一段历史。

辛亥革命前夕，也是秋天，保路运动如火如荼，然而运动领袖蒲殿俊、罗纶被官府诱杀，请愿群众三十多人惨死。"成都血案"发生后，赵尔丰全面封锁交通和邮政，同盟会迅速制作数百块木牌，在成都连夜秘密投入江中，消息迅速传遍沿江各地。不过，发"水电报"这种方式并非源自保路运动，而是久已有之。在宋代熙宁年间，茂州（今四川茂县凤仪镇）为群蛮所围，知州范百常踞守孤城达两月半，城破之前突然想出妙计，将木牌数百投放江中，以传递军情，后得到调兵增援，破围阵，"蛮乃降"。

"水电报"已成往事，同样是在秋季，"水电报"的故事还在流传，但江河好像已经不是昨日的江河了。

如今的岷江，除了夏天，在其他季节基本就是断断续续的，江中的景象常常让人心堵。有一年，我到马边去考察，有很长一段要沿着马边河走，它是岷江下游最大的一条支流，沿途的景象却让我不禁再次感叹。马边河从岷江右岸汇入，过去可以从彝区的马边河段直接放舟到岷江，民国时期还曾有过疏浚马边河道来开发小凉山区的计划。但现在这条河拦坝林立，水电资源被梯级开发后，上游湍急的河流被一截一截分断，变得像一块块静静的堰塘。其实，马边河的现状就是很多河流现在的状况，这不由得让我们忧心忡忡，人类赖以生存的江河资源正面临着严峻的威胁。

印开蒲先生是中科院成都分院的植物保护专家，当年为了追寻英国植物学家威尔逊在岷江留下的足迹，跑遍了整个岷江，在长达十多年的时间中来回穿梭于岷江沿岸。印先生曾经对我说，威尔逊在岷江上游拍摄了不少的照片，从一些照片中可以看到过去岷江沿岸一些地方是有森林的，还能看到柏树、洋槐等大树，他还在那一带发现了岷江水杉，但现在两岸只长耐干旱型植物，这是图片上反映的历史变迁。虽然几百年前也有干旱，也不排除军阀的砍伐、地方土豪修官寨等因素，但面积没有那么大。如今的河谷地区只适应比较耐旱的植物生存，现有植物已不适应湿润环境，植被趋于干旱化、半干旱化，而这主要是气候变化跟人类活动干预的叠加造成的。不仅如此，印开蒲说岷江河床的变化也大，从松潘下来一直到汶川、映秀，沿途修建了有二十多个大大小小的电站，从头年11月到次年4月，一百多公里的河段断流，而这一段可以明显地看到植物种类减少，自然环境恶化。

那一天从印先生的工作室出来，感到特别压抑，是河流环境的变化让人类背离，还是人类的利欲熏心让河流如此沉重？有一个事实是：如今人们离江河的生活远了，也很难有人去主动亲近河水了。我们不再需要打鱼、洗衣、淘菜这些原始的生活方式，甚至我们也不再在天然的河流中游泳，享受夏季生活的乐趣。我常常是在飞奔的汽车上，偶尔瞥见岷江的一角：河面空旷，看不到行船；河床被挖得坑坑洼洼，变成一块一块的滩涂；在冬季只余几条冻得瑟瑟发抖的细流。而两岸建起了不少的工厂，污染物粗暴地排入江中……岷江在分摊着那些血腥的成本，它自己也变得沉疴在身。

岷江河道也在发生巨大的变迁。不可否认的是，岷江在近三十年之中的变化太大了，这是一个内河航运急剧贬值的时期。没有船只，河流就会"生锈"，河床日销月铄，古代治河岁修的定例已被打破，民间自发保护河道的力量越来越弱。我们甚至已经没有兴趣去看看那带着诗情的"登高水",古意杳渺,人迹寥落。

但是,天造地设的岷江难道会一直就此沉沦下去?造物主送给人类文明的这条优美河流会一直被人类冷漠相待?

我们应该来重温一下岷江的历史。

岷江是怎么来的?没有人能够回答这个问题,人们只能试着来回答,就像人不能回答人是怎么来的一样。人类一直都是在想象这个世界过去的样子,只有想象能够飞越时光,也只有想象才会动人心魄。

……岷江是一条非常古老的河流。它的形成分为四个主要时期:第一个时期是距今两亿年前的三叠纪,四川大部还潜藏海底,经过一次强烈的造山运动(即印支运动),横断山系及龙门山、大巴山、米仓山相继崛起,四川盆地成为泄湖,称为"巴蜀湖"。此时,岷江上源部分已经形成河流,水注入巴蜀湖中。第二个时期是距今1.4亿年前的侏罗纪,又发生一次造山运动(即燕山运动),四川东南部、盆地中部逐渐隆起,西北部凹陷不断加深,巴蜀湖被压缩至西北一隅，称为"蜀湖"。其南端有嘉州峡谷与沐川五指山背斜两侧的残湖相连，此后峡谷即发育成岷江中下游干流。第三个时期是距今1亿年的晚白垩世初开始，再次发生造山运动（即喜山运动），此时岷江上游黑水河及干流均发育完成，长江三峡被切穿，长江东流的格局终于奠定，岷江下游古河道流向东南，注入长江。第四个时期是距今6500万年的第三纪，四川成为起伏和缓的准平原，之后四川境内地壳发生多次间歇性差异运动，川西地面抬升幅度大、速度快，成都平原相对下沉，这样就形成了四川盆地和岷江三峡水系的大格局……

上面的这段叙述大意来自1990年四川省水电厅内部出版的《岷江志》一书，是地质学家的讲述，在我看来，它们也包含了大量科学推想的成分。生年不满百，去思考上亿年前的变迁足以令普通人感到畏惧。人类的历史在岷江面前真是短暂得不值一提，根本无法想象那些久远的历史从何而来。但是，对于山川的沧桑巨变，我们又是完全能够感受得到的。每一次来到江边，望着河床里那些一望无际的鹅卵石，我就知道它们的前世今生必有一番漫长的故事。其实，石头并非像我们看到的那样安静，它们一直在变化，并在运动中耗尽了其物质存在形态，最终化为尘埃，变为虚无。

卵石是河床中最为坚实的"材料"，这多少有些不可思议。人们发现，岷江中下游河道在几千年中是相对稳定的，没有发生过大的改道现象；上游则不同，变化大且频繁。如在汶川大地震期间，山崩地裂，多处发生山体垮塌，将岷江拦腰截断，形成堰塞湖，危及下游民众的生命和财产安全。其实在这一带，一到春夏雨水连绵的时节，常常会突发大面积泥石流。下面这则发生于2013年7月的新闻即为一例：

> 据汶川县防汛办上报，受强降雨影响，汶川县境内多处发生泥石流，冲入河道形成壅塞体，并造成多个乡镇受灾。映秀镇牛眠沟发生泥石流，堵塞岷江河道约2/3，岷江改道，宽约130米，长约60米，高约7米，体积约5万方，影响张家平村约200人；都汶高速路桃关隧道至福堂隧道的大桥其中一跨垮塌；漩口工业园区发生泥石流，被困人员现已全部解救、转移。

事实上，这是岷江上游常见的险情，年年如斯。年年的垮塌、壅塞，导致岷江不断变移，而这跟地质状况密切相关。《岷江志》中说："灌县以上的上游流域，地貌上处于青藏高原边缘和成都平原接壤处，地质上存在几个构造运动强烈的褶皱带，又是中国南北地震活动带的一部分，地质条件相当复杂……灌县以下，构造上属四川地台西部边缘，构造简单，仅有宽平穹窿及较小皱褶，地层产状较为平缓，出露岩层多为侏罗、白垩系砂岩、页岩、黏土岩等，多有软弱夹层。"

不过，相比黄河而言，岷江又是小巫见大巫。"在1946年以前的三四千年中，黄河决口泛滥达1593次，较大的改道有26次。"（《人民黄河》）虽然岷江没有黄河那样严重，但在岷江形成的过程中，河道的变迁是没有间断的，这在考古发掘的史前遗迹中就能够看到。成都平原因为受岷江影响，在先秦时期的原始聚落中曾经留下过很多变迁的痕迹。

岷江上游是古蜀先民随水迁移的方向，聚落随着河道的变迁而不断移动，古蜀文明就是这样在河道的"摆动"中逐渐产生的。有人说岷江是蜀文化的摇篮，这条从北纬34°西经12°发源的江河给整个四川盆地乃至西南地区带来的影响是巨大的。岷江就是一道漫长的历史之旅，历史必由相关的地域承载，岷江一直封存着那块土地上神秘的文化基因，让沿江风土一直保持着独特而醇厚的秉性。

整个岷江流域，纳入大大小小的支流上百条之多，成为江河中的一个集大成者，而这个江河的大家庭浩浩荡荡地奔赴向前，成为长江上游最重要的源头之一，岷江也由此真正地成为堪与中国少数几条大江比肩的卓越之河。《四库全书》史部的"山水之属"中有这样一段话："计天下之水会于江者，居天下之半，其名称之大而可考者，凡十有三，故曰江源。其出入甕，而能滔滔万里达海，所受者众也。"这段话道出了有容乃大的真理，岷江聚无数涓涓细流而成大河，所以在这段话的最后，皓首穷经的撰史人发出了这样的感叹："呜呼，问学者可以观矣！"

其实，每一条支流都有自己的源地与流域，连接着一片人类的生养之地，在所过之处成为人们心目中的母亲河，这种山河情感弥足珍贵，而家园的概念往往依托于此。我曾去过一些岷江支流的源头，比如马边河的分水岭，就曾发现一种现象，源头之地都有一种非凡的气魄，水雾弥漫、水势湍急、水声震天，保持着一种元初的汹涌气息。也正是因为这样，每一条大江都是靠着沿途源源不断的支流汇纳，才有了最终东流入海的能量储备。

每年开春,桃花水的来临预示了河流生命的高涨,是充满朝气和希望的涨水,但有高涨就有低落。岷江一年之中有一次"低落之水",叫"洗河水",这是张含英文字里没有记录的,它是岷江沿岸百姓对相应时节河水的独特称谓。每年入夏水涨,入秋水落,重阳之后最后一场雨后涨的水就叫"洗河水",顾名思义,也就是最后把河床洗一遍,很形象地说明河水至此开始衰竭。

这两次水对岷江来说是最为重要的,一年之中一前一后,是岷江春秋两季重大的节点。当年马一浮流寓乐山,他是江浙人,对"洗河水"这一景象颇觉有趣,曾在诗中写道:"呼吸湖光饮山渌,区区夷夏真鸿毛。"(《蠲戏斋诗编年集》)他讲到的这次"洗河水"带来了新鲜的空气,山色青翠,秋水沉静,相映成禅,看来那场雨是下透了的,透得让人大彻大悟。

因着文人骚客的兴致、民俗生活对江河的亲近,民间意趣才会如此的生动活泼。只是,每年的桃花水是人们非常重视的,甚至不惜以隆重的仪式去迎接,而"洗河水"就不见得有如此的待遇,人们只能从心里去感受,用眼睛去目送,春之盎然与秋之萧瑟截然有别。"洗河水"静静地带走了一年的喧嚣,然后河流落入沉寂,并在沉寂中蛰伏着新一个四季的轮回,平静以待是自然的事情。但我常常这样想,如果每年的"洗河水"能够再大一点,再持久一点,把那些污秽肮脏荡涤掉,给我们的河流多带来一些清澈和纯净,那该是多好的事情。

我相信岷江是有生命的。记得小的时候,一到夏天我们就会跳进岷江去游泳,那种感觉有如被自然母亲所接纳,人的身体可以跟江水进行最亲密、最自然的接触,人们也能通过江水去感受大自然带来的纯粹生命体验。但现在的孩子好像很难再有我们那样的童年,这不能不说是一件憾事。我们要思考的是为什么会出现这种情况,我们的后代还会不会有祖辈那种亲水的生活?这样的问题已经触及人类的生存思考,江上千古月,岷江独自流,它永远是以沉默来回应天地和岁月的诘问。

乐山铁牛门下江边,远远可望乐山睡佛
笔者摄于2005年

峨山記

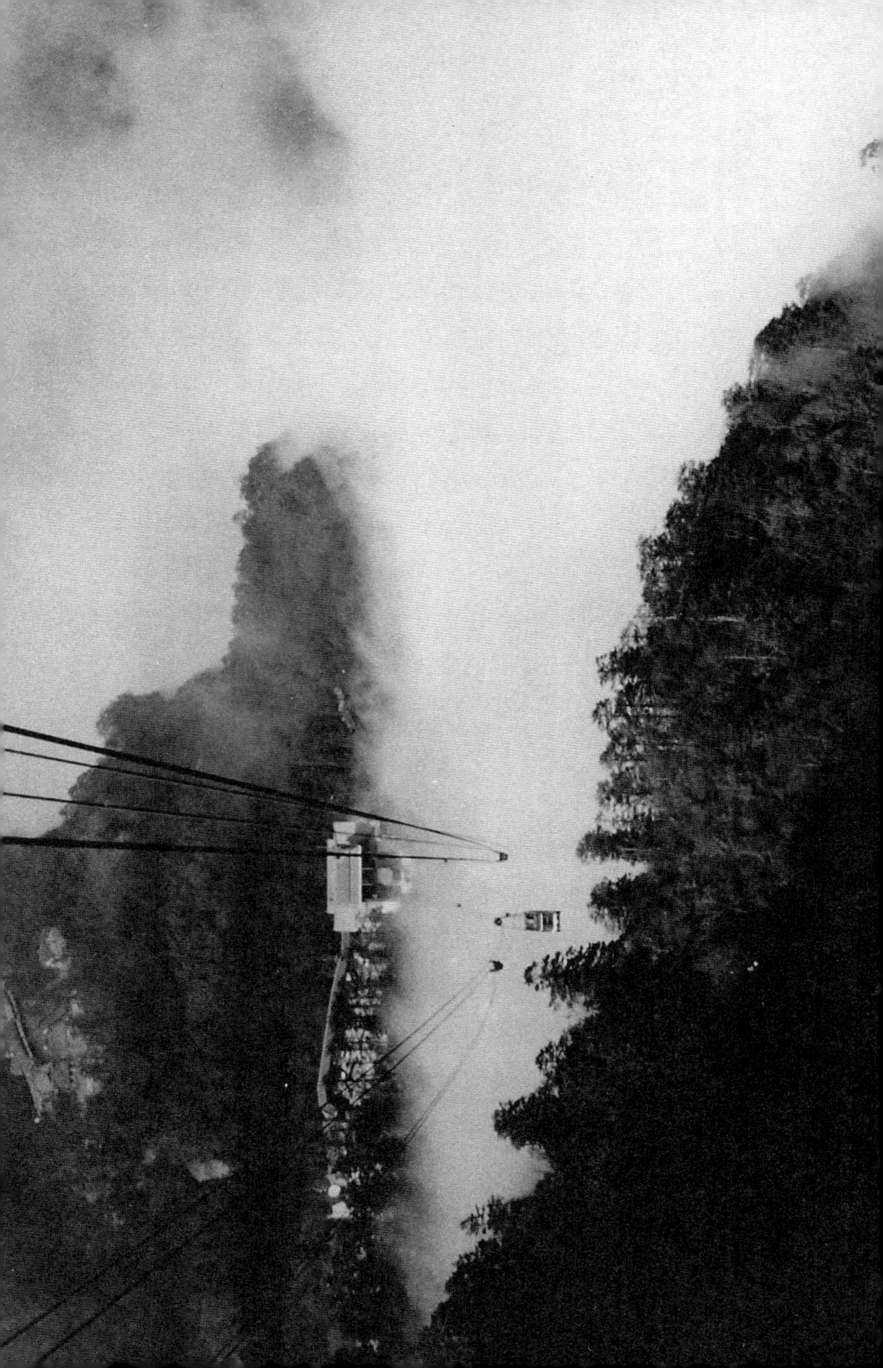

从武侠小说迷上峨眉山

1932年，一部名叫《蜀山剑侠传》的长篇小说在《天风报》上连载，不料这家影响平平的小报突然发行量大增，销售火爆，每天一早就有大量的读者在街上等着买报。但读完这本小说要有足够的耐心，因为《蜀山剑侠传》断断续续连载了二十余年还没完。这本书到底有何魔力引来如此持久的阅读热潮？除了剑侠故事吸引人外，还有蜀山这个让剑侠们一展英姿的巨大舞台令人浮想联翩。

作者还珠楼主在《蜀山剑侠传》的开篇就写到了蜀山之首——峨眉山："昔人谓西蜀山水多奇，而峨眉尤胜，这句话实在不假。西蜀神权最胜，山上的庙宇寺观不下数百，每年朝

峨眉山旧照,从这个角度可以看到万佛顶和千佛顶(金顶)
乐山市档案馆提供

山的善男信女，不远千里而来，加以山高水秀，层峦叠嶂，气象万千，那专为游山玩景的人，也着实不少。"他把小说的背景一开头就放在了峨眉山，让他的故事具备了开阔的延宕性，所以虽然写了二十多年都没有结局，吊足了读者的胃口，但也不得不说他的想法极为聪明。

还珠楼主真名叫李寿民，四川长寿人（今属重庆），清光绪二十八年（1902年）出生于一个官宦家庭，其父李元甫曾任苏州知府，他自幼随父四处游历，这对他的一生影响很深。还珠楼主在七岁的时候就去过峨眉山，后来又在十岁的时候由教他的私塾老师带着游过一回峨眉山。这个老师腹有诗书，对山中之物如数家珍，又觉得这孩子聪明伶俐，资质甚高，便带着小还珠游遍了峨眉山，沿途对他的疑问一一解答，让他对峨眉山产生了极大的兴趣。后来还珠楼主写长篇小说的时候，就自然地想到了峨眉山，童年时那些奇思异想，便都成为源源不断的写作素材。

还珠楼主的那段峨眉之旅在其作品中也能隐隐看到，如小说的开篇写的就是明代遗民李宁带着十一二岁的女儿英琼流落四川，途中偶遇当年的"齐鲁三英"之一周琅，三人相约结伴上峨眉隐居。这个英琼虽是女孩子，但多少能够看出小还珠童年的影子，因为当年在山上最吸引还珠的可能就是猴子，而小说中的英琼也对那些跳来蹦去的猴子们大感兴趣。还珠楼主写道："这峨眉山上猿猴最多，英琼有一天看见猴子在山崖上奔走，矫捷如飞，不由得打动了她练习轻身的念头。"之后，英琼就每天早晨开始在两棵树中间拴一根绳子练习行走，最后是练得身轻如燕。这样的想象一定与还珠当年在峨眉山的耳闻目睹有关，所以才会信手拈来，写到书中也非常自然贴切。

整部《蜀山剑侠传》中，峨眉山是故事的发酵池。用峨眉山搭台，各路英雄豪杰唱戏，作为一部武侠小说，撩开幕帘偶露真容的则是峨眉派功夫。在故事情节的设计中，总有峨眉派在中间穿针引线，比如在峨眉派与慈云寺邪恶僧侣智通的争斗中，智通便招来一群剑客，寻找峨眉派报仇，之前他们的江湖恩怨是这样来的："当初我祖师太乙混元祖师，与峨眉派剑仙结下深仇，在峨眉山玉女峰斗剑，被峨眉派的领袖剑仙乾坤正气妙一真人齐漱溟斩去一臂。祖师爷气愤不过，后来在茅山修炼十年，练就五毒仙剑，约峨眉派二次在黄山顶上比剑。"所谓一箭之仇，也是故事矛盾冲突的惯用伎俩。

事实上，还珠楼主讲到的峨眉派武术并非虚构。过去峨眉山中的寺庙由于地处深山老林，周围虎豹穿行，一些寺庙里就有武僧，主要起护卫之功，代代相传下来独成一派，后来峨眉派功夫发展成为与少林、武当并称的中土武术三大宗。还珠楼主自然也受了那些故事传说的影响，在他的故事中也有不少取材于真实的神功秘籍。春秋战国时期的司徒玄空，就独造了一套"峨嵋通臂拳"，这套武术很特别，是跟峨眉山的猴子学的。《蜀山剑侠传》中的人物也有真实的原型，如李宁就能看出当年中峰寺淡然法师的影子，淡然法师是北朝东魏孝静时期的镇南将军，后来在宫廷争斗中避祸峨眉山，教人拳脚，峨眉山武术之风始盛。

明代嘉靖年间兵部侍郎唐顺之写过一首《峨眉道人拳歌》，当时的少林拳法已经名扬天下，但他认为峨眉的功夫更为了得，"道人更自出新奇，乃是深山白猿授"。这里也提到了峨眉猴拳，这个绝门武术的功力如何呢？"忽然竖发一顿足，岩石迸裂惊沙走。"所以在小说中，英琼看见猴子想学轻功是很正常的，而这个奇女子从此也沾上了峨眉山的峥嵘之气。

《蜀山剑侠传》尽管篇幅宏大，线索众多，讲述漫漶，但还珠始终抓着线头不放，时时都把峨眉山捏在手中。比如新科举人周云从误入慈云寺，差一点被智通所害，逃出时翻墙到了隔壁的菜园子里，张琼父女带着他逃到邱林的店中，救了他一命。这个邱林就是潜藏在附近的峨眉派大侠,"以卖豆浆为名,探听庙中动静的"。这里的枝节不过是信手拈来,却为后来剿灭慈云寺恶僧埋下了伏笔。

还珠楼主的小说融神话、志怪、仙侠于一体,与传统武侠小说不同,文字天马行空,天生具有玄幻的基因。他的小说中有一个醉道人,身上背着个红漆大酒葫芦,一喝就醉,醉了就睡,醒了又喝。他又是个形影无踪的人,一会儿在峨眉山下的酒饭铺里,一会儿在成都施家巷中,一会儿在锦江边的望江楼上,每当书中人物性命危急之时,他就会突然出现,迅速化危为安。他这种来无踪、去无影的形象,非常契合当下飘忽、闪脱的叙事套路。实际上,就在写这篇文章的时候,我常常会抬头去望那座离我只有几百米远的望江楼,遥想当年还珠楼主是如何将那些神奇人物的故事在峨眉山与它之间进行任意铺陈与延展,又在现实与小说之间寻找那些消弭于苍空的虚幻,这一切现在看来是如此的神奇。

写峨眉派的小说,还珠楼主不是第一个,平江不肖生的《江湖奇侠传》更早,写于20世纪20年代初。之后涉及峨眉山的武侠小说很多,如卧龙生的《飞燕惊龙》、古龙的《楚留香传奇》、梁羽生的《云海玉弓缘》、司马翎的《剑气千幻录》、东方玉的《玫瑰剑》等。在当代武侠小说中，台湾小说家孙晓的《英雄志》也与峨眉多有瓜葛，书中写的"金顶神剑""燃灯古剑"等奇异武器名字均取自峨眉山风物，采了峨眉山的气。

峨眉派被广为人知离不开金庸的推波助澜，他在《倚天屠龙记》中讲的是郭靖、黄蓉夫妇的二女儿郭襄寻找杨过未果，后出家为尼，创立了峨眉派。当然这是小说家言，但小说的影响是巨大的。《倚天屠龙记》最有名的功夫之一是"峨嵋九阳功"，是峨眉开宗立派的武功，为郭襄所创，多有悱恻之意；"金顶绵掌"也不错，在"屠狮大会"上有过惊鸿一瞥。所以，金庸笔下的峨眉派带有绮丽气息，主要人物多为女子，让一座巍巍大山变得婀娜多姿，有刚烈决绝的灭绝师太、出尘如仙的周芷若、神秘飘忽的黄衫女，还有峨眉派历代相传的倚天剑与屠龙刀，这些都足以让人产生无穷的文学想象。显然，还珠楼主和金庸是通过武侠小说把峨眉山拉入文学视野的最为重要的两个人。

光绪丙午年（1906年），有同盟会义士谢奉琦、罗子青在泸州、宜宾、江岸三地同时策划反清暴动。几个月后，三地俱败，死伤无数，余者四散，一场轰轰烈烈的革命就此熄灭。两人在中秋这天登上峨眉山，面对大好河山不禁百感交集，两人当晚大醉一场，谢奉琦又借来和尚的纸笔，当场写下诗句："众峰高并月光寒，万里河山一望间。惭愧书生空负手，宝刀何日斩楼兰。"下山后，谢奉琦即被官府逮捕，投入大牢后不日遇害。辛亥革命成功后，孙中山为他举行了恤典，表其功行。当时谢奉琦投奔峨眉，不由得让人想起《蜀山剑侠传》中的"齐鲁三英"，只不过这是真实的故事，他要是真有"齐鲁三英"的武功，自然会在革命尚未成功时免于一难，而这或许是在小说中才能虚构的完美结局了。

还记得20世纪80年代初的时候，武侠小说大量解禁出版，我那时还是中学生，经常逃学到租书摊去看武侠小说，到了废寝忘食的地步，此中的魔力不亚于现在的网络游戏。《峨眉拳谱》中有首诗："一树开五花，五花八叶扶，皎皎峨眉月，风义满江湖。"说峨眉武术名满天下、名动江湖，谁又不想去做一个豪情万丈的英雄呢？也许在那个武侠小说的神奇世界里，巍然耸立的峨眉山，能让我们正在成长的心灵多出几分对侠义的向往。

民国二十五年版《峨山图志》中的峨眉山全景图

《译峨籁》中的山河遗梦

在过去,峨眉山地处中原化外,与五岳相比就是天外之山,对大多数人而言,峨眉山只是一座传说中的神山。清顺治朝礼部尚书王铎就说:"峨眉山者,造物主持之,予梦中一尤物也。"比作尤物,实有玲珑的意味,将峨眉山缩于心窝中细细品玩,除世外仙姝还有什么可以让人如此挂念?

武侠小说家还珠楼主显然是看到了这点,他要的就是这样一座神山,其小说正是沾着这样一份神奇才得以吸引无数的受众。关于峨眉山的神山形象,还可以在与王铎同代的大学士陈名夏的文字中看到:

> 又闻峨眉为宗,最远,崚舰峻削,突起天外,云雨之所蔽亏,神仙之所窟宅。金光瑶草,旄牛碧鸡,可以夸世所未有。是以予尤愿徒步而前,一观峨眉之胜,或遇相如、严遵、扬雄之徒,以观其言语文章,然竟未能至,徒想望见之以为神山云。(《译峨籁》序)

这段文字极尽夸赞之能事,把峨眉山说成是神仙的住所。但是,请注意开头的"又闻"二字,说明这些都是"闻"来的,听说而已,并非亲眼所见。在陈名夏看来,去峨眉山或许就能够遇到司马相如、严君平、扬雄那些四川的大文豪们,显然这样的想法皆来自想象。所以就有了"得一登俯焉以为幸"的愿望,但蜀道之难又让人们"不得登览为憾"。怎么办呢?于是就有了《译峨籁》这本书。"译,传也",就是要把峨眉山传播出去的意思,书名也可理解为"传峨山之声"——这本书的来历颇有些故事可讲。

胡世安(1593—1663年),四川井研人,明朝崇祯元年的进士,在朝廷詹事府当少詹事,相当于在如今中央办公厅这样的部门任职。但满人入京后,他便当了贰臣投奔了清廷,不但保全了原位,还累官武英殿大学士兼兵部尚书。也就在这个阶段,他写了《译峨籁》这样一本小册子,只是在同僚间传阅,那么他为何要写这本书呢?原来是有个叫陈实庵的太史,跟他讲起峨眉山,此人对峨眉山非常感兴趣,但就是没有去过,朝思暮想。于是胡世安就想既然家乡有这样一座奇山,不妨就以自己的亲身经历写成文字,奇文共赏,"以助卧游"。

这个陈实庵是何许人?不详。但陈寅恪曾经考证过这个人,他认为陈实庵即陈美发,浙江绍兴人,实庵是他的字,在乾隆修的《绍兴府志》中可查"明崇祯元年戊辰科"的进士榜,其中就有他。志书中这样记载:"陈美发,左赞善,上虞人。""幼奇颖,善属文。天启丁卯(七年)举人,戊辰(崇祯元年)进士,授翰林院吉士。"

陈寅恪考证此人,是因其大作《柳如是别传》一书中有大量钱谦益和柳如是的生活记录,所涉及的人物中就有陈实庵。柳如是乃秦淮八艳之一,棋琴书画无一不通,年轻时流落风尘,后来嫁给了钱谦益,两人的故事在明末乱世中堪称一段风流佳话。陈寅恪看到了崇祯进士宋徵璧《含真堂集》中的一段话"元宵同陈实庵太史集钱宗伯(即钱谦益)斋,张灯陈乐,观鱼龙之戏",由此得出陈实庵、宋徵璧与钱谦益、柳如是夫妇有不少交集。

这番交结是弘光元年（1644年）元夕时的故事。所谓弘光，也就是只存在了一年的南明政权，第二年清兵就攻占南京，明安宗朱由崧被杀，当时钱谦益在弘光朝廷里任礼部尚书。这一天，陈实庵一群人在钱谦益的家中过了一回元宵节，看了耍龙灯，但喜庆的节日氛围并没有冲淡岁月的动荡不安。清亡后，钱谦益就投降了清朝，转任礼部侍郎。

胡世安与钱谦益、陈实庵等人彼此应该都非常熟悉，胡世安续写《译峨籁》大概是在丁亥（1647年）初秋，那时他们都同在朝廷任高官。《译峨籁》最早不是书，只是胡世安的个人旅峨诗章，"藏之笥中久矣"，偶尔拿出来读读而已。有一次，他把诗拿给陈实庵看，陈实庵"读而大快"，就鼓励胡世安把它写成一本书，"当肆力诗篇，以尽大峨之胜"。胡世安这才下定决心在旧作的基础上搜采古今文献，写出了后来的《译峨籁》，首次以专著的形式为世人揭开了峨山的真面目，陈实庵的推助之功不可忽视。

《译峨籁》写于胡世安人生得意之时，整个清朝位居宰辅的川人仅有三位，他就是其中之一。但这样的得意又未必心安理得，因为晚年"以疾乞休"的时候，他没有回到离峨眉山仅百里之遥的家乡，而是选择去了山西汾阳，最后客死他乡，这里面多少有一点不肯见江东父老的意思在。胡世安曾三次游历峨眉山，都是在降清之前，一次是明万历四十七年（1619年），那年他二十六岁；第二次是明天启四年（1624年），这是他中举之年；第三次是崇祯十二年（1639年），正是明朝廷快要衰亡的时期。胡世安此举是不是对山河的变迁有一份特殊的感受不得而知，但津津乐道于家乡的这座山，或许是寄托了某种故国之思，"别峨眉几十稔，一夕入梦，尘襟豁然"（《纪梦游》序）。由此也可以看出，《译峨籁》是本非常特别的书。

它的特别还在于，除却为《译峨籁》作序的金之俊、陈名夏、陈之遴、胡统虞、王铎、陈具庆六个人，钱谦益、陈实庵等亦都是降清的明代高官，这样一个特殊人群，处境极为微妙。但以《译峨籁》这本书为纽带，连接了这些人心底的前朝旧梦。也就是说，《译峨籁》让胡世安这样的人有了逃逸现实的一个寄托之物，正如王铎说的"梦中一尤物"一样。

值得一提的是，胡世安第二次登峨眉山正是金榜题名那年，这在他的一生中显然是非常重要的经历。他从四川一个偏远的地方进了京师，由于写得一手好字，被选为庶吉士陪伴在皇帝身边，那时他才三十出头，正值人生的大好时光，也可能只有站在峨眉山上才能够一抒其凌云之志。但才过了十多年明朝就灭亡了,他们的命运发生了巨大的改变,或亡命天涯,或投奔新主。

清末陈康祺在《郎潜纪闻》一书中谈到清初时广纳人才,翰林院等高级文士主要还是沿用明朝的遗臣,形成了"顺治朝之大学士"这一特殊群体,陈康祺在文中感叹说:"盖天祚兴朝,气机鼓动,肤敏之士,不觉翩然来归,然释褐过早,身事两朝,则又诸公之阙憾也。"说是"翩然来归"倒也未必,客观分析当时的政治形势,这群人实出无奈。

危世之中,人心惶惶,胡世安早有遁世之念,他最后一次登峨眉山是距明亡只有五年的时候,清军已经从京畿南下攻入山东等地,而他以"乞假省亲"之名回了老家,又去登了一回峨眉山,但这次跟之前两次的心境大为不同,他好像是在为自己的前半生做最后的告别,尔后便不顾身后骂名投奔了清朝。所以,《译峨籁》给同侪带来了共鸣,他们虽然身穿貂裘朝衣,却对眼前的名利噤若寒蝉,仅仅是为了在乱世中苟且偷安而已,正如胡统虞在序言中说:"与其身在朝市轩冕中,作邯郸道上之想,何如一枕曲肱,作山林丘壑之想也哉。"也就是说,峨眉山成为他们心中的一块世外桃源,一方只能在梦中萦绕的旧河山。

当然,历代的峨山梦游者不少,他们都把峨眉山当作自己的知音,与一座山在梦中结缘,如诗云:"欲乘五岳最高岑,偶到三峨意转深。名胜有缘天巧合,风尘无碍佛同心。桫椤灿烂空还色,梵刹辉煌雪作琛。若论圣凡真妙谛,山灵应笑我知音。"这首诗的作者叫张官纪,生平不详,只知道他任叙州别驾,在当时的四川宜宾任职,他这首诗的诗名很有意思,叫《梦登峨山作望峨吟》。在梦里登峨眉山,在他看来是两个机缘:"天巧合"和"佛同心",这就是卧游了,而且是卧游中的深度游。《译峨籁》要起到的作用就是这个,一册在手,梦境畅通无阻,宛若一张导游图,但能够享受这个便利的只有少部分人,范围极为有限,一般是在士大夫阶层流传,这也体现了它在精神上的孤芳自赏。

与《蜀山剑侠传》全然不同,《译峨籁》是阳春白雪,只在极少数高级知识分子中传播,二者不好相提并论。但它们都是以峨眉山为背景,面向的是同一方神奇、玄妙的天地;让想象在烟雾缭绕中飞越,可能又是它们共通的一面。

那么,接下来的问题是:在蜀地的西南方位可谓是群山纵列,巍峨壮观者不在少数,但大多藏身于人迹罕至之处,成为无名大山;"峨山高峙西南",立于盆地之腹,岷江环绕,周边民生繁富,可谓一枝独秀——那么,峨眉山是如何脱颖而出,成为一块想象圣地的呢?

MT. SEEN FROM KIATING

民国时期重庆得园照相馆拍摄的峨眉山远景

望峨：一座想象中的灵山

从地理角度来看峨眉山，古已有之，且古人很早就有宏大的宇宙观。

《译峨籁》中共有十个部分，其中第一部分叫"星野纪"，即天文地理。在这部分中，胡世安开篇就引用东晋常璩在《华阳国志》中的一句话："西奄峨嶓，地称天府。"实际全句应该是"（蜀）其地东接于巴，南接于越，北与秦分，西奄峨嶓，地称天府，原曰华阳"。这说的是大四川地域，"西奄峨嶓"意思是西面覆盖了峨眉山。在星宿对应上，峨眉山"其精灵上应井络"。

天地对应是核心观念，但古人对星象的认识还比较笼统，往往不见其详。清乾隆时期嘉州人（今四川乐山）丁文灿写有《游峨眉山记》，以文人笔调来描绘峨眉山周边的地理环境，却有形象的表达。

> 东望则嘉阳、凌云，二川溶溶，形如长带，盘绕于山麓。南则罗目、马湖，诸山郁郁葱葱，回环拥护。西则雪山挺峙，半插云天，嶙峋峻拔，有迥乎其不可上之势。北则锦城、翠屏，若隐若现，令人慨然想见诸葛武侯之忠义，杜子少陵之气节焉，岂非宇宙间一大观哉。

丁文灿的文字仍然粗略，这跟当时的地理勘测水平有关，人们对地理的认知大都局限于道路和目之所及。建兴三年（225年）诸葛亮南征，走的是岷江水路，即从武阳（今四川彭山）出发，一直到僰道（今四川宜宾）登岸，其中一路进入马湖郡，通过蛮夷司（今四川屏山县新市镇）进入卑水（今四川昭觉）一带，实际是沿着峨眉山的东南面绕了一大圈，大致可以经过丁文灿所提到的那些地方，见到他描绘的沿途景象。但是，诸葛亮的这条行程是战争行进路线，非正常旅行路线，在古代一般人不可能按这条路线行走，所以我们不得不说蜀道难也造成地理认知的障碍。

峨眉山虽有天造地设的自然禀赋，但偏于西南一隅，对中原而言实为边疆蛮荒地区。在过去交通状况恶劣的情况下，对常人来说专门去登峨眉山确有登天之叹，宦游、商旅至此也极为不易。实际上，由于旅行条件所限，就是蜀人登临峨眉山的也很少，甚至很多文人墨客虽然经常在诗歌中写到峨眉山，真正到过峨眉山的却不多，这其中包括出生于四川的几位大文豪如司马相如、扬雄、苏东坡等，清朝四川巡抚罗林在为《峨眉山志》写的序中就提到过这一有趣的现象：

> 古来文人才士留连山水者多矣，而稽之载籍能言峨眉之奇者绝少。他不具论即如司马长卿、扬子云之属，其文辞擅名千载，观其所赋，不过曰绝险，曰重阻而已，似未尝与此山相周旋也。乃苏氏父子世居其下，至人谓秀气所钟，发越太过草木为之不芳。今试取三先生集读之，未有记载咏歌之，作其未能登涉也。

"未尝与此山相周旋也""未能登涉也"，这说明峨眉山虽然近在眼前，却并不是那么容易攀登的，主要还是因为道路的艰险。左思在《蜀都赋》中写成都是"带二江之双流，抗峨眉之重阻"。这个"抗"字，在扬雄的《蜀都赋》中是这样讲的："峨眉，山名也，在成都南犍为界。面之，故曰抗也。"也就是说，成都平原以南面对的是重重阻隔的峨眉山。所以，以成都的平坦来对比峨眉山的"重阻"，虽然身在百里之外的蜀都，也未必能做峨眉之游。

苏洵是四川眉山人，距离峨眉山本来不远，但从确切的记载来看他好像也只去过一次，那是在北宋庆历五年（1045年）。后来苏洵在《忆山送人》一诗中追忆自己年轻时游山玩水的日子，一次游峨的经历足够一生回味。苏洵对峨眉山情有独钟，他在诗中描绘了峨眉山的景色，也讲到从江上远望峨眉山所产生的心灵震动，"远望未及上，但爱青若鬟"，诗中有一种清新飘逸的青春气息。其实，以一座灵山赠友，真是最高级的礼仪，胜过黄金珠宝。就是没有登临过峨眉山的人，读了这首诗也不可能不为之所动，并产生无尽的向往。

> 少年喜奇迹，落拓鞍马间。
> 纵目视天下，爱此宇宙宽。

山川看不厌，浩然遂忘还。

岷峨最先见，晴光厌西川。

远望未及上，但爱青若鬟。

大雪冬没胫，夏秋多蛇虺。

乘春乃敢去，葡匐攀孱颜。

有路不容足，左右号麂猿。

阴崖雪如石，迫暖成高澜。

经日到绝顶，目眩手足颠。

自恐不得下，抚膺忽长叹。

坐定聊四顾，风色非人寰。

仰面啜云霞，垂手抚百山。

临风弄襟袖，飘若风中仙。

不仅古人登山不易，就是今人能够登上去也必有一番勇气。记得我在三十年前徒步登峨眉山的两次经历，也深感其间的艰难。当时我只有十七八岁，正是苏洵所说"少年喜奇迹，落拓鞍马间"的年龄，山道也比古时好得多，沿途有饮料供应，有凉亭歇脚，有客栈住宿，甚至实在走不动了还有滑竿搭上一段，但就这样也用了两天时间才登顶，下山后大腿更是生生痛了一周。只有全程爬过峨眉山的人才知道体力、耐力都很重要，在路途上见到半途而废的人真还不少；但不借助任何辅助工具登山，特别是登顶之后，所体验到的却又是他们感受不到的。从山脚到山顶，我完整地徒步登峨眉山只有两次，后来去过的很多次都是坐车到雷洞坪，只爬到接引殿后坐索道上顶，减掉了十分之九的路程，但也漏掉了十分之九的美景，这种快餐似的旅游实在太浮光掠影，比起古人真是自惭形秽。

天下名山很多，特别是五岳，几乎占据中原，独领风骚，这一点上峨眉山一点也没有优势。但事实是峨眉山不仅名扬海内外，还大有力压五岳的势头，特别是唐以后，峨眉山早已卓然立于西南，以秀美称雄于世。清代文坛大家王渔洋一生游历众多，他说了句大实话："余此行所历各山太行、霍太山、姑射、中条、太华、终南、太白、岷山、青城诸胜，惟太华与峨眉差相伯仲。"(《蜀道驿程记》)那么，有人可能会问，峨眉山既然埋于千山万壑之中，又是怎样声名远播的呢？

这主要得益于岷江，虽然去不了峨眉山，但过去入蜀主要靠水路，水路中行船是可以远远望见峨眉山的，这不得不说是自然的神奇。岷江之水日日流动，把峨眉山的信息载到了长江中下游沿岸，其效用实不可低估。唐代诗人岑参曾写过一首《峨眉东脚临江听猿怀二室旧庐》，作于峨眉河（岷江支流）畔一带，诗中写道："峨眉烟翠新，昨夜秋雨洗。分明峰头树，倒插秋江底。"这说明峨眉山在江中是能够望见的。岑参在嘉州当过一年刺史，这一年中他没有留下任何登临峨眉山的文字。入蜀的第二年，由于年老体弱他没有再去登山，但从江中领略到朦胧隐约的峨眉景色。

清代嘉庆年间的马湖府知州何源濬是陕西山阳人，在四川边地做了六年官，多次在岷江上来回，但就是没有登过峨眉山，后来编撰《峨眉山志》时请他写序，他就写道："每放舟平羌江①上，举首即见峨眉，其矗立青霄，嶙峋耸拔之势，洵足压五岳而伯仲昆仑者，余不及足游而先以目游。"看得出他赞赏之余多少也有点遗憾，所以把船上望峨眉称为"目游"，以替代"足游"，一字之差，却差之千里。

曾在叙州（今宜宾）做官的张官纪也跟何源濬有同样的经历，他曾经写过一首《丁卯春觐旋泛锦江瞻眺峨眉》，说的是在成都办完公事后回宜宾在锦江上看到的景象，诗中画面犹如电影里的慢镜头，慢悠悠的船上，看到慢悠悠的云，然后是隐

---

① 羌江：岷江流经乐山境内一段水路的古称。

隐出现的峨眉山，一切都让人心神摇荡，甚至让他产生了归隐佛山的联想：

> 棹筏飞来自归官，峨眉隐隐出云端。
> 身经雪浪流光疾，心向琳宫世纲宽。
> 禹帝导江丹嶂豁，愿王说法彩霞盘。
> 尘劳可许归莲座，化境神光饱一看。

岷江环绕着峨眉山，像镜子一样倒映着这座神奇的大山。李白有"峨眉山月半轮秋，影入平羌江水流"的诗句，峨眉山的信息通过天地映照这样一种奇妙的方式，传递到了人们的眼前，这就更增添了人们对峨眉山的无限想象。

其实，大山只是自然中地质变化的结果，在上帝眼中，众山就是一座山。但在人间，千山万水有别，从自然的山到思想的山，经历了一个漫长的"美的历程"。人们见到的山与真实的山之间有一种彼此赋予的关系，秀美的山形、陡峭的岩石、峰顶的白雪、丰富的动植物、鲜明的四季都营造出一方奇幻的世界，而这是人与自然产生默契的结果。我们应该看到，唐宋以来，人们与山川的亲密度加强了，在诗赋书画中进一步把山川之美思想化了，而由思想去反观山川，就是通过想象的交融，在无形的空间中完成的巨大审美。

峨眉山这个名字是非常耐人寻味的，而考证其出处也颇能够唤起人们的想象。最早在文字中出现"峨眉"二字的是扬雄的《蜀都赋》："蜀都之地，古曰梁州……南则有犍牂潜夷，昆明峨眉"，距今已经有两千多年历史。任豫在《益州记》中说："峨眉山在南安县界，两山相对如蛾眉。"《峨眉郡志》也说："云鬟凝翠，鬓黛遥妆，真如蟓首蛾眉，细而长，美而艳也，故名峨眉山。"这就是说，"峨眉"一名来源于女性形象，以明目黛眉称其秀美的大山不多，明代的陆深讲得更有意思，他在《蜀都杂抄》中说："峨嵋山，本以两山相对如蛾眉故名。字当从虫，不当从山。"在他看来，峨眉本应叫蛾眉。

这在文献古籍和诗文中也能找到不少例证，如苏东坡的诗中就常写作"蛾眉"。把"蛾"改为"峨"似乎是在后来，"峨者，大也"，大概这样才更能体现大山的本义吧。

峨眉山以秀闻名天下，而秀偏于女性气质，"云鬟凝翠，鬓黛遥妆，真如蟓首蛾眉，细而长，美而艳也"（《峨眉山志》卷三）。怪不得金庸小说里的峨眉派大侠都是女子，带着妩媚柔美的气息。明人赵贞吉有一个非常有趣的比喻："蛾眉两片翠浮空,日月跳转成双瞳。"(《游峨眉山歌》)仍是以眉毛与眼睛为喻,均能看出与"眉"的关联。

清光绪年间,峨眉县有个叫彭舒英的女子,喜欢在阁楼里写诗,多愁善感。她天天看见峨眉山隐于云间,一时自怜,想那山的"峨眉"与自己的"蛾眉"之间一定有点什么关系,于是,便写了首叫《云京阁望峨眉有感》的诗,想象奇葩,也不失风趣,关键是她就认为峨眉山跟她一样可以眉目传情。

> 朝见峨眉山,暮见峨眉山。
> 峨眉山色好,双黛空中扫。
> 我亦有双蛾,愁比山云多。
> 愁多眉莫载,愿乞山灵代。
> 山云不受愁,依旧在眉头。

在我的家乡,站在岷江码头上,只要天气晴好,就能够远远地望到峨山浮现在云端,犹如姝淑女子偶露真容,空中深藏的一幅秀美画面缓缓展开,清人刘裴村在《望峨眉山》中有"一笑云端见王妃",大概就是这个意思。过去,当地江边有一个朝峨寺,非常有名,寺庙正对峨眉山,门匾上有"瞻云望峨"

四个字。其实，由于峨眉山处在川南岷江流域的中心地带，周边的城镇如星拱月，所以像朝峨寺这样跟峨眉山有关的寺庙还不少。如峨眉县城里就有峨山祠，"祀三峨山神"；夹江县在清朝有睋峨楼，"峨岭横青，灵境之浮岚挺秀"；还有望峨庵，"三峨对面，秀列如屏"。乐山过去有座城门，叫高西门，门头上刻有"瞻峨"两个大字，所以又叫瞻峨门，它的方位也正好对着峨眉山，远远就能一睹其浮跃于云海之间。

望峨眉，以望代登，距离产生美。陆游曾经写过一首《平羌道中望峨眉山慨然有作》，其中写道："白云如玉城，翠岭出其上。异境忽堕前，心目久荡漾。"他将峨眉山称为"异境"，可以说是浮想联翩，但就是没有去过，望而生羡，羡而生敬。当时陆游身任嘉州通判，客寓岷峨之地，他在另外一首叫《嘉州守宅旧无后圃，因农事之隙，为种花筑亭观，甫成而归，戏作长句》的诗中写道："三峨旧不到郡斋，创为诗人供几案。烟云舒卷水墨图，草木青红锦绣段。"幻想把峨眉的风光搬到自己的案头上，情态可掬。

在乐山境内多个县区的地方志中，几乎每个地方都多少有关于峨眉山的记载，从中可以看出峨眉山与那一片地域的血脉关系。在一些明清笔记中也常常见到关于峨眉山的文字，

民国初的乐山高西门,也叫瞻峨门。城门正对峨眉山,
门头上有"瞻峨"二字,城门下是岷江
(美)约瑟夫·洛克摄

如徐心余在《蜀游闻见录》中就写到过一段，讲的是清朝同治年间他父亲在夹江做知县，县衙大门正对着峨眉山，抬头就能够望到，"峨眉山顶，正当夹署正堂之中"。试想，在拍惊堂木的时候，正好望见峨眉山，一定能让烦闷顿消，对处理公务大概有提神醒脑的作用吧。

徐心余继续回忆道："风清日朗，立堂阶正中，虽相隔四十里之遥，见峨山积雪甚深，当盛暑亦皑然满目，而正山金顶，其光犹熊熊射人也。"那时他还是个孩子，常常在衙门里看稀奇，当然也偶尔会遥望着峨眉山发呆。想必孩子的想象也有奇妙而熊熊的光芒。

登峨：人与山的对话

峨眉山到底有多远？在古代这是一个问题，可以借用陈子昂诗歌中的慨叹："峨眉杳如梦，仙子曷由寻？"

过去，人们在蜀中多地都能望见峨眉山，但这样的眺望中间隔着多远的距离呢？陆深在《蜀都杂抄》中就做过分析，过去有人说站在峨眉山顶可以望见昆仑山，其实望见的是大雪山，两者的实际公路距离逾400公里，在古代可以说成是千里之遥，但直线距离估计也就200公里左右。在成都可以望见西岭雪山，却望不到峨眉山，成都到峨眉山的陆路距离在120公里左右（与陆深说的三百里相近），跟成都到西岭雪山的距离差不多，由此可以看出，方位或视线也会影响人们的空间判断。

陆深在《蜀都杂抄》中说：

> 佛殿自西望见三峰插天，皆积雪如银。每日下，峰头则殿中灯燃，云此西域昆仑山，岂所谓日月相掩映为画夜者耶？夏日从北峰西下，冬日从南峰，惟春秋之间从中峰下不爽云。西域去此尚远，恐目力难及。今省城西望亦有雪山笋出，晴霁时可见，叠茂才三百里尔。宋田锡赋诗云："高高百里作一盘，八十四盘青云端。"岂以至高求至高耶？东坡亦云："峨眉山西雪千里。"今峨眉当省城东南三百余里，而城楼登望不及。

我在成都生活了二十多年，依个人的经历，大概一年中可能会有几天能够望见西岭雪山，一定得是个大晴天，天空必须极为澄澈。这样的机会非常难得，每遇此景，"窗含西岭千秋雪"就会从心中跳出，远古的诗意凭空而至，那种感受实在美妙。但我从没有望到过峨眉山，想想这事也颇为蹊跷。按说我所住楼层的位置要比过去的城楼高，方向朝南，应该是可以望见峨眉山的，但就从来没有见过。民间有说在望江楼边的回澜塔上可以望见峨眉山,但回澜塔早已不在,无法印证。看来陆深说"城楼登望不及"并非虚言。

文中的"八十四盘"在雷洞坪与接引殿之间,海拔2500米左右,正好是云层之上,看不见山下,也望不到山顶,道路弯弯曲曲,一个"盘"字,道出了回绕屈曲之状。过去上峨眉山,只有爬过"八十四盘",才能到达金顶,这是登顶前的最后一个大考验。

20世纪40年代,英国著名汉学家苏慧廉的女儿谢福芸曾经登过一次峨眉山。她称登上峨眉山要爬"两万台阶",并认为那是一次痛苦的旅行,"早知爬峨眉山这么痛苦,我可能压根就不该尝试"。(谢福芸《崭新中国》)当她爬到一半,被告知还有九十段"残忍的山坡"时,她想的是赶紧掉头下山,"天知道一个坡有多少级台阶,这哪里是山坡,分明是绝壁"。

既然登峨眉山如此艰巨,总得有点收获才行。是的,登顶也许就是最大的奖赏。那么,到了金顶又能够看到什么呢?

苏东坡曾说"峨眉山西雪千里,北望成都如井底"(《雪斋》),但他是否真的到过峨眉山还无确证,甚至有人断然否定他去过,因为以他在《仇池笔记》《东坡志林》中的纪实风格,不太可能漏掉这么大一件事情。在当时,能够登上峨眉山确实是个值得炫耀的经历,以他爱将很多鸡毛蒜皮的事情都记入诗文的风格,诗文中罕见峨眉山实在是不可思议。所以,蒋超在《峨眉山志》中对此也只是模棱两可:"至东坡家眉州,去峨眉最近,其至峨与否,俱不可知。惟白水寺有题绝句,或少年曾一著游屐耳。"不管去没去过,苏东坡的这句诗也只能算是想象,因为在金顶根本就望不到成都。

南宋范成大到过峨眉山,是在成都做官返回杭州时专程去朝拜的,并且曾登临金顶,他在《吴船录》中是这样描述的:

> 登岩眺望,岩后岷山万重。少北,则瓦屋山在雅州。少南,则大瓦屋近南诏,形状宛然瓦屋一间也。此诸山之后,即西域雪山,崔嵬刻削,凡数十百峰。初日照之,雪色洞明如烂银,晃耀曙光中。此雪自古至今,未尝消也。山绵亘入天竺诸番,相去不知几千里,望之俱如在几案间,瑰奇胜绝之观,直冠平生矣。

在一个至高点上环视四方,空间之辽阔可以任心灵自由驰骋。与在山下仰望相比,两者的距离是一样的,却产生了巨大的视觉差异,也许只有亲自去登峨眉山,才能消除天地之障。

我曾经站在金顶上环望四周,视野极为开阔,与范成大所见大抵相似,如果运气好的话,确实能够看到远处的雪山银装素裹,巍然耸立,如天庭在侧,情形极为震撼。所以在北宋时,嘉州有个叫王衮的官员到峨眉山,突然看到西南瓦屋山变成了金色,大骇,就回去给朝廷上奏,说有两个罗汉坐在空中,丈六金身,四周是紫云飘逸。此事记录在当地方志的"神异"之中,但若身临其境,并不会觉得太奇怪。不过,站在金顶上也确实容易让人有玄思异想,马一浮在金顶远眺四周雪山时写道:"金顶穷目之力,可见雪山。乃悟吴门匹练或非寓言。然见之所际,实极无色。雪山有色,未足为远。凡情执色,谬云有见。不知见性无边,不因色有。色阴有尽,见性非亡。"(《金顶望雪山》)他的这段话高深玄奥,实是对人间天地的思考,所以金顶又有点引人开悟的功能。

过去,从成都到峨眉山的路是怎么走的呢?分水路和陆路。

清代有个彻中和尚,到峨眉山朝佛,从成都出发,走水路,"至嘉阳,舍舟即陆,望峨而趋。三月二日壬戌,自嘉行,出瞻峨门十五里渡雅江。又十里许,宿苏稽。癸亥,行四十里,宿峨眉县"。(《朝峨眉山记》)他走的这条路在当时应该是最为近便的,即成都—乐山—苏稽镇—峨眉县一条线,现在的游峨路线也大致如此。

但陆路又不一样了。康熙十年（1671年）王沄随川湖总督蔡毓荣入川，后游峨眉山就是走的陆路，"经双流废县，为新津、彭山。至眉山，州治荒芜。过夹江，至峨眉县"（《蜀游纪略》）。

王渔洋在康熙十一年（1672年）典试四川，到嘉州。他从成都到乐山所走又是另一条路："发成都府，陆行之嘉州。二十九日冒雨骑行，涉金流江（即今金牛河，发源于四川丹棱县与大岩山），江自丹棱经青神入岷江，午次夹江县，嘉定州界。"（《蜀道驿程记》）

可以看出，在过去不管是水路还是陆路，大多都是先到嘉州作为中转，再去峨眉山。青衣江和大渡河合流的地方有个草鞋渡，是非常有名的古渡口，此处是朝峨眉山的孔道，每年暮春到初秋这段时间内，香客们一般都要汇聚在那里等渡，黎泽霖在《萍踪识小》中说："这儿又是一个话别的地方，入康（即西康）朝峨的人，都在渡头上依依惜别。"从草鞋渡到峨眉县，中间所见多是桑榆错植、禾黍青葱的景象，更多是平畴景色，远望峨眉山有种拔地而起的突兀感，"平田万顷，沟洫分流，四望无边，惟峨峰时露一髻耳"（清·詹鸿章《峨眉山游记》）。

光绪十七年（1891年），佛教大居士高鹤年从成都到峨眉山，走水路，他在《名山游访记》中写道："舟中客多，皆是来朝峨眉者。"从草鞋渡到峨眉县不过几十里地，这一天，他看到的景色是"远望峨眉山，白雾装成银色界，红云围绕上方天"，有种迷幻的感觉。而到了临近峨眉山的镇子场，看到场镇的戏台上正在唱戏，顺便看了一折，更感"幻中加幻"。

当时从成都到峨眉县，一般得花上三四天甚至更长的时间，初尝劳顿之苦，而这只是登山前的预热。现代人已经没有这样的难题，大巴、动车均能在两三个小时内到达峨眉山脚，与古人不可同日而语，所以也很难理会昔时的登山之困，自然也少了高鹤年在漫漫旅途中那"幻中加幻"的独特感受。

到了山脚，要到山顶，需要多少时间呢？在民国时期的《旅行杂志》上就有人专门在《峨眉导游》中计算过，他们认为五天比较合适。这条路线是走报国寺、清音阁、洪椿坪、九老洞到金顶，每天走三十里。我第一次爬峨眉山基本也是走的这条线路，头天晚上住宿洪椿坪只用了两天时间；他们要用三天，可能是充分考虑了游玩时间且不要太累的方式。下山一般走华严寺、万年寺一线到山脚，要用两天；我当时是一天下山，估计是今非昔比，有道路改观的因素在。但如果这样算来，当时从成都出发到峨眉山旅游，时间最少也得七八天，多则十天半月，确实是件费时费力也费钱的事情，而且这已经是在20世纪的40年代。

登山不易，人们也并非没有想过改善峨眉山的道路状况。官修峨眉山路始于明朝万历年间，官府鼓励群众发扬愚公移山的精神，"捐一儿、施一食、移一石、伐一木"，几年下来道路得以加宽，同时沿途也修建了一些亭子，但山道之曲折险峭仍然改变不大，这一状况就是到近代也没有什么大的变化。1939年春，叶圣陶曾经在信中记录过他的子女们游峨眉山的情况，他在《沪嘉日记》中写道："归来面目黧黑如返自热带，实则山顶寒气之影响也，滑雪而下，衣裤俱破，多跑路，两腿几僵。"关键是，他们在峨眉山往返上竟花了七天时间。

说回谢福芸的那次登峨之旅，折腾数日不说，且狼狈不堪："到山下时，我的膝盖颤抖无力，简直感觉不到它们的存在。我一下子摔倒在地，脚趾发青，两个脚趾甲都没了。我觉得我勉强体会了佛教徒满怀忏悔净心朝拜的过程。"(《崭新中国》)

今人登山的装备已经非常先进，但古人是芒鞋竹杖，行路之难可想而知。明朝四川按察司提学副使傅光宅对其情形有所描述：

旧时峨眉山上的滑竿、背夫

而攀援喘息，汗溢气竭，有望山而惧，半途而止者；又有闻而心骇，欲行而不果者。至于缙绅士夫，不能徒步，肩舆拽扶，为难尤倍。(《峨山修改盘路记》)

　　由于山高路远，山上山下犹如两个世界。过去住在山上的人除了山民，还有僧侣、隐士，他们没有更多的衣食来源，过得都比较清苦，"居山者，一衣一食，岂能易得"。记得20世纪80年代初去峨眉山，行路中口干舌燥，饥肠辘辘，好不容易找到一农家屋里，常常是没有吃的，能够在地里掰块苞谷来烤就不错了。山下的货物要运到山上不易，豆腐盘成了肉价钱，"布帛米盐，来自檀施，负戴顾值，浮于本价"。所以山上的生存极为艰难，这是登山者在途中时时能够感受到的。

　　除了山道的艰险，挡住人们去峨眉山脚步的还有另外一个原因，那就是山中猛兽的出没。峨眉山伏虎寺的来历就是源于虎豹之患，修这座庙就是为了镇虎，《峨眉山志》中记载："宋绍兴间，虎狼为患，人迹罕见，有高僧士性建尊幢一座据镇，方隅人物始遂。"

虎豹成群，人们用更凶猛的动物来征服它们，一物降一物，于是峨眉山便有不少异兽的传说，比如甪端。甪端传说是一种独角兽，形似猪，角长在鼻端，现今的文玩市场上也能够见到，商家将之作为驱邪的祥物来卖，有守护避凶之意。甪端虽只是传说中的神兽，却一度被当成真兽来记载，如王士禛在《陇蜀余闻》中就说："（甪端）不伤人，惟食虎豹，山僧恒养之，以资卫护。"

在民国时期，峨眉山民间还传说有一种叫"山车娃"的野兽，专门吃"山居士"（山上和尚对猴子的谑称）。这个"山车娃"非常厉害，猴子一见到它就立在原地不动，不敢跑，跑的必死无疑，只等"山车娃"在它们中间选一个，待它狼吞虎咽、血淋淋地吃饱后，其余的"才敢怪叫一声拼命的逃去"（张志利《峨眉游记》）。

这些异兽传说的存在，让峨眉山笼罩在一种阴森恐怖的氛围下，而那些森林中的百兽巢穴是人们万万不敢擅闯的禁区。如今山上仍有野兽出没，还曾出现过峨眉山野猴伤人的事情。有一次，我们一行人正走在半山腰，突然看到一大群野猴从峭壁中呼啸而至，情势犹如匪盗打劫，行人慌忙逃窜。野猴如是，那要是林间传来一声虎啸，岂不把人吓得魂飞魄散？

民国三十年（1941年）春，冯玉祥曾到峨眉山一游。他自诩是"农民加丘八"，登山过程作平民游，不搞特殊，所以没有人知道他是大官。那一次，他只与另外一人从报国寺开始爬山，走到半山道中落日将尽，他们想赶快投宿洗象池，便有了下面的一番遭遇：

> 走到这里，已是云雾满天，路途都有些迷茫了。天也黑了下来，在一个小铺子里，喊了半天，才从对面一座冷藏室里喊出一个人来，问他我们还走得到洗象池不，他拖着长声说：
>
> "走——不——到——啰！"并且警告我们，到华严顶就得歇，万不要往上走，晚上野物多，那年那月那日就咬死了一位二居士，又那年那月……我们没等他说完，便赶快跑了！因为野物两个字，的确不大受听。
>
> 天越发黑了，风又呜呜的响着，路又滑又窄。这时一面走，一面想，这正是晚餐的时候，四无人烟，只这两块活肉在雾中行走，万一一阵狂风过了，只听得乱树背后扑地一声响，跳出一只吊眼白额的大虫

来……想到这里,今晚走到洗象池的决心,先自没了一半。(《青峨游记》)

野物出没,强人剪径,无人不怯。纵然冯玉祥是行伍出身,也只能提心吊胆地行走在山路上。当年武松在打死大虫之前,也难说没有惧怕,只是喝了酒壮了胆而已,所以才有三碗不过景阳冈之说。不过,道路之险,却不能遮盖登山途中的锦绣风光,明朝川南道董明命在登山途中得诗一首,叫《登峨说》,其中有这样两句诗:"满空云海起蛟龙,万仞峰头看冠弁。""绝顶一日几阴晴,彩霞尝结矍昙面。"矍昙,是梵语中神仙的意思,通俗讲就是到了峨眉山顶,相当于到了神仙住的地方;登上峨顶,也就相当于看了一次梦幻的神话大片,可以视为对登陟之苦的犒劳。

在去峨眉的山道上,我们还能够看到风俗画一般的场面:"小妇年年二三月,求郎拜上大峨山。"(陈祥裔《竹枝词》)登峨之难,却被三寸金莲化解了,真是不可思议。

峨眉山九老洞入口旧照

九老洞中的桃花源

《蜀山剑侠传》里讲过一个山洞。说的是李宁父女俩在行舟中遇到一个白衣人，此人居然是李宁在京城时的旧交周琅（化名周淳），两人都曾经是武林豪侠，威名赫赫，但明末乱世之后，天各一方。此时正当周琅在峨眉山寻得一个石洞，要去隐居，便邀他们一同前往。

三人便去了峨眉山，在山洞里安顿了下来，但李宁之女英琼一心想学武门秘籍，一番遭遇接踵而来，就拉开了故事的序幕，这个洞遂成为整个小说的引子。其实，在峨眉山中历来不乏隐逸之人，他们大多都是寻洞而居，在《译峨籁》卷五"玄览纪"中就有一些记载，如"紫阳真人"，此人是汉代丞相周勃的第七代孙，后来做了隐士，"登峨眉山入空洞金府，遇宁先生，受大丹隐书八禀十诀"（《峨眉山志》）。

"空洞金府"在何处？无考。但峨眉山有九老洞，这个洞也与仙隐流寓有关，它是峨眉山几百年来最大的谜团。

关于九老洞，《译峨籁》是这样记载的："（峨眉山中）最奇者，莫如九老仙人洞。昔黄帝访广成子天皇真人游此，遇一叟洞外，询有侣乎？答以九人。今名以此。"这显然是段传说，但这个传说起于何时？根据目前可考的文字记载，应该是明代嘉靖年间以前。最早出现"九老仙人洞"相关记载的是万历十六年（1588年）王士性的《游峨眉山记》："（牛心寺）寺后，绿荫簇抱，蔽亏天日，景幽绝，不类人间。右去过十二峰头，为九老仙人洞。"

万历三十年（1602年），袁子让在《游大峨山记》中描述得略为详细一点：

> 有九老仙人洞，传为仙人聚会之所，洞深广不可测。嘉靖间，僧众数人，曾燃一炬，欲穷其境，入十五里，一溪悠然横亘。过溪一二里，洞少狭，多怪石，有大蝙蝠飞出扑火，众僧惧而止。

袁子让是明代性灵派文学大家,自万历三十年(1602年)起知嘉州七年,他对峨眉山推崇至极,曾在《嘉州二山志序》说:"峨之胜,如登忉利,万象排空;云之胜,如入金谷,诸华争丽。登峨望峨,乾坤一物,云物百出,于天下无不有;入云玩云,芙蓉九削,锦练三文,于天下为稀有。"作为地方父母官,他对峨眉山逸闻可谓是如数家珍,经他大力宣扬,峨眉更是声名远播。

袁文中说嘉靖年间曾有僧人去探洞,他是万历时期人,离他那个年代也不过一百多年。而我们看到的后代文字记载受他的影响很大,基本是他记录的翻版,如嘉庆二十一年版的《四川通志》在"舆地·山川"中的九老洞,就用了袁子让的文字,但在描述中又有衍生,添加了不少文学色彩:

> 九老洞,深广不知其尽,入数步辄暗,列炬照之,石色微白,上下两壁或有余而垂,或不足而陷,或盘为虬龙,或蹲为狮象,或惊若翔禽,或挺若宝塔,或葳蕤为花叶,或缥缈为云物,一一非刻镂所具,阴寒峭甚,仅从炼魔堂而返。

值得注意的是,之前说它是暗通仙人府,这里又说它是

"炼魔堂",毕竟神魔有别,到底哪个更真实可信呢?这个问题一直延续到今天,直到现在还有人为那个神奇的传说纠结,甚至为此走火入魔。

1985年的时候,成都某中学有一名初中生独自跑到峨眉山九老洞去,结果入洞之后再也没有出来,后来人们在洞中发现了他的尸体。据说是这个孩子深信洞中有盖世武功和稀世之宝,才走火入魔地闯了进去。事实上,九老洞中这样的事情绝非他这一例,九老洞传说确有蛊惑人心的作用,而那深不可测的洞中仿佛藏着一股魔力,能够把一些人的生命吸附进去。

可能正因为如此,人们探究这个魔洞的欲望从来没有断绝过。光绪三十四年(1908年),四川总督制府官员楼藜然在《峨眉纪游》中就记述了他进洞之后看到的景象:

> 由寺右池边仄径,循坡扶木栏,上下三里许,坡穷洞见,俨然城府,是为九老洞。左右口若辕门,中似屏壁,游者从左洞门进,十许武即右洞门,绝岩无烙,惟山燕群飞出入。背屏向内口,官冥巨测。僧为燃火,人手一炬行,阴气吸收,光仅及趾。仰视石隙,燕垒万千,遗矢狼藉,几于佛头皆粪,掩鼻跛足,蹬

级自高而下，泥泞迂折三四百步，始见黯然一佛灯，乃财神殿，后为观音阁，旁有石床，云是赵公明卧处。虽承演义之讹，而履迹枕痕，宛然尚在。

这个楼藜然是位开明人士，从衙门卸任后就去了日本考察，崇拜西方的科学和文化。他看到如此景象，与人们的想象相差太大，不免在心里不住地打鼓，心想，不对呀，这哪里是神仙圣贤住的地方，疑问也随之升了起来：

> 正疑注间，阴森臭秽之气，逼人欲倒。亟出，一睹天光，心目觉爽，不知当日唐僧玄奘、隐士胡份及明遍融和尚，何以能住？岂变清净为污浊，不令俗人来占仙窟耶？抑桃源旧津，遂迷不复得路耶？

看得出楼藜然的话中已有讥讽的成分，他分明认为仙窟、桃源之说实在是不靠谱。唐僧玄奘到峨眉山显然是传说，而隐士胡份、遍融和尚也不可考，对洞中暗通世外桃源的故事他也是持怀疑态度。

1983年初，峨眉山九老洞出过一件广受关注的事情。当时有三名大学生结伴旅行，但在旅游时误入该洞，困在洞中达十二天之久。幸好外面有人听见微弱的呼救声，才被救了出去。其实这个洞我也进去看过，而且就是在这件事发生的第二年。我们几个人同时举烛进入，小心翼翼往里钻，但走了不足五十米就开始往外走，洞内阴森可怖、寒冽刺肌，之前的好奇心荡然无存，而前人记述的"蝙蝠如鸦，竞来扑炬"的惊悚场景接连出现，让人恐惧不安，慌忙出洞后再也不敢进去。

解开九老洞之谜是在20世纪80年代，科考人员直入洞底，得出了如下科学结论："峨眉山居于邛崃山脉南缘，有丰富的地层，各种各样的岩层和千差万别的地貌形态。距今一亿八千万年至八亿多年的浅海碳酸盐和滨海碎屑沉积所形成的石灰岩、白云岩、砂质岩，构成了本区高中山地区的主要岩层。其中九老洞所处的白云岩层归寒武纪。在地壳抬升过程中，地下溶洞中饱水带进入饱气带，不断地遭受渗流侵蚀，最后干涸形成现今的干枯溶洞。渗流侵蚀过程中，塑造了这形态各异的洞穴景观。"（衣瑞龙《彻底解开峨眉山九老洞之谜》）

虽然九老洞在科考后露出了现实的真容，但关于它的传说富有文学意蕴，依旧让人神往。还有一则九老洞传说是这样的：相传古时有一僧人，见一位老人在洞前下棋，观毕，又请他入洞一游。他们在洞中走了数十里，面前突现了一条河，闻鸡犬之声，老人请僧人同舟去对岸，僧人看时日已晚，便告辞出洞，但恍然发现洞外已过了几十载春秋。

洞中一日，洞外百年，此类传说并不少见，但至今仍具恒久的魅力。明代的山西巡抚张鹏在《大峨峰顶》中写过一句诗："岩前有灵洞，呼出白髯翁。"人物皆跃然纸上，颇为生动。但老人从何而来？无人知晓，这可能才是真正的悬疑，只能任人去想象了，故《峨眉图志》中说："图成九老记香山，九老缘何到此间。料是个中丹诀妙，致令九老远追攀。"

其实，我们在峨眉山还能找到类似的传说。五代前蜀时期杜光庭的《神仙感遇传》中就有这样一个故事，说的是眉州有个叫宋文才的人，与乡友几人一同游峨眉山，到了山顶，突然发现自己的冠带掉了，便离开同伴去找。走了一截便看到一位老人，不自觉地跟着他走，居然走进一座洞中的宫殿里，"玉砌琼堂，云楼霞馆，非世人所睹"，在此间"有道士弈棋，青童采药，清渠濑石，灵鹤翔空"，宋文才恍如梦境，接下来就发生了下面的故事：

> 文才惊骇，问老人："此何处？"答曰："名山小洞，

有三十六天。此峨眉洞天,真仙所居,第二十三天也。"揖坐际,有人连呼文才名,老人曰:"同侣相求,未可久住,他年复来可耳。"命侍童引至门外,与同侣相见,回顾,失仙宫所在。同侣云:"相失已半月矣,每日来求,今日乃得相见。"文才具述所遇,众异之。

不难看出,这个故事与九老洞传说如出一辙。细细分析,这类传说都让我们有一种似曾相识感,其中不少是受了陶渊明《桃花源记》的影响。蒋超有"旧有人者,燃炬始行三十馀里,闻鸡犬鼓乐音",杜光庭写"青童采药,清渠濑石,灵鹤翔空",均与陶渊明笔下"复行数十步,豁然开朗……阡陌交通,鸡犬相闻"的描述非常相似,其实都源于一个故事原型,只是前者的人物是九老,是弈棋的道士;后者是武陵捕鱼人。

如今,在文学影视创作中还常常看到类似的故事:某主人公无意间闯入一个神秘的洞中,豁然看见一片新天地,从而遭遇一番奇遇。洞中传奇成为一种叙事模式,在宫崎骏的动画片《千与千寻》的故事中,也不难看到这种模式的影子。设想现实世界与理想世界有一个可以沟通的法门;或者洞中暗藏了一条玄远的通途,能解脱人世的困境与劳苦,这也许才是传说存在的思想土壤。

峨山顶上半轮月

在远古的时候，所有的山脉都是一样的，都是大自然的一部分。但自从有了人类的活动，山和山好像就不一样了，这就是人文的赋予。

我们可以用蜀山来略加阐述。蜀山是所有四川山脉的总称，四川地跨青藏高原、横断山脉、云贵高原、秦巴山地、四川盆地等几大地貌单元，地势复杂，山峦密布。但过去认为代表蜀山的只有六座，包括峨眉山、青城山、锦屏山、赤甲山（四川奉节）、剑门关（四川广元）、巫山。为什么是这六座山呢？一般的解释是这六座山正好分布于四川的东西南北中，踞守着盆地的四大门，"气势压尽东南峰"。实际上在每一个方向上都有很多有名的山，这就跟山的地理位置有很密切的关系。比如锦屏山，它其实只是地处四川阆中的一座小山，过去却非常有名，甚至有"天下第一江山"之称。这就跟当时从北边入蜀的大道有关，锦屏山处在秦巴山南麓，又临嘉陵江，扼守川北大门，在清代中期以前一直是川北重镇，吴道子三百里《嘉陵江山图》就是以锦屏山为轴心。

赵孟𫖯的《蜀山图歌》写道："我昔西川曾泛舟，赤岸水接银河流。蜀山嵯峨江路永，飘飘豪气凌沧洲。"蜀山让人神往。但蜀山纵列于东南西北，在过去若非游侠流客，得见一二者已属不易。帝王将相和文人骚客都想把它们收缩于方寸之间，在诗画之中时时品味把玩。明朝时有人画了幅《峨山图》，蜀王就让峨眉山和尚梦观法师来给画题诗，和尚心领神会，不仅把峨眉山的景色写了进去，还融进吉祥祝福之语让大王高兴：

峨眉高，高插天，百二十里烟云连。盘空鸟道千万折，奇峰朵朵开青莲。黄金狮座耸岌岌，白银象驾来翩翩。晨钟暮鼓何喧阗，风林水鸟皆谈玄。千岩阴雾见玉佛，六时天乐朝金仙。月轮挂树光团团，平羌影落秋波寒。目前胜景不可状，画图仿佛移岩峦。

吾王此地受封国，大法付嘱从灵山。愿忆灵山当日语，五十四州均花雨。花雨慈云满锦城，佛刹王宫同安堵。峨眉高，高万古。（《峨眉高一首奉蜀王令旨题峨眉山图》）

"峨眉高，高万古。"这篇御用诗文难免有拔高之嫌，但透过华丽的文字来猜想那幅早已消失的画，确是个有意思的事情。比如"盘空鸟道千万折，奇峰朵朵开青莲""月轮挂树光团团，平羌影落秋波寒"，这两句诗意寻常，倒也容易画；而"黄金狮座耸岌岌，白银象驾来翩翩"有佛教寓意，就显得突兀些，想在一幅画里描绘得当确实有些困难，也难为了那个不知名的宫廷画家。但不管怎样，人们对蜀中名山的渴慕却是显而易见的，以峨眉为题创作的绘画不计其数，大概画的视觉效果更能助人"卧游"。唐末诗人郑谷就用绘画的方式来表达思念之情："造境知僧熟，归林认鹤难。会须朝阙去，只有画图看。"（《峨眉山》）

峨眉山是蜀山中的"六山之最"，具有蜀山之尊的地位，除了以巍巍山势称雄，它的人文气息之重，也是冠于其他那几座蜀山的。这就不得不提起李白的功劳，回望历史，从人文角度对峨眉山贡献最大的人非李白莫属。

李白一生写过很多首有关峨眉山的诗,名篇不少,最关键是他的《登峨眉山》一诗给了峨眉山一个定位:"蜀国多仙山,峨眉邈难匹。"这就把其他的蜀山丢到一边,一个"邈"字,神韵全出。

> 蜀国多仙山,峨眉邈难匹。
> 周流试登览,绝怪安可悉。
> 青冥倚天开,彩错疑画出。
> 泠然紫霞赏,果得锦囊术。
> 云间吟琼箫,石上弄宝瑟。
> 平生有微尚,欢笑自此毕。
> 烟容如在颜,尘累忽相失。
> 倘逢骑羊子,携手凌白日。

李白年轻时在蜀中盘桓,曾登临峨眉山,还结识了山上的和尚,"蜀僧抱绿绮,西下峨眉峰。为我一挥手,如听万壑松"(《听蜀僧广浚弹琴》)。所以他对峨眉山情有独钟,诗中常带有"峨眉情结",如:"尔去之罗浮,我还憩峨眉""中藏宝诀峨眉去，千里提携长忆君""却恋峨眉去，弄景偶骑羊"等等。当然，最有名的要数《峨眉山月歌》："峨眉山月半轮秋，影入平羌江水流。夜发清溪向三峡，思君不见下渝州。"这首诗对后世的影响可以说是前无古人后无来者，而峨眉山也通过这首诗获得了一种神奇的赋予，拥有了自身的一个精神符号。

李白对峨眉山月的偏爱还可以通过《峨眉山月歌送蜀僧晏人入中京》这首诗来证明。十六句诗当中，"峨眉"一词出现了六次，如此一咏三叹，在他的诗中极为罕见，也只有他这样的高手才敢如此不循惯例、放纵才华。当然，这也是他所作"峨眉山月"的诗篇中最为荡气回肠的一首：

> 我在巴东三峡时，西望明月忆峨眉。
> 月出峨眉照沧海，与人万里长相随。
> 黄鹤楼前月华白，此中忽见峨眉客。
> 峨眉山月还送君，风吹西到长安陌。
> 长安大道横九天，峨眉山月照秦川。
> 黄金狮子乘高座，白玉尘尾谈重玄。
> 我似浮云滞吴越，君逢圣主游丹阙。
> 一振高名满帝都，归时还弄峨眉月。

"峨眉山月"虽然一直高挂于峨眉山顶,却是李白的个人品牌,"太白佳境"可谓是千古一景。民国时期武汉大学教授章韫胎在《中元峨眉山顶看月》中就写道:"一夕峨眉月,千秋太白歌。朗吟据山顶,余响入天河。"后人多引用或化用"峨眉山月"这一意象,这在中国山水绘画中尤为常见,近代如齐白石、张大千等大家就曾在峨眉山追寻李白诗中的画意,"峨眉山月"以一种清幽、旷远的形象,连接了天地间的情感,创造出一例经典的美学象征。也可以这样说,诗人通过抒发个人的情怀,让峨眉山变成了人们精神生活的一部分。

李白之后,有不少诗人在作品中表达了对峨眉山的敬崇,甚至以身居峨眉之侧为荣,还有不少崇拜者去追寻李白的足迹,如乾隆年间的四川按察使顾光绪,就曾到峨眉山寻访李白"听蜀僧广浚弹琴处",沾一点诗仙的灵气。但可惜这个地方并无确址,不免虚幻,"疑是浚师琴,不识弹琴处。晓月寺前门,空林满衣露"(《访太白听蜀僧广浚弹琴处》)。

杜甫到了四川之后,曾以峨眉山人自居,在《寄司马山人十二韵》中说自己是"长啸峨嵋北,潜行玉垒东",送别襄阳朋友时也随口吟出"地阔峨眉晚,山高岘首春"(《赠别郑练赴襄阳》),用峨眉来对仗襄阳的岘首山。但杜甫在川那么多年,却没有去过峨眉山，这成了他心中很大的遗憾，"近识峨眉老，知余懒是真"（《漫成》）。比起李白，也许他就缺了座峨眉山。后人为此这样评价道："子美避地西川，咫尺峨眉，未经屐齿一过，识者以为千古缺陷。"

陆游跟杜甫的情况差不多，他甚至还在嘉州公干过，待了近一年时间，但也没有去过峨眉山。他的第二十一代孙陆文杰曾随父宦蜀，在岷江犍为段中望到峨眉山，可能一时触景生情，想起了这位伟大的祖辈，不免为老爷子遗憾，就有了"雷洞坪边路，何时一曳筇"的感叹。

虽然没有去过峨眉，陆游的诗中却常有对李白的崇敬之心。一次他在凌云山上喝酒，回城时已经天黑，在船上看见了峨眉山上的月亮倒映在江中，就写道："峨眉月入平羌水，叹息吾行俄至此。谪仙一去五百年，至今醉魂呼不起。"（《凌云醉归作》）他想到的还是李白，李白的影子永远也抹不去。陆游又在另外一首诗中写到过"峨眉山月"："依依向我不忍别，谁似峨眉半轮月，月窥船窗挂凄冷，欲到渝州酒初醒。"（《舟中对月》）很明显，陆游的这首诗受了李白《峨眉山月歌》的影响，不自觉地采用了类似的意象。

当然，陆游与李白毕竟是两路诗人，他也有自己的"峨眉山月"。如《十月九日与客饮忽记去年此时自锦屏归山南道》："今年痛饮蜀江边，金杯却吸峨眉月。"这首诗非常有趣，痛饮之中把月亮也喝到肚子里去了，可能当时真醉得不轻。又如《寒夜遣怀》："娟娟峨眉月，相对作凄冷。月落照空床，不寐听寒螀。"娟娟二字有柔美气息，但是个冷美人，这句诗后来让苏东坡颇为心仪，直接借用到自己写的《送运判朱朝奉入蜀》一诗中：

蔼蔼青城云，娟娟峨眉月。
随我西北来，照我光不灭。

苏东坡是四川眉山人，以"我家峨眉阴"自称，虽然一生长期客寓他乡，但至死也深爱着峨眉山，"西望峨眉，长羡归飞鹤"。他对李白十分崇拜，在《送张嘉州》一诗中，巧妙地用了李白之句来点化诗眼，借月寄情："峨眉山月半轮秋，影入平羌江水流，谪仙此语谁解道？请君见月时登楼。"

其实，在那个最邻近峨眉山的嘉州，"峨眉山月"时时照耀着那里，岑参在嘉州做郡守时也曾写道："山光围一郡，江月照千家。"似乎当月亮升起，那相似的情境总让人想起李白。

陆游在嘉州期间，也常常感到自己被"峨眉山月"的诗境所笼罩，夜不能寐。有一次，在初冬的一天夜里，月亮奇大，把夜空照得终夜如昼，他又失眠了。陆游不知道那轮月亮是专为峨眉定制的，从李白那时到现在一直光亮无比地照耀着，成为峨眉山顶一个不能摘去的符号，而月亮与峨眉的结缘从此便有了亘古的意义。他写道：

月从海东来，径尺熔银盘，
西行到峨眉，玉宇万里宽。

在唐以前，诗歌中的峨眉山是作为一座灵山而存在的，诗人们为峨眉山捕捉了灵性的萤火虫，累积了诗意的负氧离子。在唐宋后，峨眉山佛教大兴，佛学禅意进入到诗歌之中，我们可以看到灵山与圣山的细微区别，即人文观照与神性显现的区别，作为灵山的峨眉山再一次被厚厚的文化光环包裹住了。

峨眉乱世缘

齐己（864—938年）是湖南大沩山同庆寺的和尚，也是唐五代时期有名的诗僧。纪晓岚曾说"唐诗僧以齐己为第一"，《全唐诗》收录了其诗作八百余首，数量仅次于白居易、杜甫、李白和元稹。

齐己所处的唐末已非太平时代，疆土四分五裂，诸侯割据，百姓辗转零落。他不少朋友就流寓到四川，时相唱和，在诗中他们经常提到峨眉山，而齐己终身的愿望就是想到峨眉山一游，为此还写了不少关于峨眉山的诗。此事说来也怪，他从来没有去过四川，却把峨眉山当成朝思暮想的对象，甚至还能从有些诗中感受到他那种迫切的心情，如《思游峨嵋寄林下诸友》一诗：

> 刚有峨嵋念，秋来锡欲飞。
> 会抛湘寺去，便逐蜀帆归。

齐己有个叫贯休的朋友，是五代时期有名的画僧。二人亦师亦友，是忘年交，齐己还是沙弥的时候，贯休已是老僧了。后来贯休不得志，被人构陷，就从湖北到了四川，蜀主王建很赏识他。王建这个人很有意思，爱附庸风雅，"目不识书，喜与文士谈论，当时唐名家世族，多避乱于蜀，都得到优待"（《中国通史简编》）。所以，他对贯休这样的名士特别器重，封贯休为禅月大师，又赏"食邑三千户"，让他在龙华寺里画画。据说贯休后来的日子过得非常自在舒心，于是给庙里画了十六罗汉图，其中一幅居然保留至今，已是价值连城的宝贝了。所以，齐己很向往贯休在成都的生活，曾经写过一首《寄贯休》的诗：

> 子美曾吟处，吾师复去吟。
> 是何多胜地，销得二公心。

> 锦水流春阔，峨嵋叠雪深。
>
> 时逢蜀僧说，或道近游黔。

王建的前蜀虽是小朝廷，但偏于一隅，无战争之扰，境内安宁，整个国家文娱气息很重，"典章文物有唐之遗风"。最关键的是峨眉山近在眼前，这让齐己很羡慕，他常常一遇到蜀僧就打听那边的消息，对来自四川的消息格外关注。然而当时出游不易，出门就是国与国之间的疆界，并非通途坦道，所以他说如果冬天"叠雪深"不能游峨眉山，可以选择去游贵州，对旅游路线都有一些计划。

后来，齐己有一个长辈也到了四川，他很感慨，写了首《送吴守明先辈游蜀》的诗，如数家珍地把四川的景色介绍给人家。

> 凭君游蜀去，细为话幽奇。
> 丧乱嘉陵驿，尘埃贾岛诗。
> 未应过锦府，且合上峨嵋。
> 既逐高科后，东西任所之。

其实这首诗有个背景，当时吴守明的心情颇为复杂，他是在进京应试之前到四川一游，目的是了个心愿，至于以后的命运就听之任之了。当然，虽然同处乱世，这跟胡世安最后一次游峨眉山的心境还是有区别的——作为一个读书人，吴守明尚有进仕之心。但当吴守明走到四川东部的嘉陵驿一带时，不幸遇到了战乱，根本去不了成都，齐己就建议不如去峨眉一游，"且合上峨嵋"。可能在齐己看来，若没有去过峨眉山，简直就是枉活了一世，有负此生。

齐己有个朋友称为白处士，此人生平不可考，应该是唐五代时期一位有德才的隐士，齐己跟他的关系不错。在齐己的诗歌中，有两首给白处士的诗，都与峨眉山有关系，其中一首是《赠白处士》：

莘野居何定，浮生知是谁。
衣衫同野叟，指趣似禅师。
白发应无也，丹砂久服之。
仍闻刨行计，春暖向峨嵋。

这首诗透露出很多白处士的个人信息，从"衣衫同野叟，指趣似禅师"就可以看出白处士是怎样一个人：不修边幅，穿着朴素，但志趣淡泊，谈吐清雅。他有计划到峨眉山去，这一点是整首诗中最为重要的信息，说明齐己是知道白处士打算的，颇有触动。第二首是《送白处士游峨嵋》，当时白处士已经启程去峨眉山了，他去送别后便写了这首诗，在诗里他想象别人在山中的情形："寻僧石磴临天井，劚药秋崖倒瀑流。"寻僧问禅、荷锄挖药，已纯然是山居生活了。这也说明白处士可能是隐到了峨眉山中，再不问红尘中事。很明显，齐己的诗中对峨眉山的隐居生活是极为向往的。

> 闲身谁道是羁游，西指峨嵋碧顶头。
> 琴鹤几程随客棹，风霜何处宿龙湫。
> 寻僧石磴临天井，劚药秋崖倒瀑流。
> 莫为寰瀛多事在，客星相逐不回休。

齐己还有一位朝廷中的朋友，姓朱，当着殿中侍御史、监察御史之类的官，称为朱侍御，官不大，要换到现在可能称呼就是朱处长之类吧。这个朱侍御要从洛阳回四川阆中去省亲，齐己就写了一首《送朱侍御自洛阳归阆州宁觐》，其实朱侍御不过是从三峡走水路入川，未必要去登峨眉山，在岷江这一段远远地就可以看到山色翠微的远影。从地理上分析,朱侍御走陆路应该更为近便,阆中处在蜀国的北大门,如果要走水路不仅绕了一大圈不说,途经的诸侯国家亦皆关卡林立。也就是说,朱侍御的行程可能是齐己虚构出来的,人家并不一定这样走,只不过一说去四川,就会牵动齐己的峨眉之心。

> 已过巫峡沈青霭,忽认峨嵋在翠微。
> 从此倚门休望断,交亲喜换老莱衣。

齐己还与其他一些四川僧人多有往来,如当时声望很高的广济大师。在广济大师死时,他写了首祭诗以"寄哭",称广济大师是"千万僧中宝,三朝帝宠身"(《寄哭西川坛长广济大师》)。齐己与他有百通书信往来,"卷开锦水霞光烂,吟入峨嵋雪气清",这哪里有青灯黄卷相伴的苦僧,分明是两个活泼泼的和尚。

> 犹得吾师继颂声,百篇相爱寄南荆。
> 卷开锦水霞光烂,吟入峨嵋雪气清。
> 楚外已甘推绝唱,蜀中谁敢共悬衡。

应怜无可同无本,终向风骚作弟兄。

从上面《酬西蜀广济大师见寄》这首诗看,齐己与广济相交甚笃,而从广济那里不时传递来的峨眉信息也持续在他心中发酵。但齐己、广济毕竟是处在乱世,大致是在前蜀、后蜀的交替时期,《寄蜀国广济大师》中所说的"两朝更变"应该就是这个时候,即后唐主李存勖灭蜀的925年前后。虽是乱世,虽已年老,但齐己"终思相约岷峨去",可谓是初心不改,从下面这首诗即可看出他已经下决心要去四川了。

满国繁华徒自乐,两朝更变未曾惊。
终思相约岷峨去,不得携筇一路行。

机会终于来了。后梁龙德元年(921年),这时齐己年届花甲,做好了前往峨眉山的准备,并豪情万丈地写下了这首《自湘中将入蜀留别诸友》:

巾舄初随入蜀船,风帆吼过洞庭烟。
七千里路到何处,十二峰云更那边。

巫女暮归林渐沥，巴猿吟断月婵娟。

来年五月峨嵋雪，坐看消融满锦川。

诗中，齐己假想自己告别了朋友，已经随船入蜀，然后登上峨眉山，看到了山顶上的雪。流淌着满腔的诗性与浪漫，这首诗遂成为他的代表作之一。但可惜的是这次他仍然没有去成，为什么呢？他走到途中，就发生这样一件事情，"太师南平王筑室以居之，舍净财以供之"。

原来他刚到荆州，就被南平国的国君高季兴强留了下来。当时南平国只是后唐的一个诸侯小国，割据荆南一带，虽然地盘不大，却处于五代十国的中心地带，挟长江而扼制黄金水道。高季兴这人人品不好，人称"高赖子"，经常截留江上来往货物，齐己路过南平国的时候，高季兴就扣留了这位高僧，将齐己留置在龙兴寺当"僧正"，以充门面。齐己深感无奈，但又无能为力，至死都没有去成峨眉山。

齐己有个湖南老乡叫欧阳彬（894—951年），早年逃到四川做了前蜀的翰林学士，又在后蜀时期做过嘉州刺史。岑参也当过嘉州刺史，有"岑嘉州"之名，所以欧阳彬便有些附庸风雅地说："青山绿水中为二千石（指任职的食俸），作诗饮酒称风月主人,岂不诚嘉!"欧阳彬的逍遥更加深了齐己内心的孤苦,他知道自己余生再也没有机会去峨眉山了,所以在给嘉州任上欧阳彬的诗中写道:"鹤发不堪言此世,峨嵋空约在他生。"

朝峨:圣山之路

唐代以后,峨眉山上的人迹日渐增多。除了猎户、樵夫和采药的人,还依稀可见僧侣、隐士、游人、香客和山民们的身影,他们在峨眉山上开山筑路、搭棚筑屋、修寺建庙,把过去那座只存于想象的灵山拉到了现实的面前。

这就不得不说到普贤菩萨。相传普贤是佛教传说中四大菩萨之一,《华严经》中讲:"西南方有处名光明山,从者以来,诸菩萨众,于中止住,现有菩萨,名曰贤胜,与其眷属三千人俱,常在其中而演说法。"贤胜就是普贤,光明山即峨眉山。

为什么叫大光明山呢?跟佛教有关,实际上也部分得名于自然现象。在峨眉山顶,每当云霞铺天时,总有万丈金光普照,极为壮观。身处真实的光明之境，容易让人生灿烂之想，清人何式恒在《佛光辩》说："仰首半空，突有五色祥光数道，隐现菩萨法相。"

普贤菩萨为什么会现身这座光明山呢？原因是"有善财童子伫立妙高峰上，观此山如满月，大放光明"，于是就把峨眉山作为他的道场，山中大放光明便是普贤菩萨留驻的原因。不过，很多人对此非常怀疑，如儒学大家马一浮对此颇为不屑："此缁流驾空之说，羌无故实。夫大乘菩萨踪迹无方，遍虚空界，何处不现，而独局局于此四山，有同割据，其污罔可嗤甚矣！"（《名山四疑》）但这段神话故事影响上千年，峨眉山在菩萨降临之后，被赋予了一层神圣的意义，由灵山变成了一座圣山。普贤道场对峨眉山的影响是非常巨大的：

> 法王到处，法众恒随。峨眉为中国最高之山，实普贤应化之地，以故十方缁素，咸来投诚而依栖。历代王臣，悉各从事于建造，致使琳宫绀殿，棋布云岩，草舍茅篷，星罗幽岫。或参禅以冥契佛心，或宠教以启迪众智。（《峨眉山志》）

佛教之兴，也导致相关营造的大兴，堂、殿、院、楼、亭、桥、坊、塔等在数百年间先后林立于峨眉山间，蔚为大观。在历朝皇帝的勅赐中可以看到峨眉山的变化。比如唐僖宗时，勅建黑水寺，又赐"住持慧通禅师藕丝无缝袈裟一领，以黄金白玉为钩环，及诸供器"。宋代时，各朝皇帝都爱给峨眉山勅赐各种宝器，如宋太祖、真宗、仁宗等先后勅赐万年寺"御书百余轴，七宝冠、金珠璎珞、袈裟、金银瓶钵、夜炉匙箸、果垒、铜钟鼓锣磬、蜡茶塔、芝草之类"。到了明朝，尤以明英宗对峨眉山最为青睐，他勅赐峨眉山的东西也最多，如勅赐灵岩寺藏经勅书，又勅赐海会堂"金绣千佛袈裟、紫衣及丁云鹏所画八十八祖像"，再勅赐圆通庵"慈宁宫皇太后手书佛号绣金长幡一对，及乌思藏、金银书番经三本"。

到了清代，皇家对峨眉山寺庙的勅书赐物更见频繁，如康熙四十一年（1702年）春，皇上给卧云庵亲赐"金刚经、药师经、心经各一部"，并亲题"卧云庵"三个大字；又"赐药师经一部"给伏虎寺和尚照裕，并为寺庙题写"慈镫普照"四个大字。其实，这些都是我们见到的极少一部分，不包括朝廷之外各级官府、各方人士的捐献赠送。在编修《峨眉山志》的时候需要收集整理历代的遗存，但这个工作因其浩瀚而难以知其详,"峨眉开山近二千年,历代皇帝所有勅书及所赐物,多难胜记。世远人亡,烟没殆尽"(《峨眉山志》序)。

僧侣众多,香客如云,峨眉山经历了一个被圣化的过程,山中之物象几乎无一不被涂抹与点化,且容分述一二。如"佛光",明代文学家陆深在四川做左布政使时曾登上峨眉山,他在《蜀都杂抄》中说:"山中光怪若虹霓然,每见于云日映射之际,俗所谓佛光者是已。"自然之光变成了佛光,显然与普贤菩萨有关。

如今,观看佛光基本是峨眉山游览的必选项目之一,到峨眉山不看佛光确是一大遗憾,有很多人为一睹佛光不得不在山顶等待数日。当年我见到佛光是在金顶舍身崖,佛光出来的时候,把手放进光环中,影子会马上出现在半空中,你晃动手,影就随形跟着晃动,十分神奇,仿佛进入魔法世界。

范成大当年见到佛光,大为震骇,他曾在诗中写道:"重轮叠影印岩腹,非烟非雾非丹青。"看来他也没有琢磨透这个魔幻般的景象。其实,佛光只是一种特殊的自然物理现象,在光线、地形和云雾等自然因素的共同作用下就会出现。佛光的存在虽然并非峨眉山独有,但对宗教氛围的渲染却有着奇妙的效果,清人王业兴说:"佛光掩映,则千嶂凝辉,诚为神仙之

峨眉山上观佛光
韩加摄

窟宅，宇宙之奥区也。"不过，也有人不以为然，宋代皇佑年间遂州的一位小官杨约，就曾经在《游峨杂吟》中说："祥光非实相，灵异只虚夸。岩静常留雪，山寒故放花。"他显然还是偏爱自然状态下的灵山。

峨眉山上有一种鸟，叫"佛现鸟"，跟佛光有关。峨眉山顶上常年积雪如银，难见飞禽，但"佛现鸟"却卓然飞翔于高山之巅。佛现鸟其实只是一种高山飞禽，耐高寒，《峨眉山志》中说："山巅佛现鸟与山鹊二种，余鸟俱不能过万年寺，以下鸟则羽族俱备矣。"当它与佛光联系到一起，就不再是凡俗之鸟了。陆深也说到过此鸟的神奇：

> 光未发时，有鸟先飞过，若言"施主发心，菩萨来到"。光既散复来，作声"施主布施，菩萨去了"。

1935年，气象学家卢鋆在《科学画报》上发表了题为《南京北极阁之"峨眉宝光"》的文章，说1934年12月13日早晨"自南京溯江而上，以至四川，均大雾弥漫，天地为之昏暗。南京北极阁气象台顶（高约八十米），有峨眉宝光之发现"。在南京，人们"举目环顾，则茫茫千里，一片白色，无所见矣。

背日立而下瞰，影浮雾上，佛光突显。影之首都，初现一彩色光环。环分为二层，内环之外，复有红环绕之，七色缤纷，其美不亚于日月华……"。这种现象其实在世界各地都出现过，成像的原理大致是一样的，但把这一自然现象定名为"峨眉宝光"，说明峨眉佛光影响确实非常之大。

除了佛光，还有圣灯（也称佛灯），也是峨眉山的一大景观。"夜半有光熠熠来自天际者，又谓之圣灯。"圣灯一出现，壮丽璀璨之极，"如千朵莲华，照耀岩前，有从林出者，有从云出者，有由远渐近，冉冉而至者，殆不可数计"。

山川早水曾经在峨眉山遭遇过一次观佛灯的经历，他描述得也甚为生动：

> 此夜十时刚过，僧来报告出现佛灯。来到山顶后边之无地岩，僧严肃告诫，叫我们不要出声。此时雾散气清，山树声息，星斗闪烁。不一会儿，两三点火光出现在五六十米远的地方。一见有火光，僧又警告我们不要有咳声。接着又出现四五点，以至数千百点。其火光有固定一动不动的，有好像想动的，有疾转的，有徐行的，俨如万灯之光。我等连口大气都不敢出，

眺望着。正当此时。其中之数点,冉冉靠近而来。到脚下之岩上停住。悄悄掷石一块,忽然后退,不再回来……(《巴蜀》)

圣灯是怎么来的呢?所谓圣灯乃自然产生,并非天外之物,目前有三种说法:一说是山谷中的磷火飞升;一说是萤火虫飞舞时放光;还有一种说法是树木上的密环菌使然,远看如莹莹星光,何式恒应该就是持这种观点。孰对孰错,或者三种说法兼而有之,都能证明这种自然现象的神秘,而它被称为圣灯,甚至说成是"万盏明灯朝普贤",则是宗教化的结果。其实,不光峨眉山有圣灯,其他山也有,如青城山,范成大在《吴船录》就有记录:"夜,有灯出。四山以千百数,谓之圣灯。"他也分析了圣灯的来由,青城山与峨眉山非常相似:"或云古人所藏丹药之光,或谓草木之灵者有光,或又以谓龙神山鬼所作,其深信者则以为仙圣之所设化也"。

有意思的是,民国二十二年(1933年)印光和尚在重修的《峨眉山志》序中,把佛光、圣灯两种现象说成是大光明山的由来。

"兜罗绵云"旧照
乐山市档案馆供图

> 溯其立名之意,盖以佛光昼现,圣灯夜来,亘古今而无或隐灭,尽来际以启牖群生。由是之故,致此峨眉宝山,亦称大光明焉。

其实,在过去除了佛光和圣灯,峨眉山还有一个神奇的东西:兜罗绵云。所谓"金顶三相"指的就是佛光、圣灯和兜罗绵云。

兜罗绵云,其实就是云海。清川湖总督三韩蔡毓荣在《游峨眉山记》中说:"白云嘘布,万顷一色,望之如雪、如毡、如银海,乃所谓兜罗绵云者。"但云海一定要在金顶看才最为壮观,谭钟岳在《峨眉山图记》中曾说:"金顶祖殿,悬岩绝壁处,朝夕云海雾气,忽聚忽散。每至未刻,兜罗绵云,布满岩下,现圆光一圈,边分五色,七层间晕,为佛光如镜。"其实,"金顶三相"在很多大山上都能见到,也并非峨眉山特有,只是三者聚齐的不多。

在峨眉山,有一处观看佛光最佳的景点叫舍身崖,这个地方非常有名,也特别神秘,人至此常有扑朔迷离之感。过去,舍身崖曾被传说为成仙之处,实际上却是当地人心中一块死亡禁地,历史上有不少人选择在那里跳崖,了断生命,佛光会不会为他们在告别人间的悲壮中准备了一个璀璨的幻境？

1933年夏天，青年地质学家李春昱到峨眉山参加考察，他与有着丰富登山经验的瑞士地质学家巴勒加打了一个赌，赌是否能从舍身崖下攀上金顶。后来他们在峨眉山药农的带领下，在悬崖陡壁中度过了狂风暴雨的一夜，于第二天从舍身崖岩底冒险登上了金顶。这一次打赌其实是为了科学考察，他们测得舍身崖高720米，弄清了峨眉山震旦纪地层的成因。从此，舍身崖从科学的角度已无神秘可言，但是直到今天，仍然有不少跳崖者出现，可以说是前赴后继，此地已成为一个幽冥中的渊薮，难以破解。舍身崖虽是人世凄凉处，却又与普贤菩萨有着千丝万缕的关系，因为它有俗世与神界对话的思想根源。

早期峨眉山也有不少道观，道释共存。但由于佛教太盛甚至遮盖了道教曾经在峨眉山存在的历史，后来到了几乎不见道观的地步。相传峨眉山上有个"啸道士"，此人每天在山上长啸，能作雷鼓霹雳之声，"听者倾悚"。"啸道士"是唐天宝时期的人，后来他的啸声渐渐就消失了，宋以后即绝迹，再无传人，此正值道释共存到佛家独大的转变期，"啸道士"可以说是道教在峨眉山逐渐式微的见证。而佛教则日渐强盛，峨眉山印光和尚曾说："从汉以来两千年，大小寺宇莫不崇奉普贤菩萨，四方信士礼敬普贤者，亦莫不指归峨眉。"明代傅光宅也说："峨眉之山，四方缁白朝礼者无虚日。"

从此以后，登峨眉山的人群中多了一个特殊的群体：朝山者，"顾骚人墨客往来言游，四方缁素怀瓣香重茧远进则言朝"（释彻中《朝峨眉山记》）。礼佛之士到峨眉山不叫游山，而叫朝山，他们跟一般的游客是有根本区别的。实际上在大众旅游尚未兴起前的很长一段时间里，朝山者是多于游山者的，若论登山者的内在动力，宗教信仰远胜于闲情逸致，而那时的峨眉山担负着一个巨大的社会功能，即以圣山之名接纳四方的拜佛的信众。

大中祥符四年（1011年），宋真宗"诏赐黄金三千两，增修峨眉山普贤寺，设三万僧斋，度僧四人"。可以想象，佛教之兴已经将一座过去的灵山彻彻底底地变成了一座圣山。

"以普贤视峨眉，不啻沧海之一滴。而峨眉有普贤，则如芥子纳须弥。所以虽僻处西陲，而名高五岳。与补怛清凉，同为朝野所崇奉者，以有大士应化故也。但徒瞻仰金容，拜伏于象王足下。而不知大士圣德神功，巍巍无上，殊负大士度世之心。"（《峨眉山志》卷二）从这段话可以看出，有了普贤之后，峨眉山的一切皆变得有了佛性。

《峨眉山图记》也记录了峨山"全盘佛化"的过程:

> 草木有桫椤树、浮图松、菩萨藤、木芙蓉、木凉伞及一切奇花异草,多莫能名。禽有二迦陵异鸟,飞翔上下,佛光现时始鸣,曰佛现了。兽有人熊、虎、狼,质颇小者,其鸣陀佛,人以比邱宇之。

峨眉山的一些植物、动物的名字开始有了佛名,跟佛沾上了边,甚至连幼兽也"其鸣陀佛",如佛所生。最有意思的还是貔貅,它本是想象中的神兽,但也被佛化了:"自木皮殿以上,林间有之。形类犬,黄质白章,庞赘迟钝,见人不惊,群犬常侮之。声訇訇,似念陀佛陀佛。"(《峨眉山志》)这个能够招财进宝的家伙居然也会念佛,真是阿弥陀佛,善哉善哉。

小金殿的生灭劫

在峨眉全山的三百多座庙宇中,最为显赫的当数华藏寺,它被认为是普贤菩萨示现之所。

华藏寺前身最早是普光殿,为晋隆安三年(399年)慧持和尚所建,由于位于山顶,建造不易,最初用木皮所搭,非常简陋。早期峨眉山顶一带的寺庙大多都是木皮所盖,如晋代的阿罗婆多尊者,据传是西域圣僧,他来峨眉山建道场,看到"山高无瓦埴,又雨雪寒严,多遭冻裂,故以木皮盖殿"。但等到佛教在峨眉山大盛之后,情况发生了很大的变化,华藏寺得以多次重修,其中在明洪武帝的那次重修期间,被覆以铁瓦,焕然一新。

民国二十五年版《峨山图志》中的峨眉山金顶图,寺庙林立

但好景不长，华藏寺不久失火被烧。这一烧并非坏事，人们就想要重建，而且要建就要建成最好的寺庙。明万历年间有个妙峰禅师，他四处化缘，筹足千金，重修了一座铜殿。这座殿通体采用铜铸，铜由四川丰都、石柱等地购来，当时那一带矿产丰饶；然后把铜运到湖北铸造，造好后再将组件运到峨眉山安装，前后历时数载才告完成。建成之日，一座崭新的铜殿出现在人们面前，见者无不为之震撼，铜殿在阳光映照之下是"巍峨晃漾，炤耀天地"（傅光宅《峨眉山金殿记》）。

华藏寺作为峨眉山金顶上所处位置最高的寺庙，在如此豪华的装饰下，仿佛将全山之精华集于一身，佛事也臻于极盛，王曰曾《铜殿》云："皇家崇胜事，法象得辉煌。玉局三霄诰，金宫百和香。"

此时的华藏寺是什么样的呢？《峨眉山志》有记载：

> 层梯而上，峰顶为渗金小殿，一名永明华藏寺。殿左右有铜塔四座。殿瓦柱门楞窗壁，皆铜为之而渗金。广一丈四尺五寸，深一丈三尺五寸，高二丈五尺。前安愿王像驾，四壁为万佛围绕。门阴刻全蜀山川形胜，水陆程途，一览了然。

这里面其实还有一段趣事。当年妙峰和尚到处募捐，募到的钱太多了，就造了三座金殿，分送峨眉、五台各一座。本来还有一座要运送到普陀寺，但把铸造好的金殿运到南京时，不料遇到了普陀寺的和尚，他们一看就害怕了，说不能接受这份巨大的馈赠。因为沿海一带海盗猖獗，此殿一立，无异于财白于光天化日之下，恐招来不测。怎么办呢？他们只好就近将金殿送给了位于镇江的宝华山，让其供奉，宝华山捡了个便宜，当然佛家会说是"缘"本如此。

峨眉山佛教大兴之后，其地理价值陡升，俯视周边群山，在巴蜀地缘中处于核心地位，甚至有了一种至高无上的权柄意味，"蜀且于此方为坤维，峨眉若地轴矣。故菩萨住无所住，依山以示相。行者修无所修，依山以归心"。由此，华藏寺这座"渗金小殿"也就有了坐标点的意义，成为一颗耀眼的峨山之珠。

峨眉山是断块山，山崖拔地而起，山巅的金顶如一张平整而略有倾斜的桌子，这是形象的说法。华藏寺孤立峰顶，如鸟降临，稳稳地落到那张桌子上，但由于山太高，大风吹拂之下，那如翅膀一样的飞檐时时让人感到它在轻轻晃动。明朝四川提学傅光宅曾经在上面住过一宿，感受非常强烈，他在《峨眉山金殿记》写道：

> 其山高峻，上出层霄，邻日月，磨刚风，殿阁之瓦以铜铁为之，尚欲飞去。榱桷栋梁，每为动摇。宅辛丑春暮登礼焉，见积雪峰头，寒冰涧底，夜宿绝顶，若闻海涛震撼，宫殿飞行虚空中。梦惊叹曰："是安得以黄金为殿乎？"

我也曾经在华藏寺下的旅店住宿过几次，一到晚上，山下哪怕是酷暑，这里的气温也非常低，必须要有棉衣御寒，不然抵挡不了刺骨的寒风。而住在山巅，房屋如有轻微摇晃之感，有高原反应的人常常感到头重脚轻，不能深眠。

不过，选择住宿在华藏寺下是为了方便一大早起来去看日出。只要天气晴好，云海就会出现，这是峨眉山的一大奇观。记得当时是盛夏，山顶却冷如初冬，我们穿着租来的军大衣去守候，四周早已聚集了一大群人，显然他们也是来观日出的。突然间，有人惊呼，只见太阳犹如一颗红球从云层中弹出，玲珑圆润如珠，众人皆可掬于手掌之中，但时间极短，仅仅几分钟，美景转瞬不再，登顶峨眉却无憾也。

然而，日日沐浴在壮丽景色中的华藏寺却命运多舛，在它建成后的三百年中屡遭焚毁，到1886年重修时，只留下明代的两块铜碑："后以大殿火，随之而毁。光绪十二年，僧心启改砌砖殿。惟王毓宗集王羲之书，傅光宅集褚遂良书，两铜碑岿然完善，光泽可鉴。"（《峨眉图志》）

无奈收拾残物重建，但可惜的是，在清光绪十六年（1890年）该殿又付之一炬。光绪十八年（1892年）再次重建大殿，将之前残留的铜碑、铜门等置于其中，又在殿脊之上加铸鎏金宝顶。不幸的是，民国十二年（1923年）和民国二十年（1931年）华藏寺又两度失火，时间仅仅相隔八年。

固有普贤菩萨护佑，华藏寺仍然历经岁月沧桑，在千年中经历多次毁了又建、建了又毁的历史，其中还有不少荒唐之事。如清末那次火险之后，四川总督尹昌衡不知道从哪里听说了这件事，就命人把铜瓦搬回去铸成了铜圆，说是以丰官帑。也许现在一些货币收藏者手里的铜圆，正是当年峨眉山华藏寺铜瓦上的一部分。

华藏寺的劫波还未度尽，时隔四十年后，它又经历了历史上最惨痛的火灾。1972年4月金顶修建电视发射系统，把庙宇占为柴油发电机房，由于工人违规操作引起火灾，九个小时内将金顶华藏寺等各庙全部烧毁。这次大火比之前的任何一次都大,还烧毁了上万余株冷杉、云杉和杜鹃等珍贵林木,金顶彻底变成了一片秃地。火灾之时,远在几十里之外的地方都能看到,记得那时我年纪尚小,看到家乡的人们站在岷江河边窃窃私语,才知道峨眉山上失火,而远远遥望峨眉山的大火,其景象犹如半空中一片燃烧的枫叶。1987年夏天我来到金顶,随处可见被烧后的残迹和焦土,目不忍睹。前些年故地重游,仍然还可以看到被烧后的一些痕迹,它们就像残疾的肢体上永远不能愈合的伤疤。

这是一段峨眉山晦暗的历史,让人痛心之余,亦觉世间生灭的无常。但虽有战争、饥荒和人祸,兴佛之路好像从未断绝,庙宇毁了又重建,从历代来看,僧众的募化、朝廷的赏赐、信徒的捐助源源不断,这不得不让人惊叹。峨眉山在圣化的过程中,除了普贤菩萨是绝对的精神内核,历代的高僧也功不可没——他们既是普贤的跟随者,也是圣山的塑造者,将个体生命融入峨眉山佛教深厚的岩层中。

在峨眉山佛教最早的传说中,有一位宝掌和尚,人称"千岁宝掌",他是印度婆罗门贵族之子,出生于公元前414年。史料记载他是"中印度人,周威烈王十二年生,住世

峨眉山金顶上的"小金殿"
乐山市档案馆供图

1972年夏天一场大火烧毁后的金顶残殿
乐山市档案馆供图

一千七十二年，唐高宗显庆二年卒"。宝掌生下来就与一般孩子不一样，长了一张佛脸，左手一直紧握不能伸直，人皆谓异童。九岁时，他就被送到佛陀精舍当沙弥，剃度之时，他的左手突然松开，一颗珍珠从掌心掉落，众人皆惊，于是取法号为宝掌。

宝掌和尚一生非常传奇，最传奇的说法是他活了千岁之久，用五百年时间走遍了五个天竺国。后来他来到东土震旦，首先去的就是峨眉山，后又去了成都的大慈寺，刻苦读经，二十天才吃一顿饭，"日颂般若等经十余卷"。无论宝掌和尚是否真有其人，也不管他是否真的活了1 072岁，但他出现在唐高宗时代，说明印度佛教在那时就已经全面进入峨眉山，而他选择到峨眉山修行的原因正是"礼普贤"。

从印度来的还有一位阿波罗多尊者，相传是在晋代。他到了峨眉山后，观山水环合，与西域的化城寺地形相似，就在那里建了道场，用木皮盖殿，但道场具体的位置现在已不可考。

上面两位都是从西域来的，实际上从晋代之后，诸如慧持、从谂、黄檗老人、南泉老人、澄照大师、行明禅师、宝昙国师等历代本土高僧大德都曾在峨眉山"礼普贤"，普贤菩萨聚来了四方僧侣，气场已十分强大。

峨眉山自唐宋以来，佛事兴盛，僧侣如云，也常有一些奇人异事。比如清代峨眉山有个"绣头和尚"，谁也不知道他的来历。此人是个怪人，独来独往，在山林间结茅居住，种芋头为食。夜则念佛经行数十里，直造峨山之顶，黎明才回去，犹如马拉松运动员。

还有一件异事也很有意思。过去，峨眉山有着神圣的宗教地位，金顶更是圣洁不容玷污，任何荤腥不得带到那里，"游山者自来不敢以荤酒溷香积"。相传明朝时就有刘光沛、李一鳌及州守冯某等几人到峨眉山一游，带了一头猪准备到金顶大吃几天。就在杀猪之时，厨师忽被雷风击倒，晕死过去，醒来时发现猪已经跑了。众人大骇，赶紧磕头悔过，以为是得罪了佛祖。据说自此以后，再也没有携酒肉入山者。当然，这是过去的事情了，现在的金顶有火锅店，有烧烤卖，与时俱进，早已破了那个戒。

金顶最近的一次重修是1990年，不仅修复了华藏寺各庙宇，还于2005年在金殿前修建了十方普贤圣像，此像高达48米，金碧辉煌，号称是世界上最高的金佛，被称为世界佛教造像史上的巅峰之作，其体量之磅礴，有俯视众生的气势。然而，纵观金顶千年的变迁，无论黯淡还是辉煌都有世道的命数

普超法师（1903—1982年），峨眉山高僧。
在万年寺剃度出家，后曾任报国寺住持
孙明经1938年摄

左右，我想这点菩萨也是知道的。

  我更愿意说说金顶上一道神奇的美食——雪魔芋，据说过去在这高山之上，缺乏蔬菜，生活极为艰苦，圣谓和尚发现雪冻之后的魔芋晒干后可以久放，用温水发泡即可烹食，不仅解决了吃的问题，而且还有种绝妙的口感。从此，这有些魔幻色彩的食品便流传于岷峨一带，雪魔芋烧麻鸭还成了一道名馔，可惜在志书中没有记载，但作为一份佳肴，每次登金顶我就会想起它。

蒋超：一生写尽一座山

在佛教传入峨眉山的过程中，宋代是一段关键时期，"宋南渡以前，佛教重地首称五台、峨眉，五台承唐之旧，峨眉到宋时始盛"（汤用彤《隋唐佛教史稿》）。那么，从宋到清，峨眉山的历史又经历了什么？这个变迁过程有没有一个清晰可见的记录呢？

考察峨眉山的历史文献，《译峨籁》的价值不能被低估，它既是自娱自乐的小众文集，更是现在存世且创作较早的一部峨眉山史志。在《译峨籁》中包括了一些自然志式的呈现方式，如"星野""形胜""方物""道里"等分类记录，这为后人研究峨眉山的人类学、动物学、植物学、矿物学提供了一些有价值的史料，同时在"典籍""图绘""玄览""宗镜""文翰"等方面亦有不少记载，这些文字除了历史价值，还留下一些思想史的痕迹。实际上，《译峨籁》本就是部集大成之作，因为之前已有一些零星的关于峨眉山的文献出现，如唐宋间的《峨眉山记》、宋代嘉州郡守吕勤命张开编的《峨眉志》三卷、明代殷绮的《游峨合编全集》、明代曹学佺的《蜀中名胜记》均搜集了不少峨眉山史料，还有明正德戊寅年版、明嘉靖辛丑年版、明天启乙丑年版的《峨眉县志》，亦载有不少与峨眉山相关的史料，应该说《译峨籁》参照了前代人的著述，是对前人成果的总结，虽是一部关于峨眉山的人文历史地理典籍，但已具山志的雏形。

在《译峨籁》之后，为峨眉山修志的人多了起来，其中就不能不说到蒋超其人。明清易代之后，关于峨眉山的文字记载少之又少："兵火之余，山中片纸只字俱无，其书所载不忍一字遗失。"但蒋超同胡世安有很大不同，他的个人经历非常传奇。当年他先是跑到峨眉山削发为僧，然后著书立说，这同胡世安只去过三次峨眉山大不相同，其修志的成效也就不一样。所以，蒋超编撰的《峨眉山志》是继《译峨籁》之后最重要的一个版本。

蒋超（1624—1687年），字虎臣，号华阳山人，江苏金坛人。他与胡世安算是同代人，还同在朝廷里共过事，但他比胡要小三十岁，胡是他的前辈，他们之间有没有交情就不得而知了。然而有一点可以肯定，蒋超一定听闻过《译峨籁》这本书，学界一般认为胡世安成书时间应该在1650—1661年之间，其时朝廷同僚间正在传阅这本书，胡世安会不会对蒋超有比较直接的影响呢？胡世安从顺治元年（1644年）在清廷任官，蒋超从1647年起在翰林院工作，胡死于1663年，按说他们之间有十多年的接触机会，跨越顺治、康熙两朝，所以那时就有可能为后面编修《峨眉山志》埋下了机缘。当然，这只是后人的推测。不过，蒋超的父亲蒋鸣玉是明崇祯十年（1637年）的进士，官至山东按察使司佥事，后归附清朝，与胡世安是同辈，际遇也十分相近，《译峨籁》这本寄世之书带来的共鸣也可能隐形地影响过蒋超。

但后人更多把编修《峨眉山志》归结于蒋超同峨眉山的一段奇缘。蒲松龄在《聊斋志异》中有《蒋太史》一文，专门写到过蒋超："蒋太史超，记前世为峨嵋僧，数梦至故居庵前潭边濯足。"

蒲松龄与蒋超是同代人，蒋超的故事广为流传，蒲松龄对此应该非常熟悉。蒋超在当时可以说是个异于常人的怪人，而作为小说家的蒲松龄就好这一口，搜集稗官野史，抒写奇人异事，但依蒲氏一贯笔法，恐有将他"志异"化的倾向。倒是蒋超的好友王士禛的记载更为可信，他在《池北偶谈》中说蒋超："生数岁曾梦身是老僧……又数梦古佛已入室，与之谈禅。"可以看出，性好佛学、沉迷禅理是蒋超的性格特点，这在他后来的人生中也得到了印证。

那么，蒋超是个阴沉、孤僻的人吗？非也，他非常宽厚仁义，而且是个不折不扣的江南才子，清顺治四年（1647年）便以一甲第三名被钦点为探花，那时他才二十三岁。少年得志，人生前景花团锦簇，但他没有选择去做官，而是做了学者，后来他在翰林院当编修有二十余年之久，学问宏富，时称"蒋太史"。蒋超虽然身处京畿，却不往热闹场里凑，"性廉静，不嗜名利"。也就是在这个阶段，他更喜欢跟一些佛教界人士来往，"常断荤肉，喜方外交"。其间还发生过一件事，有一天他在上朝的时候，突然听到"喝道声"，这是怎么回事呢？他急忙去找大博和尚求解，然后幡然有醒。他觉得自己该结束浑浑噩噩的世俗生活了，所以在四十三岁时以病告退，彻底告别了过去。之后，他有一段四海云游的经历，然后于清康熙十一年（1672

年)坐船入蜀,登岸落脚在峨眉山,余生开始埋首修编《峨眉山志》。

蒋超历时十余年来续早年梦中的佛缘,专心撰志,不暇他事,修志过程也十分艰苦,四川巡抚罗林在《峨眉山志》的序中是这样讲的:

> 蒋太史虎臣,其尪然抱疴,体不胜衣,乃穷幽极险,攀跻而上,卧青云之端者旬日,于是岩壑之耸拔,林峦之逶迤,云物之光怪,与夫日月晦明之互异,寒暑气候之不齐,山之真形变态,靡不毕掌目接神契,洞然于中而肃,几得峨眉之全秀矣。

"尪然抱疴,体不胜衣",说的是撰修之不易。当时蒋超已经有病在身,可能还比较严重。但他的态度是非常坦然的,临终之时,还在遗书中告诉家人不要太过伤怀,最后是"沐浴端坐,吟诗而逝"。然而,因为病重,蒋超在编完《峨眉山志》后,书未及刊印即病逝,让人悲叹。

但今天我们在重读这段文字时,又会有新的认识。蒋超不辞辛苦穿行在峨眉山中,只为全方位勘察探访峨眉山,这同现代学者的田野考察无异,求真精神尤为可贵。另外他本身是翰林编修,属于国家级的史学专家,对志书编撰可以说是轻车熟路,所以一开始他就知道怎样去搜集人文典籍,进行实地踏勘,甚至到各个寺庙抄录名贤题咏,对老僧进行口述记录,可以说他就是古代非虚构写作的前贤。

另外,后人评价《峨眉山志》都认为其品味甚高,是一本雅俗共赏的史著。"上察星躔,下稽形胜,举凡宫室瑰丽、台榭玲珑、高僧羽客、异卉珍禽、莫不考核精研,叙致潇洒,而于艺文尤加意探讨,黜荒陋,撷精华,使读者爽然心目。"其实,在中国历史上还有不少大学者为小地方撰写县志,如戴震修撰《汾阳县志》、章学诚修撰《永清县志》、段玉裁修撰《富顺县志》等等,蒋超也属于这一类。这些人的学识与文化视野确实要深厚和宽阔得多,成果也更为突出,往往成为地方史志之翘楚。《峨眉山志》在刻板前,中义大夫曹熙衡曾在序中评价说:"一笔墨间,而峨之山水形胜、宫观殿刹、人物古迹、词翰艺文了如指掌,灿若列眉,可以备穷搜,可以供卧游,盖自是而峨乃有山志矣。"当然,就算撇开这些溢美之词,《峨眉山志》的价值也是非常高的,体例完备、内容翔实,远超过前代任何一部著作,可谓是洋洋大观、贡献卓著。

蒋超的这本山志与《译峨籁》成书时间相隔不到三十年，却比《译峨籁》全面、丰富很多，弥补了之前峨眉山著述中取材不广、考订不精的状况。比如在"形胜"上，《译峨籁》是随性所记，非常笼统；《峨眉山志》却做了详细的分类，按峰、岩、台、石、岗、洞、坡、坪、溪、河、沟、池、泉、井、山道、水道等分别记载，全山的地理状况一目了然。

蒋超治史严谨，特别是在一些史实的考证上，由于时间久远很不清晰，他为了不至于遗漏，也做了特别说明。同时，他兼具学者胸怀，虽削发为僧，但无门户之见，峨眉山在宋以后基本变为了佛教名山，道观几无幸存，但在峨眉山道教的记载上，对道教曾经于峨眉山的存在，他仍然做了补记："峨眉虽系皇真道场，近来人亡观废，香无踪迹，欲问旧时授道升仙等胜地，茫然不知其处，虽有宋王坪、轩辕观旧址，一望虚莽，不敢妄为增饰，恐有道家嗔是，有心呈漏，将来移玉入山，当自知之耳。"这种客观的著史态度尤为可嘉。

要说《峨眉山志》与《译峨籁》最大的不同，主要还体现在修志的观念上："志以征信不可贪图怪异，捃摭成编，如上林橘柚、芳洲杜若，取快一时，胎讥千古。是编凡禅宗仙伯，非确在峨眉修真养性及投筇飞锡过化此方者，不敢妄入。"

(《峨眉山志》凡例）很明显，这种朴素的求真务实观念与前人形成了反差，主观因素在减少，求真务实的客观性在增多，体现了一种思想的进步。蒋超之后，为峨眉山修志的人不在少数，有官府修，有民间修，还有寺庙修，有关峨眉山之书目文献名录多达十余种，但大多是在《峨眉山志》的基础上进行增删，出现了不同的版本，而后人对它的每一个细小的校订、增补、修改，都是峨眉山历史文化变迁在这本山志上的细微显现，似乎可以这样说，一部《峨眉山志》，就是一部峨眉山的思想史。

但是，对于蒋超的修志也有一些批评的声音。民国二十二年（1933年）重修《峨眉山志》时，峨眉山和尚印光就认为蒋超版的《峨眉山志》"总以叙述山峰之耸峻，岩壑之幽秀，风云之变态，寺宇之兴废而已。至于普贤兴慈运悲，四众竭诚尽敬之所以然，尚不能稍为形容"（《重修峨眉山志序》）。即直言蒋超只说山，不说佛，既然是佛山，怎么能够不说佛呢？所以他认为过去的峨眉山志书编撰"皆属不通佛学之儒士所修，故致买椟还珠，敬卒隶而慢主人"。

确实，对于一个山僧而言，他看到的是佛，而非山，所以印光和尚在序言中就批评那些不重视佛教历史的修志行为："只在山之形势变幻处致力，不在菩萨兴慈、运悲、拔苦与乐处形容。志山而不志佛，颠倒行事，虽有其志，不能令见者闻者增长善根，种菩提因。"不过，释印光的观点并非无稽之谈，对一座佛山的历史记载，佛教部分的真实书写的确不该疏漏荒废，而应神形之义皆备，但蒋超以一己之力，抱残之身，又何能强求完美无缺呢？

山僧行走在峨眉山道中
孙明经摄

洞天首步

宝山的显现

在《峨眉山志》之后,又有不少人继续修志,如顺治年间张能鳞的《峨眉志略》,可谓后继有人。道光十四年(1834年)又对旧志进行了修订,由峨眉知县胡林秀亲自主持,"悉心校阅,间有后人添入诗章,错讹残缺者,旧本不载,一一更订增入。统计原板及添刻共三百二十六块,刷印成编"。这一版是官修,比当时蒋超凭一人之力又有进益。

1947年,《峨眉伽蓝记》也面世了,这是一本专门记录峨眉山佛教沿革、寺庙兴废的书,作者就是峨眉当地人刘君泽。此人生平不详,但自序表明他是一位静心向佛的居士,也正因为此,他感到自己生活在峨眉山山脚下,却对它的历史无动于衷，实在是愧对先人，刘君泽在自序中写道："（刘氏家族）衣食于名山之麓者十有四世矣，长育此土而昧昧于名川，而茫然于此土之贤德，于心有惶愧焉。"所以，他就花了十年时间来写这本书，"依朝峨眉山必经寺院序列次及四乡名寺，为文八十篇，计四万五千五十一言"。

《峨眉伽蓝记》是峨眉山志中的一本寺院专志，比之前的任何一部山志都更为详备，"凡钟之铭、磬之引、桥头之碣、栋梁之题、佛背之刊刻、僧家之谱系，以及殿阙塔亭、铜佛塑像、经藏字画、隐逸高人等并纪其要，阅时十载，积成巨帙"。刘君泽认为自己基本把能够找到的资料都细细翻找了一遍，为后人研究峨眉山佛教提供了丰富的史料，想来责问蒋超的印光和尚也应该感到满意了。

《峨眉伽蓝记》的写作横跨了整个抗战时期，所以书中也涉及一些历史大事件，如故宫文物南迁。当时7 287箱故宫文物辗转落脚在峨眉山下，主要就藏在峨眉山大佛寺内，直到抗战结束后运到南京，最后去往台湾，据说这批文物中有价值连城的毛公鼎、翠玉白菜、玉石东坡肉和《快雪时晴帖》等。刘君泽的可贵在于没有漏掉这一重大历史事件，他在"大佛寺"一节中写道："民国以来，战乱频仍，戎马居之，荆棘生焉。

峨眉山大佛寺，抗战时期被作为了故宫文物南迁的隐藏地，大量珍贵文物藏于此地达八年之久

己卯，故宫博物院迁驻其中，诛除草莱，修补破败，贮藏古董，禁卫森森，游人不得瞻礼也。"这可能也是地方史书中最早记录故宫文物南迁的珍贵文字。

值得一提的是，《峨眉伽蓝记》是纯民间性质的写作，自费出版，连该书的校对都是由刘君泽的兄弟刘君照来做的，在当时政局动荡的情况下做这件事，实为不易。另外，《峨眉伽蓝记》找的是乐山《诚报》印刷部代印，书较小众，估计印刷量很少，现在市面上很难见到原版的《峨眉伽蓝记》。物以稀为贵，笔者得到此书也是承蒙乐山档案馆的大力支持，将此书复印给我，笔者才有幸得见真容。

进入近代，得益于印刷制版技术的提高，修志的形式又发生了不少变化，其中光绪十七年（1891年）由黄绶芙、谭钟岳纂修的《峨山图说》非常值得一说。

这是一本绘本山志，相当于现在的导游图册，实际是《峨眉山志》中的一部分，即"道里志"的绘图版。全书共64幅图，其中峨眉山全图1幅，上下山道里图53幅，峨眉山十景图10幅。"每幅图上详注道里远近，图后附寺宇略历及沿途形势，图极精确，与实际里程景观少有差误。"值得一说的是，这本志书是官倡民修，黄绶芙当时是四川道台，真正跑腿做事的是

峨山记

湖南举人谭钟岳。这件事起因据说是光绪皇帝突发奇想，想到峨眉山一游，下面的人便马上动手编一本专贡御览的志书。这事也有讲究之处，怎么个编法很费心思，肯定不能跟过去的山志一样，皇帝哪有那么多闲心来细细读字，所以就想到了绘本，让皇帝翻翻图、看看画岂不更好，所以就有了这本《峨山图说》。

这部书印好后，皇帝到底看到没有，对其评价如何，无人知晓，但它在1935年被美国人费尔朴教授看到了，这就有了后面的故事。费尔朴生于1899年，在加州大学东方学院读完哲学博士后来到中国，1925年至1951年一直居住在成都，是个中国通，更是个四川通。当时他在华西协和大学文学院教书，是早期活跃于华西坝的洋人。费尔朴的中文很好，可以用文言文写作，又特别喜欢峨眉山，他写道："余复为峨山而神往，尝结伴香客，攀临此山之巅，深入檀林，遍谒神殿。"后来他看到了《峨山图说》后，爱不释手，觉得是个宝贝，就想把它作为华西边疆研究会的一个课题来研究，并重新修订编排了这本书，即新编《峨山图志》。

如今，前后两个版本的图志都能在档案馆看到，保存完好。实际上坊间也有收藏，在网上可以高价购得，可见当时印刷量不小。费尔朴版的新编《峨山图志》印刷极为精美,由华西大学哈佛燕京社印制,纸张采用的是产于夹江的上等好纸。当年能够有如此精细的印刷技术确实令人叹为观止,可以说是达到了当时最好的印刷水准,就是放在现在也属上乘。

西方人参与编书跟中国人的方法和思路有不少区别,以新编《峨山图志》为例,形式上中英文对照不说,还在标注方位时采用了中西结合的定位法。他在书中把罗盘与指南针并在一起,极有创意,这在过去的志书中是从来没有的,显然也考虑到国外的读者,它应该是第一部走向国际的峨眉山志,但费尔朴却说"为此精神之天才与真理发扬于西方之一助欤",肯定了这种用西式方法来展现中国文化的手段,认为其在中西结合上确实是很好的图书范例。在这部志书付梓之际,谭钟岳难掩欣喜之色,写道:"芳踪历历尽描摹,领略层峦信不诬。一幅峨眉山志竣,持归好作卧游图。"

如果说蒋超的《峨眉山志》承载的还是古典意义上的一座大山,涉及的名物多在古代,那么新编《峨山图志》作为西方人参与的出版物,它所展现的大山已经被赋予了一定的现代意味。可以这样说,随着近现代社会的来临,科学技术和西方思想的进入,峨眉山现代意义上的面目才真正显露出来。

民国二十五年版《峨山图志》封面，该书也被称为新编《峨山图志》。封面中西结合，署有英文书名

其间，我们可以看到一些外国人的身影，他们抱着不同的目的，以不同的身份来到峨眉山，其行踪颇值得关注和研究。在新编《峨山图志》中，费尔朴就提到过一位叫维吉尔·哈特（Virgil C. Hart，即赫斐秋）的美国牧师，他是最早来到中国的传教士之一，1887年曾到四川传教，曾经因传教之便在乐山开办过一所西式印刷所——嘉定教文所。1895年仲春，他去了一直神往的峨眉山，费尔朴说他"适留此山，正以英文描写此山的风景及庙宇，而著为一不可几及之佳作"。但实际上，费尔朴从没有见过赫斐秋，他出生的时候，赫斐秋已经去世了。

赫斐秋的这本书叫作《华西：游历峨眉山佛教中心》（*Western China: A Journey to the Great Buddhist Centre of Mount Omei*），可惜一直没有中译本，但2014年中国有了翻印版，被收录在《中国研究外文旧籍汇刊》中。有意思的是，书中的插图都是赫斐秋自己画的，充满了西方人的奇思异想，而这也是迄今为止最早可见的西方人关于峨眉山的绘画作品。

与赫斐秋类似的还有日本人中野孤山，他1913年的峨眉山之旅被记录在了《横跨中国大陆——游蜀杂俎》一书中。

中野孤山原本是日本广岛县立中学的一名教师，1906年他应四川总督锡良之请，任职成都补习、优级师范学堂教习，

赫斐秋绘的万年寺砖殿

民国时期的万年寺旧照

1895年3月，赫斐秋与峨眉山和尚合影

一到中国后就"奋然奔赴昆仑山麓、长江上游、蜀之腹地,肩负起打开宝库之重任,聊以报答国恩"。但在那个特殊的历史背景下,他名为外籍教师,实际干的是收集情报的工作,出游动机是"担负起开发东洋之大任",是个地地道道的日本民族主义狂热分子,通过他也可以看到当时日本社会的思潮对后面战争的影响。

在《横跨中国大陆——游蜀杂俎》中,中野孤山对游历四川的整个过程做了详细的记录,涉及历史沿革、地理分布、经济状况、风土人情等各方面内容。他的调查非常细致,如在游历峨眉山的过程中,他发现庙子里也卖汤圆,于是便偷偷潜到厨房后面一探究竟,结果大吃一惊,他看见一群和尚在那里筛汤圆,正在忙活做买卖,这件事情让他很是不屑,并讥讽说"和尚只靠念经是无法生存下去的了",但其实这也是对寺庙生活的一种观察。

中野孤山非常关注峨眉山的矿产和动植物状况。虽然不是职业学者,但他在观察峨眉山的植物分布时却相当专业,如在"峨眉的植物带"一节中,他写道:"万年寺至长老坪一带肉桂及其他一些阔叶树,枝繁叶茂,簧竹夹杂其间,各种羊齿丛生,覆盖山径。"但到了洗象池一带,就发生一些变化,"枞树森森直逼霄汉，树下落叶厚厚堆积，古木腐朽长满苔藓。地衣或悬挂树梢或随着树形展现万般风情"。再往上走，到了雷洞坪，变化更大，"四周皆是合围粗细、百余尺高的参天大树，枝丫茂密，遮天蔽日。树下低矮植物密集，有花草，有羊齿，有苔藓，有菌茸，有地衣，皆为喜阴植物，数量巨大……"。这些优美的文字均出自科学考察的视角，有很强的功用目的。

客观来讲，中野孤山的书让我们看到了《译峨籁》《峨眉山志》中没有的东西，或者说看见了一座"看不见"的山，一座只有用西洋"夷技"才能透视的山，那是什么样的山呢？我想应该就是建立在科考基础上的，有明确自然和社会学科分类框架，通过科学考察、地质绘图、化学分析、影像拍照等现代手段建立起的一座多维度、给人以全新认知的大山，而这似乎让我们再度看到了峨眉山的一个新面相：从圣山变成了一座宝山。

其实，早在南宋时，范成大到峨眉山就感到那里的植物之盛"不可胜数"，而很多花木皆不被国人所识。他在《吴船录》中写道：

> 大抵大峨之上，凡草木禽虫，悉非世间所有，昔

固传闻，今亲验之。余来以季夏，数日前，雪大降，木叶犹有雪渍斓斑之迹。草木之异，有如八仙而探紫，有如牵牛而大数倍，有如蓼而浅青。闻春时异花尤多，但是时山寒，人鲜能识之。草叶之异者，亦不可胜数。

清末民初，峨眉山的神秘面纱已经渐渐被揭开。在朝山途中的游客里，我们最不能忽略的就是漂洋过海而来的洋人，他们的眼光不仅充满好奇，更多的是在搜寻山中的奇珍异宝，如在20世纪初纷至沓来的德国植物猎人，即是一例。德国是世界上植物学研究最富有成果的国家之一，德国人对峨眉山关注日久。1903年德国人威廉·菲尔希纳（W. Filchner）曾经到峨眉山采集鱼类、两栖类、爬行类动物标本，1909年德国人帕彭海姆（P. Pappenheim）也曾到峨眉山采集动物标本，1914年又一个德国人卫格德（H. Weigold）来到峨眉山，这些人都是西方植物学家，实际上就是来中国寻找宝藏的。

有记载的第一个登上峨眉山的西方人是爱德华·科尔伯恩·巴伯（E.Colborne Baber，旧译为巴伯），当时是英国领事官，还取了个中文名字叫贝德禄，登山的时间是1877年7月，后来他写了篇《华西旅行考察记》("Travels and Researches in

Western China"），刊登在英国《皇家地理学会会要》上。后来，旅行家、作家霍西（Alexander Hosie，即谢立山）也在1884年登上峨眉山，更多只是作为旅行者和地理考察者的角色，像古代的马可·波罗一样在中国四处行走。

"1890年英国博物学家博拉脱（A. E. Pratt）先生登上峨眉山，则采集了不少植物。自贝德禄到访后，数以百计的外国人登上峨眉山。"这句话是20世纪初叶的英国植物学家威尔逊（E. H. Wilson）说的。在来中国之前，他或许认真读过这些人的书籍，并以此作为自己的旅华知识储备。威尔逊的一生颇为传奇，早期只是一名苗圃学徒，后来靠勤奋赢得了老板的信任，被派去伯明翰植物园学习植物学。1899年，他被英国维彻花木公司派往中国寻找花木种子，那时他还只是一名植物采集员，但他的中国之旅收获巨大，在此过程中他眼见大开，也因为他的植物发现而名扬世界。

1903年威尔逊第二次来到中国，并于当年10月到达乐山，在峨眉山地区考察达两月之久。他在这期间采集的植物有"芳香月季、多花蔷薇、各种菊花、杜鹃、茶花、报春、芍药、铁线莲以及由这些植物培育出的众多品种"。特别是高山杜鹃、珙桐等珍稀植物，它们本是峨眉山及周边区域的特产，经此被带到了西方,"装点和美化着世界温带地区的公园和庭院"。[《一个博物学家在华西》(*A Naturalist in Western China*)]

有趣的是,作为植物学家的威尔逊,在攀登峨眉山的时候,眼光是与常人完全不同的。他看到了植物世界的秩序与纷争——那也是个极为喧嚣的世界,只是人类听不到它们的声音而已:

> 攀登任何高山,特别是在这一纬度上,留心观察温带植物成分的入侵给人以启迪也极为有趣,峨眉山为研究这一现象提供了特别的便利。我们的周围一切看上去都在微笑,自然界好像处于和平状态。然而在这些日子里,我们每一个人都生活在这样的现实中:一场以征服为目的的严酷无情战争正在各地进行,而且寸土必争。好在植物不会说话,不然胜利者的欢笑,失败者的呻吟会多到人类难以忍受!且看这场竞争:大叶的栎木试图把它的领地扩展到近山脚处,紧密参与的还有数种槭树,其中青榨槭树皮有白色条纹,特别显著。亮叶桦、数种荚蒾、梨属、苹果属、悬钩子属和樱桃属的种类也在其中,但这两条分布带的主战

场在海拔4500—5500英尺的地带……（威尔逊《中国——园林之母》）

当然，这只是威尔逊的植物学眼光，他还有另外一种眼光。实际上，威尔逊的探险考察带着很强的商业目的，是以巨大的市场作为背景的，他的身后是英国的花圃商人们。正是因为他们把目光投向了中国，才有了对峨眉山这座宝山的探寻，市场需要探险者去为它们寻找有价值的商品，威尔逊就是一个成功的例子。

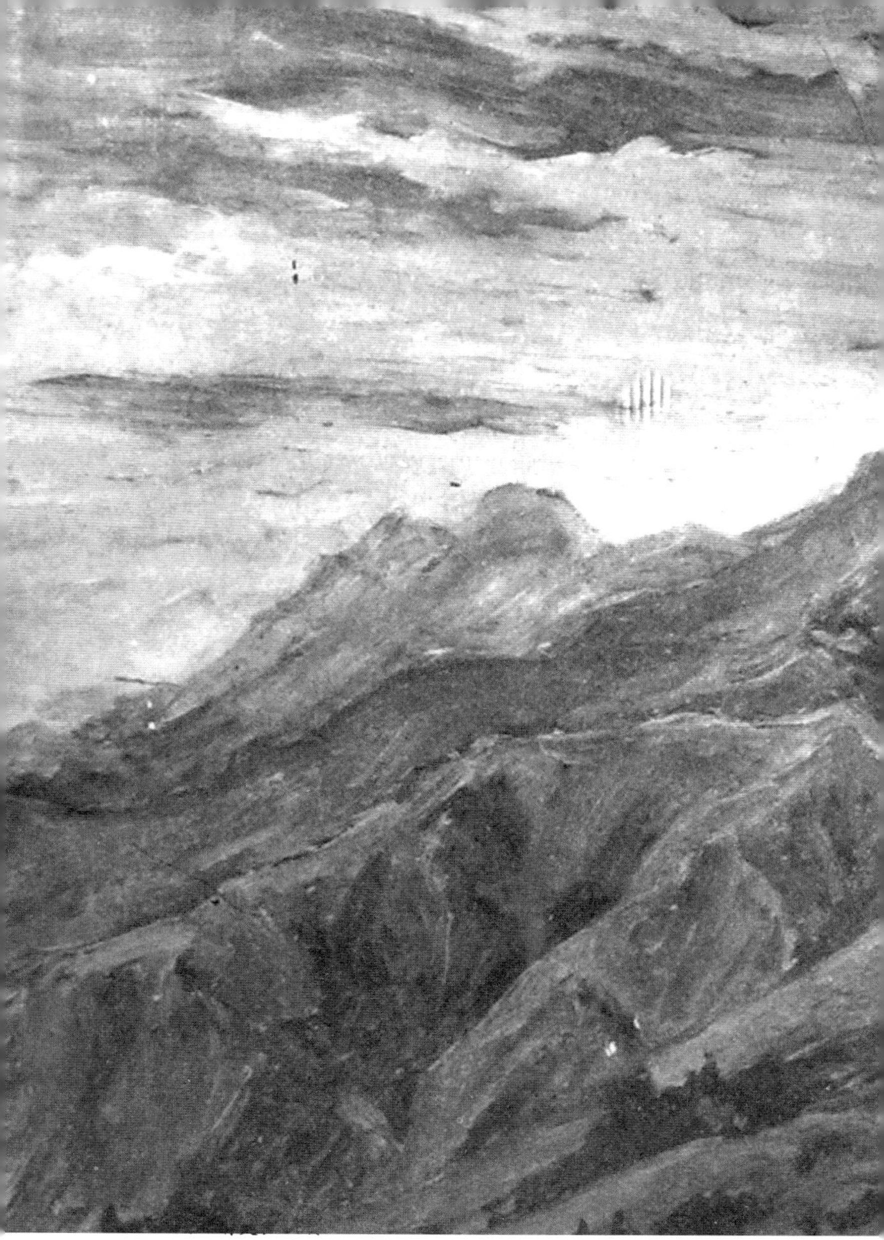

1901年出版的《峨眉山及峨眉山那边：藏边旅行记》(*Mount Omi and Beyond: A Record of Travel on the Thibetan Border*) 中所绘的峨眉山

杜鹃：植物学家眼中的世界

威尔逊的植物考察，预示了一个新时代的来临。

从民国以后，中国最早的一批知识精英从海外归来，他们强烈意识到国家自然资源的发现、研究和保护已经迫在眉睫，并开始在相关领域展开工作，而峨眉山是他们重点关注的对象之一。例如，1922年地质学家李春昱、谭锡畴到峨眉山考察地质；1923年气象学家竺可桢动议在千佛顶修建"南京气象研究所峨眉测候所"；地质学家赵亚到峨眉山绘制《峨眉山地质图》《峨眉山地质剖面图》；1935年，植物学家曲仲湘、施白南与中山植物园合作，到峨眉山考查药用植物；1938年生物学家刘成钊发现了"峨眉胡子蛙"；1942年植物学家方文培通过考察后绘制了《峨眉山植物图志》……

这里面最值得一讲的是方文培先生与峨眉山的故事。

峨眉山海拔3099米，高出峨眉平原2700多米，平均相对高差达2000多米，从低至高由常绿阔叶林、常绿与落叶阔叶混交林、针阔叶混交林、亚高山针叶林构成了完整的森林垂直带谱，具有当今世界上亚热带山地保存最完好的原始植被景观。同时，峨眉山处于多种自然要素的交汇地区，生物种类丰富，特有物种繁多，所以要研究中国植物，怎么也撇不开峨眉山，而方文培的一生就跟峨眉山的植物有不解之缘。

方文培（1899—1983年），四川忠县人（今属重庆），字植夫。这样的表字似乎正寄托了他对自己职业或理想人生的期许。方文培1927年毕业于南京东南大学生物系，后在中国科学社生物研究所读研究生，在此期间他回到四川考察植物，并很快去了峨眉山，因为他听说此山的植物早已被不少外国人采集过了，而那些丰富的植物标本已进了西方的植物园。

在过去，英国是世界上植物种植最为发达的国家，拥有最好的植物园，他们从18世纪初就对中国的紫蓝杜鹃产生了浓厚的兴趣。后来，西方的探险者们从中国采走了大量的杜鹃花标本和种苗，比如英国爱丁堡皇家植物园就有大量来自中国的杜鹃品种。1934年方文培获得了"中华教育文化基金会董事会"奖学金资助,赴英深造。他来到爱丁堡皇家植物园,这个世界上最好的植物园让方文培拓宽了视野,看到了丰富的植物种类,以及"不可能的杂交培育出来的品种"。当然那里的见闻也让他大为感慨,原生于中国的杜鹃经过杂交试验后,培育出风靡一时的新品种,而这些杜鹃原本就来自他熟悉的峨眉山。在此期间,方文培看到了杜鹃在海外的繁育状况,确立了自己今后的学术研究方向,坚信其中价值。

《草花谱》中说:"杜鹃花出蜀中者佳。"四川的杜鹃有川鹃之称,峨眉山是杜鹃的重要产地之一。在古蜀时期,人们认为杜鹃为望帝杜宇的魂魄所化,望帝死后,蜀人悲之,听见子规的叫声极为哀切,就说是杜宇回来了,而此时往往正值杜鹃花盛开。当然这只是美丽传说的一种,其他各地的杜鹃花也有着自己的名字和传说,如朝鲜的金达莱就是一种杜鹃,我们对杜鹃最为熟悉的名字应该是映山红。

古人对杜鹃有些特别的印象和理解。

杜鹃在古代峨眉山地区叫作"桫椤"[①]或"娑椤",也叫"婆

[①] 特指一种别名为蛇木的蕨类植物。

椤",被视为一种异花。清康熙二十六年版《峨眉山志》曹熙衡序中说:"桫椤灿烂,雷鸣于山腰,雪积于盛夏,物之异也。"佛教典籍中出现的桫椤花,花蕾形状浑圆,犹如满月,有祥瑞之气,在被神化了的传说中它"三千年一现,现则金轮王出",故长在佛教圣山的杜鹃花自然也被当地人认作了"桫椤花"。

清代峨眉县有个县尉叫彭元吉,以捕盗捉奸为业,他偏偏写过一首叫《桫椤花》的诗,诗云:"桫椤原是佛前花,开遍峨山灿若霞。不信佛身常住世,见花如见佛无差。"说明此花在过去确实供奉于佛前,有圣洁的寓意,彭元吉大概常浇桫椤花,想早日金盆洗手吧。

峨眉山有桫椤坪,清朝四川督学江皋曾在《游峨眉山记》中写道:"度桫椤坪,正值花时,四山如剪彩。树高六七尺,叶长深碧,花一萼数十朵,叶出树头,殷红粉白,望之微类芙蓉。性宜寒,移植山下则枯,盖优昙宝树,不作人间近玩也。"他也认为"桫椤"是一种奇异之花,文中的桫椤坪就是"桫椤"盛出的地方,位居雷洞坪至接引殿之间的高寒地区,海拔2 500米左右。

早在南宋时期,范成大于淳熙四年(1177年)从岷江回苏州,曾经登过一次峨眉山,便留下了"桫椤"的记载:"桫椤者，其木叶如海桐，又似杨梅。花红白色，春夏间开，惟此山有之。初登山半即见之，至此满山皆是。"这说明范成大之前，"桫椤"就早已为人所熟知了。

所谓"桫椤"可能就是高山杜鹃的古称，而这种被西方人称为"红色树木"的杜鹃在中国很早就有记载，唐宋以后在南方便有栽培。但是杜鹃的名称，各地相异，这同它的种类繁多、品种不一有关，然而在过去均属珍稀植物，高山杜鹃更为少见。在四川，高山杜鹃"生峨眉山中，类枇杷，数葩合房，春开，叶在表，花在中，或言根不可移，故俗人不得为玩"（《益部方物略》）。这句"俗人不得为玩"描绘了它的清芳气质，也表明它所需要的苛刻水土条件，《嘉州府志》说它"皆生在峨山顶三四十里以上，移之山半则萎矣"。高山杜鹃性喜冷凉，适合在湿度大、水分充足、腐殖质丰富的地方生长，即在特有的高山生长，而峨眉山有得天独厚的条件，从山下到山顶均有各种杜鹃分布，四季交替绽放。明朝陈继儒在《珍珠船》中说："峨眉山中婆椤花，花苞大如拳，叶似枇杷，凡二十余叶"，似可证明"桫椤花"，即高山杜鹃实为峨眉山一带特产。

词典上对高山杜鹃的科学解释是这样的：高山杜鹃，常绿小灌木，高可达1米，分枝繁密，伏地或挺直。叶常散生于枝条顶部，革质，上面浅灰至暗灰绿色，下面淡黄褐色至红褐色，叶柄被鳞片。花序顶生，伞形，有花数朵；花芽鳞脱落；花萼小，带红色或紫色，花冠宽漏斗状，淡紫蔷薇色至紫色，罕为白色，花丝基部被绵毛；蒴果长圆状卵形，5—7月开花，9—10月结果。

方文培最想要寻找的品种就是峨眉山野生高山杜鹃，他知道峨眉山是个植物王国，其间有可能发现一些中国原生的杜鹃种类。在世界范围内，原生种类和杂交的园艺品种多达近千种，主要分为五大品系：春鹃品系、夏鹃品系、西鹃品系、东鹃品系、高山杜鹃品系。所谓西鹃是指西方国家出产的杜鹃种类，而东鹃则特指日本杜鹃，中国原产的有春鹃、夏鹃，以及高山杜鹃，特别是高山杜鹃在峨眉山大量存在。

方文培最初的工作极为琐碎而具体，他需要对峨眉山植物进行全面的调查，这个工作需要细致和耐心，对身心都是一个巨大的考验。1928年方文培在峨眉山经过一个月的调查，采得标本一千余号，计一万多份，其中有不少是新发现，让他初窥到峨眉山巨大植物宝库的秘密，并产生了强烈的科学探寻欲望。

从事植物调查与采集是一项十分艰苦而危险的野外工作，

为了采得一份珍贵的标本，他甚至要冒着生命的危险。有一次在峨眉山途中，他带着望远镜穿梭于林间，正对他感兴趣的植物进行观察，突然被一群人劫持，随身物品全部都被掳走。方文培当时根本不知道发生了什么，就莫名其妙地被扔进了大牢中，后来才逐渐明白，那些人以为他是探子，在用望远镜窥探他们的秘密，这对他们领地而言，是一种无礼冒犯。在关押的八天之中，饥寒交迫不说，随时可能面临着生命危险，所幸后来对方也发现这些人不过是些穷书生，才放了他们，幸留一命。

　　类似的经历还不止一次。有一回，方文培外出采集植物，走到半路就遇到了大雨，没有想到的是大雨之后大雾笼罩，方文培竟然完全迷失了方向，向茫茫大山深处走去。当时，峨眉山中野兽成群，行走其间极其危险，稍有不慎，尸骨无存。实际上，在营地焦急等待的人们随着时间的推移已然放弃了希望，就是最有经验的山樵也感到凶多吉少。留守人员在第四天还不见方文培归来，开始着手准备后事，考虑如何通知、抚恤亲属等事宜，他们以为方文培早被野兽吃了。同时，他们也在通过当地政府组织人马去寻找尸骸，但就在出发之前，人们发现山间出现了一个熟悉的身影，走近一看竟然是方文培，他如野人一般回来了。后来他回忆起山中经历无异于绝地逃生，众人无不惊叹其命大。

在那几年间,方文培取得了重大成果,他在峨眉山共采集标本1.2万多号、15万多份,为中国留存了最早的、最重要的一批植物标本。

1937年9月,方文培在英国取得博士学位后回国,10月即应聘到四川大学理学院生物系任教,教授植物学和植物分类学。没有想到的是,抗战爆发后不久,为避轰炸,川大南迁峨眉山,无形中给他提供了巨大的便利,他可以每天在教学之余去调查采集峨眉山植物。对他而言,这仿佛又一次回到了山中的家,在他的努力下,四川大学植物标本室建立了起来,每年五月杜鹃花盛开之际,他亲自带领学生上峨眉山采集各种杜鹃,为中国培养了一批优秀的人才。

方文培在1939—1946年,持续考查了峨眉山植物后,从中选取有重要价值的植物及地区特有种共200种,编纂成《峨眉山植物图志》一书,采用中英两种文字,在1942年出版,李约瑟看到《峨眉山植物图志》后大为赞赏,称方文培是"中国最杰出的植物学家"。

方文培的经历让人想起峨眉山上"雷威琴"的故事。"雷威琴"说的是四川一个叫雷威的奇人,他制琴有绝技,"遇大风雷之夕,独往峨眉深松中,取其声异者伐之,有爱者名以松雪"(清嘉庆版《嘉定府志》)。过去制琴多用普通的桐木,但雷威用材独到,常常在大风雪之时,独自一人上峨眉山喝酒,喝得醉醺醺的,"著簑笠入深松中",然后听树林中哪棵树"连延悠扬",即将之伐回去制琴,所以雷威制的琴名扬于世。其实,与其说雷威制琴有独门绝技,不如说他有执着的敬业精神,而方文培在这一点上颇有些像雷威,他在植物学上的造诣不输于那只会听树的耳朵。

方文培是世界上公认的最为重要的杜鹃花专家之一,在英国求学时他发表的论文《中国的落叶杜鹃》中只有32种杜鹃,1939年在峨眉山发表的《近时采集的中国杜鹃花》中则达到153种,为研究中国杜鹃花科植物奠定了基础。后来,方文培又经多年的采集与研究,直至主持《中国植物志》杜鹃花科编写时,确定中国共有杜鹃花植物548种,证明中国才是世界上杜鹃花的分布中心,而方文培之于峨眉山确有一份基于杜鹃花的深情。

2019年1月中旬,我去拜访中科院成都分院植物所的专家印开蒲先生,方文培的学生正是印开蒲的老师,印开蒲是他的徒孙辈。在方文培八十岁的时候,印开蒲还送他一张自己拍的水杉彩色图片，寓含长寿的祝福——因为水杉在植物界是活化石的意思，当时方文培非常开心。印开蒲告诉我方文培在1986年还同其他人一起编撰了一本《中国四川杜鹃花》，该书收集了四川产的杜鹃花五个亚属，包含了九十五个种属，涵盖四川杜鹃花的主要类群，反映了四川杜鹃花的概貌，是中国研究杜鹃花的极重要参考书，这本书的主要基础应该就来自他四十多年前在峨眉山的收获。

这年春天，我到成都植物园，无意中看到方文培先生的《中国四川杜鹃花》一书存放在展览馆里，油然而生一种来自久远时空的敬意。方先生的出现，让"峨眉不可到，高处望千岑"的时代成为过去。

报国寺里的近代风云

去过峨眉山的人,都知道报国寺。报国寺是入山的门户,是上峨眉山的第一座庙,除了樵夫猎户,过去上峨眉山的路一般都要经过报国寺,其他的小道均非普通行人所取。

报国寺的历史其实并不长,《峨眉图记》中说:"道人明光开建。有碑记,立伏虎寺。堂原在伏虎寺右山麓,虎头山之阳。嗣迁至此,初仍旧额,后易今名。"报国寺最早叫会宗堂,是个道观,所谓"道人明光开建"就证明了这点,但后来怎么变成了佛庙就不得而知了,清初才搬迁到现在这个位置。康熙四十二年(1703年),康熙取《释氏要览》"四恩四报"中"报国主恩"之意,御题了"报国寺"匾额,庙子才逐渐显赫起来。

民国二十五年版《峨眉图志》中的峨眉山报国寺，从图中可以看到当时的报国寺外是农田，跟现在的情况相差甚大

我曾经见过一本民国时期流落民间的诗册《嘉游鸿爪》,作者叫靳慕白,生平已不可考。诗册毛笔手抄,内容多是关于峨眉山的。其中一首是《步和峨山报国寺果玲方丈见赠五十自寿》:

> 颓袈破钵若无能,贝叶通明载众称。
> 天下达人先立己,名山到处莫非僧。
> 杀机那及禅机好,兵学何如佛学乘。
> 寄语翠楼新燕子,他生缘会定相增。

诗是与报国寺大和尚果玲唱和的。果玲是个颇具传奇色彩的和尚,赵熙曾经称他是"峨眉山下一诗僧"。1949年初,马悦然曾经到报国寺居住五个月之久,目的是到附近乡村去调查西南官话中的峨眉方言。果玲便每天给马悦然上两个小时的课,教他《四书》《唐诗三百首》等,据说对他的汉语学习大有助益。这期间,马悦然发现了峨眉方言中的入声字现象,他惊喜地说:"'四'跟'十'是同音字,声调特别高。峨眉人说'四十'有一点像蝉鸣的声音!"(《另一种乡愁》)可能也正是这样的亲切感,他后来把峨眉山当成自己的第二故乡。

果玲和尚颇有些传奇色彩，与不少名士贤达有往来，四川著名学者林思进曾有和果玲的一句诗："闭门好觅句，拄杖只看山。"但报国寺并非清静之地，靳慕白诗里的"杀机那及禅机好，兵学何如佛学乘"虽然是写给果玲的，但讲的却是一段报国寺的近代历史。

清初至今的三百余年历史中，报国寺可以说是峨眉山很多重大历史的亲历者和见证者，所以它在峨眉山寺庙中有着不同寻常的地位。特别是清朝后期到民国初期这一段，报国寺成为风云激荡之地，近代中国寺庙史上能够与之相比的不多。为什么这样说呢？这是因为报国寺经历了两段特殊的时期，都与中国当时的世局相关，本为远离市尘的清静寺庙，却成为世人关注的焦点。

一次是民国二十四年（1935年），当时国内形势错综复杂，红军已经从贵州转入四川境内，长征进入最艰难的时期，但突围的曙光已现，而西南军阀各自为政，有辖地自重之势，同国民党中央军并不齐心。就在这种情况下，1935年8月4日到9月21日期间，国民军事委员会在峨眉山举办了两期"峨眉军官训练团"，培训川、康、滇、黔军政要员4 003人，耗资30万银洋，主要目的是整肃地方，巩固西南局面，以图一举定天下。

蒋介石对这次军训非常重视,亲自担任团长,坐镇峨眉山。"军训团"的阵容可谓齐备,刘湘为副团长,曾经当过庐山军官训练团团长的陈诚为教育长。"军训团"分设办公厅、总务处、经理处、卫生处、审核处、工程处、教育委员会等,另外还有负责警卫的侍卫团、宪兵三团、五团和别动队两个中队。

"军训团"征用报国寺作为主要办公地点,三重大殿中留下大雄宝殿给僧众,而将后面的两殿作为团部,蒋介石的办公处设在七佛殿映翠楼,靳慕白"寄语翠楼新燕子"这句诗中的翠楼指的就是这里,之前只住过果玲和尚。"军训团"的主要训练地点就选在报国寺外,他们在距寺庙几百米处辟出一块平整的操场,并修建了临时军训台和相关建筑。第一期受训人员系西南军队中营以上军职人员,分置3个营,12个连,36个排,共计2 024人;第二期受训人员系西南军队中部分连以上军职人员、地方的专员,县以上地方武装首领、教育科长和中等学校校长等,分别编成3个大队、12个中队、39个区队,共计1 979人。

"军训团"开训后,蒋介石对学员作了12次讲话及训词。其中在1935年8月4日的开学典礼中,他发表了《峨眉军训团之意义及其始命》的演讲，阐明了"峨眉军官训练团"的目的是培养"新军人"。他说："从今天开学这一天起，完全彻底变过了一个人——从前是旧军人，从今天以后，要做新军人！旧军人就是自私自利骄奢淫逸的军人，互相争夺祸国殃民的军人，就是对国家民族罪孽深重的军人！新军人就是'公尔忘私，国尔忘家'的军人，真正能够保国卫民的军人，牺牲一切来为国家争人格，为民族争光荣的军人，就是真能挽救危亡抵御外侮，复兴民族，完成革命的军人！也就是我们峨嵋军官团所要造成的军人！"

"军训团"的训练相当系统、严格，训练期间的生活也很艰苦，还发生过团员因身体不支而死亡的事件，但这样的集训能否真正实现新旧军人的蜕变，不得而知。实际上，"峨眉军官训练团"真正的目的是蒋介石发言中说的一句话，"安内攘外，挽救危亡"，而"安内"直指红军，他不过是想在四川境内一举围剿红军。其实，就在"军训团"成立的前夕，即1935年的8月1日，共产党发表了《为抗日救国告全体同胞书》，即著名的《八一宣言》，主张联合抗日，不仅呼吁订立协定、停止冲突、互相支持，而且要建立"统一的国防政府""统一的抗日联军"。但当时双方力量悬殊，蒋介石对天下势在必得，不可能与共产党搞联合。而峨眉山报国寺的军训场仿佛牵动着中国的大局，这个让蒋介石用心良苦的"军训团"便具有了强烈的政治色彩，其动向也为外界高度关注。

从当年的照片中，有一张蒋介石在随从的簇拥下走出报国寺的照片，我们可以看到他们头顶的匾额上有四个字：明耻教战。这明显是"军训团"占用报国寺后才有的，而"明耻教战"出自《左传》，原话是"明耻教战，求杀敌也"，意思是教导士兵作战，要让他们知道退缩就是耻辱，只有奋勇向前，才能杀敌制胜。这四个字的存在，让这个清静的寺庙平端多出了一种杀气腾腾。

"峨眉军官训练团"结束之后不久抗战便宣告爆发，红军非但没有被剿灭，还胜利会师陕北，中国的命运由此改变。人走庙空的报国寺又回复了往日的清静，但让寺僧们想不到的是，仅仅隔了四年，为躲避轰炸的国立四川大学搬到了这里，报国寺为校本部所在，文法两院设于伏虎寺，理学院设于保宁寺和万行庄，新生院设于鞠槽的将军府，1940年所有学生达1 177人之多，学校于1939年6月开始搬迁，9月正式上课。抗战西迁中，大学多搬迁到了一些偏远的小城小镇中，如复旦大学迁到了宜宾李庄，武汉大学迁到了乐山，东北大学迁到了

报国寺峨眉军官训练团,图为蒋介石走出报国寺大门

四川三台，但四川大学是唯一一所搬迁到大山深处的大学，堪称是中国教育史上的一个奇迹。

实际上四川大学之所以迁入峨眉山跟"峨眉军官训练团"多少也有些关联，因为当时峨眉山容纳过"军训团"4 000人，留下了不少临时建筑，而它留下的指挥台故址可以现成地作为学校的操场用地。国立四川大学充分利用了这一切遗留下的资源，在庙宇原有房屋上加以修葺扩建，又陆续修建了教室、办公室、寝室几十间，还在报国寺门外的空地修建了附中校舍、教室等。1940年春，为了解决学校教职员工子弟的上学问题，在报国寺创办了报国小学，将其作为教育系学生的实习园地。

当时，报国寺也是学校的信息中心，专门设置了电报电话局，成都的金城银行也来此设立了办事处。最重要的是十多万册藏书也搬到了报国寺，学校还办有望峨剧社、青年剧社、歌咏戏剧队等，经常在报国寺举行一些文艺演出。但毕竟山里的条件有限，学生的生活相对比较枯燥，每天打交道最多的还是和尚，而当时的和尚们都忙着做一些小生意，颇类市侩。1940年12月，有个叫吉光的学生就在《新华日报》写了篇《川大拾零》的文章，其中不无挖苦地写道："有卖肉食包子者，有卖酒肉者，有卖糖果者……和尚的时间一半是用在其生意上，

四川大学迁到峨眉山后的师生合影

只有一早一晚念经。"这其实也是川大在峨眉山办学时期的一种真实反映。

1941年7月12日,西南联大校长梅贻琦一行到访四川大学,当天就住在报国寺。第二天他们在罗念生家中吃饺子,罗念生曾与梅贻琦一起共过事。罗念生的夫人是北平人,她做的饺子让梅贻琦颇为称赞——不承想在峨眉山还能吃到北方口味的美食,此为昔时一插曲。

国立四川大学1939年6月南迁至峨眉,1943年3月搬回成都。有近四年的时间,当时的校长程天放常常在闲暇时游山赏花,"安得结庐依绝巘,便从九老学长生"。办学条件的艰苦,让人难以想象他的悠闲从何而来。但不可否认的是,此时的师资力量却是川大历史上最强的,由于沦陷区的教授们纷纷涌入大后方,受到川大礼聘,像朱光潜、饶孟侃、吴大猷、萧公权、徐中舒、张文裕、童第周、陶大镛、萧涤非等各个学科的名师云集峨眉,成一时之盛。自然在这期间读书的学生中出现了不少佼佼者,如国学大师王利器、经济学家蒋学模、化学家陈荣悌和物理学家李荫远等,可以说因缘际会的峨眉山也有了一种文化上的繁盛气象。

国立四川大学搬走后,报国寺又空了下来,再度成为一座清静的寺庙,周边"茅屋拆毁,球场之地并还陇亩矣"(《峨眉伽蓝记》)。但事过一年后,1945年6月,国民党四川省政府成立"峨眉山管理局",这是峨眉山历史上第一次有了官方管理机构正式入驻,而办公地址就设在报国寺。

"峨眉山管理局"的职责是将寺庙分类登记,"别详计划,建设全山,而群魔敛迹,大德来临,佛法昌明,圣地益著"。应该说,这是峨眉山正式纳入政府管理的开始,无政府时代宣告结束。"峨眉山管理局"第一任局长叫彭伯喜,除了管理峨眉山力夫、旅行社、膳宿价格、烟蜡查禁、修建路桥等等,寺庙办理登记事务、处理各类寺庙内部纠纷都得到报国寺来,每日人来人往犹如衙门。有一次,万佛顶僧人寂澈就曾状告该寺住持搞腐败,"非法开支,浮滥用费",彭伯喜遂须当众断案,并对住持进行处理。万佛顶是峨眉山最高处,人迹罕至,但仍归"峨眉山管理局"管辖,故山巅上的和尚也得花上几天时间下山来告状。

报国寺是峨眉山最为殷实的寺庙,置有不少田产放租,主要来源于大量的捐赠和募化。1932年,一个名叫张志和的军人去游峨眉山,之后写了一本叫《峨眉游记》的书,记录了他在报国寺投宿的经历:"此寺(报国寺)在大山之脚,修建尚属宏大，全庙有四五十单和尚，每年可收租谷三四百石。然而那些和尚还在叫穷，不知他们要多少田产才算富足啊！"也正因为此，在1950年时，果玲感到形势不妙，遂悄悄回乡躲藏，在行至峨边县时被征粮工作组盘查，离奇死去。

纳入了国民政府管理的峨眉山仅仅度过了四年时间，1949年后，峨眉山历经了清匪反霸、减租退押和土地改革等一系列政治运动，和尚大多还俗，香客和游人很少，直到1956年峨眉山佛教协会成立，统一管理全山各寺院僧人的生产、生活和教务活动，而协会所在地还是设在报国寺。

报国寺不是峨眉山最老的寺庙，却总是跟峨眉山的历史大事件连在一起，被卷入到近代历史风云中，因而在峨眉山的百座寺庙中最为特殊。抗战时西迁乐山的武汉大学教授李健章在《报国寺》中写道："元戎讲武集干城，吟翠楼前驻旆旌。第一禅关题报国，如来也解庶民情。"他讲的还是军训团那件事情，靳慕白则是另外一层意思，他用"杀机那及禅机好，兵学何如佛学乘"这句诗来与果玲唱和，多少有希望平息烽燧、世界安宁的和平之意。

1956年11月，峨眉山佛教协会成立
峨眉山市档案馆供图

20世纪60年代的报国寺,民兵在寺庙前操练

20世纪80年代初的报国寺,旅游市场刚刚复苏

消失的圣积晚钟

峨眉山从开山建寺以来，前前后后存在的寺庙有数百座之多，因为各种原因很多消失了，但其中一座消失的寺庙却有不同寻常之处，世间有聚散，寺庙不存，而余音未散，这就是圣积寺。

过去入峨眉山所见的第一大寺不是报国寺，而是圣积寺，所谓"大峨之麓，圣积是崇"（毛起《圣积寺钟铭》），说的就是这里。只是后来圣积寺荒废后，才在报国寺门口修了山门，以此作为峨眉山起点，成为峨眉山第一寺。《峨眉山志》记载的圣积寺是这样的："圣积寺，离峨眉县五里，即古慈福院。正德三年，内江王公重修。内有铜塔，高二丈许，永川万华轩所施。寺前有楼，曰真境，一名老宝，乃慧宝禅师建。楼上有魏鹤山书'峨峰真境'四大字，内名贤题咏最多。"

《峨眉伽蓝记》中对圣积寺作过考证，追溯其佛寺沿革，但也说年代久远，事迹泯没，"其详不可知也"。不过，它推断慈福院之废与圣积寺之兴是在元明之际，而圣积寺成为一座名寺，与"大德宗宝上人与东明鉴灯"曾经居住在这里有关。

清代的时候，圣积寺旁可通路，路是乾隆乙丑年性琳和尚修的。寺内有大雄宝殿，殿内有铜铸的普贤骑象像，"金身，丈六，象伏地"；另有一幅宋代范镇题写的简版："半天开佛阁，平地见人家。"此人封为蜀郡公，声名显赫，曾在王安石变法时期的熙宁八年（1075年）游峨，说明圣积寺有可能是一座宋代庙宇，当然那时它还不叫圣积寺，而叫慈福院。

过去的圣积寺是什么样的？嘉州人、明朝嘉靖年间进士任有龄见过，那时的圣积寺是个重修不久的庙子，他写道："金光瑶草连云壑，溪水绯桃有钓舟。结社双凫飞短舄，种松千尺有苍虬。"（《圣积寺》）从诗中可以看到，庙子周边是一片祥和宁静的风光，有小河，有钓舟，还种有苍松。小河名叫菩提河，通青衣江。松树到民国时期都还能见到，据说圣积寺门前有两棵罗汉松，"围六尺五寸"，远看拱如一头大象，颇为壮观，当

圣积寺前的大榕树和钟亭旧照,此景今已不存
乐山市档案馆供图

然此说可能有迎合普贤之意。

圣积寺处于峨眉山脚,与任有龄同代的进士毛起是四川夹江人,他在圣积寺匆匆住过一夜,留诗一首:"倦来一宿何言速,话尽三生未有期。地主相逢俱是客,平羌江上月离离。"(《圣积寺》)圣积寺在过去很可能是游山路人住宿歇脚的地方,兼有驿站的用途。

到了乾隆年间,清代大文人李调元(1734—1803年)诗中的圣积寺又有一些变化,出现了"千金佛塔"和"万金钟":

才登十里尽云峰,夹路苍苍半是松。
银色变为金色界,千金佛塔万金钟。

圣积寺的"千金佛塔"叫华严塔,"层层镂佛子",上面刻有华严经,是明朝时朝廷所赐。据说这样的铜塔在峨眉山有七座,其中六座都在山上的寺庙中,山脚的寺庙只有圣积寺才有。

"万金钟"是圣积寺前的一口巨大铜钟,峨眉山十景之一的"圣积晚钟"指的就是它,在过去它的名声不亚于杭州净慈寺的南屏晚钟。那么,这口铜钟是怎么来的呢?据说是由明代嘉靖年间一位别传禅师修建的。别传禅师,云梦县人(今属襄樊），七岁出家，明朝正德年间入西蜀，"游峨眉，朝普贤瑞像，园明殊胜，因敬生悟，从僧宗宝学究竟法"（《峨眉伽蓝记》）。后来他就发宏愿，四处募捐，在慈福院的基础上重建了圣积寺。不止于此，别传和尚还重建过白水寺，为其盖殿、铸铜佛像、植松柏等，所以在"别山碑"中，有"别山者，开山寺僧"的记载。

当时，别传为圣积寺"募铸一钟，甚巨"，这就是圣积晚钟的来历。那么，为什么要铸造这口钟呢？钟上铭刻了杨初南的《洪钟疏》，他这样写道："朝扣见真如，暮扣群魔散。弗扣亦弗鸣，堕落诸恶道。"原来是为了向善驱恶、警醒人心的目的。

圣积晚钟从嘉靖四十三年（1564年）开始铸造，后来运到虹溪桥镌字，又花了两年时间，于明隆庆元年（1567年）铸成，悬挂于殿外左侧。这口铜钟体貌庞大，"高九尺，径八尺，重二万五千斤"，有巍峨之姿。钟的外形颇为特别，钟趺十二叶，如莲瓣盛开，每瓣分别铸刻有"子丑寅卯辰巳午未申酉戌亥"十二地支，寓意时间的周而复始，又被人称为"八卦铜钟"。

圣积寺俗称"老宝楼"，据说是因为最初为宝峰法师所建，

人们乃以老鸹之谐音戏称。清代和尚释彻中朝山时,在《朝峨眉山记》中写道:

> 甲子,过邑城,经十方院,望西坡寺,至了鸹楼。有铜钟铜塔甚精工。实名积圣寺,昔禅师僧宝所建,人呼为老宝楼,因讹为了鸹。再进为会宗堂(即报国寺),复二里,关圣堂,进抵伏虎寺。

彻中和尚对圣积寺的铜钟印象非常深,对其工艺有"甚精工"之赞,但今人早已不知这是别传和尚的功德,它的背后有些什么故事。关于别传和尚还应该补充几句,他"奉诏入内庭,赐紫,仍在后宰门供养三年。圆寂后,遣大珰送灵骨还峨"。可见他对峨眉山情有独钟,在京城死后仍想着回峨眉安葬,怪不得圣积晚钟只要一旦撞响,恍若峨眉之魂四处飘散。

圣积晚钟的清越之声连傍晚时的金顶都能听到,传遍峨眉山方圆几十里地。清康熙建昌兵备道王曰曾在《巨钟》一诗中就写道:"万金熔铸自何年?长作龙吟散晓烟。留镇山门开觉路,声声高澈大峨巅。"而"高澈大峨巅"这句诗又有不同版本,另作"震醒世沉眠"。两句读来都有刚猛之感,但前者似乎更能证明声音播撒得高远。

峨眉山上寺庙众多，听惯了晨钟暮鼓，但圣积晚钟仍可称得上是峨眉山第一钟。那么，它除了体量巨大，还有什么独特之处呢？

1935年，有个叫赵循伯的人在《峨眉山》一文中讲："其钟每于废历（即夏历）晦望二日之夕敲击。击法有'慢十八、快十八'之分，随击随念钟偈，每四字一句，每四句一击，凡百余击始止（一说为一零八击），每一击，声可历一分零五十秒。近闻之，声洪壮；远闻之，声韵澈；传静夜时可声闻金顶。"民国二十五年（1936年），刘上熹的《峨眉导游详记》中也说："每月朔望之头夜乃击之，一年之中仅叩二十四次。所谓晚钟者，因和尚于九点后执灯上楼，口诵经偈，俗云钟句子。初则念一句，则叩钟一次，每句四字，念毕则叩，始缓叩，入后每字一叩，愈念速，则叩愈急。缓十八，急十八，叩至三遍，曰三叩，每叩须诵全文，三次叩钟，共有百零八捶，钟声异常宏壮。"

可以看出，圣积晚钟绝非小钟小鼓，在敲打时间和方式上均颇为讲究，其钟声震人心扉，每次撞击，如有深意存焉，"听者沉静欲寂"。似乎可以这样说，圣积晚钟非为一寺所敲，而是为整座峨山在敲。

"戊戌六君子"之一的刘光第曾于光绪十年(1884)游峨眉山,所行均记录于《游嘉峨日记》中,他在圣积寺写有《老宝楼铜钟》一诗:

> 猛簴设趪趪,洞心骇诡诙。
> 忽闻狮子吼,立地心猿摧。

这首诗的大意是铜钟挂在梁上很沉重的样子,悬空的钟内有些晦暗诡异,突然听见钟声犹如菩萨说法时的庄严,发散的思绪马上就被收住了。

谭钟岳对圣积晚钟则另有一番感受,他在《圣寺晚钟》中写道:"晚钟何处一声声?古寺犹传圣积名。纵说仙凡殊品格,也应入耳觉清心。""狮子吼"之震心与"清心"确实是大异其趣。

圣积晚钟在峨眉山的存在历史应该有四百年左右之久,直到1959年圣积寺废前都一直存在。1942年12月号的《旅行杂志》还曾为读者推荐游峨景点,他们认为游峨最佳时节是六月初,而在六月十五那天夜宿圣积最好,因为能够听到圣积晚钟，这里面有什么讲究不得而知，但其名声不可谓不大。近代学者彭举（1887—1966年）曾经在1939年到峨眉山当过四川大学教授，当时就住在那一带，他对圣积晚钟应该是非常熟悉的，不仅听过，也亲自去看过不止一回，对钟体因岁月久远而发生的变化很有感触。

> 圣积晚钟清，声震百余里。
> 恨不稍流连，静听辨宫徵。
> 巨梁绁旋出，铣角莲瓣似。
> 铭辞已模糊，尚可辨三豕。

铭辞虽然已经模糊，但铜钟一直保存完好，这也是件不易的事情。据骆坤琪在《峨眉山圣积晚钟》（《峨眉文史》第二辑）一文中说，圣积晚钟还经历过两次劫难。一次是尹昌衡任四川总督时，派人到峨眉山来"扫荡"铜佛铜钟，用以铸造铜圆。当时圣积晚钟被砸开了一条裂口，但众僧阻拦，始得平安运回。另一次是1959年大炼钢铁时期，圣积晚钟差点被扔进了大熔炉，最后关头被抢救了回来，虽然幸存，但也被砸了个大洞。

1978年，峨眉山旅游管理部门将铜钟移到凤凰堡上，并建亭覆盖保护（位置与报国寺相对），中间是个平坝。而寺与钟之间隔着的那条小小菩提河，早已不见了。学者何鲁在《圣积寺晚钟》中感叹道："圣积伽蓝杳，幸有大钟存。"但如今的大钟好像没有了过去的神韵，只供人们围观，仅仅是个悬挂着的巨大古董。钟声不响，则大钟不活，圣积晚钟什么时候能够复活，再为峨眉山还魂呢？

峨眉山普贤殿的老僧在敲钟
峨眉山市档案馆供图

峨眉在人间

20世纪40年代初,南怀瑾曾在峨眉山大坪寺当过一段时间小沙弥,后来他写过一句诗:"长忆峨嵋金顶路,万山冰雪月临扉。"动情地回忆了那段清苦岁月。

今非昔比,现在的山路已经修得非常好,如果全程爬山,一般人只需要两天时间,中途宿洪椿坪或雷洞坪,第二天便能登顶,关键是旅游条件也大为改观,星级客栈、酒店不少,吃住非常方便。在现代交通大为便捷的情况下,很多人去峨眉山选择了更为简单的方法,比如开车直接到雷洞坪或接引殿,然后坐索道上顶,当天就能上下山。所以去峨眉山对周边城市的人来说,仅仅是周末的一次休假,带着一家老小,去山上野餐,春天时还能顺带采摘一大把野花，这种改变在三十年前是不可想象的。

记得前些年的一个夏天，我同几个朋友相约去峨眉山度假，头天去了峨眉山半山腰的"零公里"，这里海拔1300多米，气候湿润温和，附近农家乐很多，是个夏季避暑的地方。那天我们就住在附近一个农家乐里，那是一幢两层的楼房，前面有一个不小的院坝，房间干干净净，被褥没有异味，饭菜也做得可口。

"零公里"由于地处峨眉山半腰，远离尘嚣，空气清新，还能吃到峨眉山野菜。现代人非常注重旅行体验，这其中自然包括了吃，而说到吃，最值得一说的就是峨眉山的野菜山珍。

陆游在诗中多次提及峨眉栮脯，所谓栮脯就是木耳，如"玉食峨眉栮，金齑丙穴鱼"（《思蜀》）、"堆盘丙穴鱼腴美，下箸峨眉栮脯珍"（《梦蜀》）、"可怜龙鹤山中菜，不伴峨眉栮脯来"（《食野菜》）。为什么陆游如此钟情栮脯，甚至拿它与嘉州的丙穴鱼相比呢？因为"汉嘉栮脯美胜肉"（《冬夜与溥庵主说川食戏作》）。请注意，这几句诗大多写于他回乡后对蜀地思念之时，说明栮脯不仅是美食，也是寄情之物。现在的木耳大多是人工培植，在宋代却是地道的山珍，不能相提并论。

峨眉山上的野菜非常丰富，如普贤菜、白芥菜、蕨菜、真珠菜、马兰菜、绿菜、苦菜等是"遍地有之"，其中的马兰菜还可以"春时嫩叶曝干，可代旨蓄"。记得当时我们就吃到了野生木耳，用木耳炖鸡，有山野的味道，真是鲜美无比。其中还有魔芋烧鸭、野芹菜炒鸡杂、薇菜炒肉片、凉拌蕨菜、清炒茼蒿等等，都是用当地野菜烹制，丰盛不说，均是山下吃不到的。

印象里有一种叫䪢（jī）菜的菜，是书里记载的，便向农家问询。这种菜是用菜叶腌制的，过去峨眉山和尚度冬常常靠这个䪢菜。䪢菜是怎么做的呢？"菜叶洗净，先将水煮滚，后投菜下锅一过，即收起，以瓦盆盛好，入米汤水养之。放置暖处，或灶边，或锅内，釜板盖好，一宿成䪢。"䪢菜在一些地方也被称为瓮菜，腌制方法大体一样。峨眉山还有一种豆渣，也是寺庙食物，其做法是："用热锅炒熟，放桶内臭七天。待发过后，以手揉成饼，不拘大小，择晴天大日色内，晒令极干，用线穿，悬风口。临食时，入酱油，或油盐少许，饭上蒸熟，屡岁不坏。"其实，类似的做法在四川农村都能寻到，并不鲜见，只是现在看不到而已，特别是豆渣，我小的时候还经常当零食吃。但遗憾的是主人并不会做，也许它们只是贫穷时代才有的美食而已。

吃完晚饭后，院外虫鸣四起，我们沿着附近的小路转了一圈，回来后在院子里泡了杯峨眉山清茶闲聊。主人家是小两口，他们收拾完碗筷，就坐下来同我们聊了起来。他们原本是当地的农民，平时在峨眉山城里居住，只是到了周末或者节假日才上山，也就是说有旅客的时候他们才上山做生意。这里的农家乐是在他们自己的宅基地上盖起来的，如果是自己住，完全像个小别墅，但现在当地的农民都不愿意住在山上，孩子读书也不方便。我们去的时候正是旅游旺季，一天接待几拨客人，收入可观，一个夏天下来最少也得赚上二三十万。但秋冬一到就没有什么游人，生意自然冷清下来，所以他们一般在山下过冬，大门一锁待在城里。在当地，像他们这样的农家乐不少，候鸟似的，这也是峨眉山旅游经济的季节特点。

现在来峨眉山的游客开车居多，不愿多爬山，这种省时省力的方式是这些年才兴起的。既走捷径，又能亲近大山，这是周末旅游的特点，现代人的峨山之游非古人敢想。如今一到初夏，峨眉山上的度假村、农家乐大量吸纳着从四面八方涌来消夏的人们，其中尤以老年人居多，很多人将之作为颐养天年的好地方。我曾经到中峰寺附近看望一位老人，住过一晚，那是在山坳里的一户农民家里。车子要弯弯曲曲开上一段才到达，走到近处才看到一幢两层小楼，全部租给了客人。山居生活倒也自在，饭菜都是农家味道，蔬菜都是自家种的，非常新鲜。人们在院子里看电视、打牌、练书法、打太极拳、聊天，也挺悠然自得的。客人都是长期佃房户，一住就是几个月，要等到天气冷了才离开。

如今，峨眉山半山附近也在开发地产，我就有朋友在上面买了房子，一到周末便住进峨眉山，享受山上新鲜的空气、秀美的风景，以及"恋山人事少，怜客道心多"的清静悠闲。其实，峨眉山度假建筑始于清末，最早在峨眉山建私人别墅的是一些外国人；民国时期修筑之风更甚，如林森、宋美龄等都有别墅在峨眉山，应该说这是现代物质生活输入的开端。但那时只有极为少数的达官贵族才能享用，如今普通人也可以享受稀缺的旅游资源了，这是时代的变迁，而在这些变迁中我们感受到，峨眉山已真真实实地进入了人们的日常生活。

我们开车去往雷洞坪，只爬了雷洞坪到接引殿这一段山路，耗时不到两小时，然后就坐索道去了金顶。不过，这段路程常常非常拥挤，要早早起来排队才能买到票，有一次我们就因为排不上队只好掉头下了山，可见如今的峨眉山旅游的火爆程度。

实际上，过去这是朝山的路，要一步一步地爬上去，现在却变成了旅游路线，大巴、货车一拥而上。在这条路上，人们只能以怀旧的方式纪念过去，或者以不同的视角解读峨眉山。有一本书值得在此一谈，小说集《幽灵代笔》。英国作家大卫·米切尔在该书中以峨眉山为背景，写了一个山里女人一生的命运，时间跨度是从民国初期到20世纪八九十年代。这是篇想象力十足的小说，名字叫《圣山》，是《幽灵代笔》中的一篇（全书由九个独立的短篇构成），中国百年历史的变幻莫测在小说中展现无遗，不同时代穿梭着不同人物，悬浮着喧嚣而荒诞的人生图景，唯有圣山高高耸立。我们不得不说米切尔诡异的文笔切开了那座神秘的大山，当然，这也只是米切尔理解的峨眉山。

小说中讲到一棵树，树有灵，可以与主人公说话，并暗中庇护着那个苦命的女人。后来只要到峨眉山，我都会想起那棵树。"一只山猫喜欢在我那棵树的树枝上伸懒腰，守卫着小路。"这样的句子是亲切的。但米切尔为什么会选择峨眉山，而没有选择其他的山，这中间是不是也有什么缘分在呢？当代文学中的峨眉山就是以这样一种奇异的姿态进入到人们阅读视野的。

在上山的路上，我们遇到不少徒步旅行的人，我会对他们产生一种敬意。登山是体能与毅力的考验，我常常想起年少时的豪情万丈，但如今我已经没有那样的勇气和魄力了，这是时间与内心双重的销蚀，想来让人黯然。但我们为什么还要不断地来到峨眉山，难道仅仅是为了休闲、观光、静修？这山中一定还藏着过往时空里的巨大秘密，让我们不断想去触摸那把从未见过的生命之钥。

登上金顶要坐一段索道，这一段路过去正好是登山最为艰难的地方。山顶近在咫尺，抬头可望，却如刀砍斧削，要上去并不容易。但现代人把这一段变相取缔了，路变得近便了，不可否认的是交通工具的发达也让传统的登山乐趣渐失。不过，索道也有另外一种独特的体验，这段空中之路，我认为是文学化的，也可以说是最为抒情的一段路程，会让我们从万丈红尘中稍稍溜走一会儿，体验到心灵与现实之间那种虚构空间的存在。

关于峨眉山索道，我还有一段真实的故事。记得那时我正读高中，新成立的峨眉山索道公司来我们中学招人，当时我的同学中就有一批被招去工作了。第二年我去登峨眉山，在金顶上见到了我的那些同学，他们穿着厚厚的军大衣，住在简陋的工棚里，生活非常艰苦，青涩的脸已变得粗糙，但那条长长的索道就是他们在管理运营。当晚，我们围坐在电炉旁喝酒，讲着他们那一年的生活，竟然恍若隔世。

三十多年过去，他们中的大部分可能都不在山上工作了，但那里留下了他们的青春，所以每次坐在索道上的时候，我就会想起他们，不由得心生感慨。这样的感受还珠楼主、胡世安、蒋超、中野孤山、威尔逊、马悦然、南怀瑾等人怕是不会有，因为索道是峨眉山的新生事物，索道管理员的工作和生活与僧侣、游客完全不同。我曾在不少摄影作品中看到过峨眉山上飞架的那条长长索道，常常生出一种震撼的感受，也就自然想到我那些同学的身影，他们也随着那条在云雾中穿梭的索道而变得缥缈和虚幻起来。

凌空穿越在《蜀山剑侠传》中只是一种想象，但索道确具有这样神奇的效果，人置身于半空中，提篮在山林之间舒缓滑行，我们可以实实在在地亲近那些自然状态下的各种树木：笔直的杉树、桉树，像印第安人的头发一样斑斓的栾树，挂着一串串青果子的野核桃树，还有在苍翠中不时冒出几丛黄色或者红色的槭树。它们像狐狸的尾巴一样倏地一现，又悄然不知藏到了森林的什么地方……而这时，我的心底总有磅礴之气从时空深处骤然汇聚，并想起陈子昂在《感遇》中的一句诗：

浩然坐何慕，吾蜀有峨眉。

峨眉山索道

文献征引目录

一、著作

范成大:《吴船录》,杭州:浙江人民美术出版社,2016年。

郦道元:《水经注》,北京:中华书局,2016年。

杨慎著,王大淳笺证:《丹铅总录笺证》,杭州:浙江古籍出版社,2013年。

陈登龙:《蜀水考》,成都:巴蜀书社,1985年。

徐中舒:《古器物中的古代文化制度》,北京:商务印书馆,2015年。

彭遵泗:《蜀故》,北京:国家图书馆出版社,2017年。

彭遵泗：《蜀碧》（电子书），百度阅读。

刘星辉编著：《都江堰工程现状和历史问题》，成都：四川科技出版社，2014年。

傅崇矩：《成都通览》，成都：天地出版社，2013年。

蒲松龄：《聊斋志异》，北京：中华书局，2015年。

班固：《汉书》，北京：中华书局，2012年。

张岱：《夜航船》，北京：中华书局，2012年。

王闿运：《王闿运日记》，长沙：岳麓书社，1997年。

吕西安·费弗尔：《莱茵河》，北京：商务印书馆，2010年。

齐邦媛：《巨流河》，北京：生活·读书·新知三联书店，2011年。

奥利维娅·莱恩：《沿河行》，北京：北京联合出版公司，2017年。

施康强编：《四川的凸现》，北京：中央编译出版社，2001年。

施康强编：《征程与归程》，北京：中央编译出版社，2001年。

丁瑞华：《岷江上游鱼类及保护问题》，成都：《四川动物》杂志2006年第4期。

王渔洋：《蜀道驿程记》，http://www.guoxuemi.com/gjzx/374856qtlb/43485/

王弘撰：《山志》，北京：中华书局，1999年。

常璩：《华阳国志》，济南：齐鲁书社，1999年。

刘琳：《华阳国志校注》，成都：成都时代出版社，2007年。

方国瑜：《中国西南历史地理考释》，北京：中华书局，1987年。

徐鼒：《小腆纪传》，北京：中华书局，2018年。

梭罗：《河上一周》，北京：商务印书馆，2012年。

萧涤非主编：《杜甫全集校注》，北京：人民文学出版社，2014年。
中野孤山：《横跨中国大陆——游蜀杂俎》，北京：中华书局，2007年。
彭孙贻：《平寇志》，上海：上海古籍出版社，1984年。
方菲：《岷江上》，南京：《旅行杂志》，1940年。
曹学佺：《蜀中名胜记》，北京：学海出版社，1969年。
马尔克斯：《活着为了叙述》，海口：南海出版公司，2016年。
朱东润注：《陆游选集》，上海：上海古籍出版社，2013年。
黄休复：《茅亭客话》（电子书），百度阅读。
徐心余：《蜀游闻见录》，成都：四川人民出版社，1985年。
竺可桢：《竺可桢日记》，上海：上海科技教育出版社，2010年。
吴光主编：《马一浮全集》，杭州：浙江古籍出版社，2013年。
任乃强：《民国川边游踪》，北京：中国藏学出版社，1999年。
任乃强：《四川上古史新探》，成都：四川人民出版社，1986年。
侯鸿鉴：《漫道南国真如铁：西南漫游记》，沈阳：辽宁教育出版社，2013年。
杨静远：《1941—1945让庐日记》，武汉：武汉大学出版社，2003年。
龚静染：《桥滩记》，成都：四川文艺出版社，2015年。
李昉：《太平御览》，北京：中华书局，2013年。
张澍：《蜀典》，http://www.guoxuedashi.com/guji/166556r/
李元：《蜀水经》，上海：上海古籍出版社，1995年。
周询：《蜀海丛谈》，成都：巴蜀书社，1986年。
山川早水：《巴蜀旧影：百年前一个日本人的巴蜀行纪》，成都：

四川人民出版社，2019年。

李希霍芬：《李希霍芬中国旅行日记》，北京：商务印书馆，2018年。

陆游：《入蜀记·老学庵笔记》，上海：上海远东出版社，1996年。

徐金源：《川边游记》，北平：京城印书局，1932年。

刘文辉：《走到人民阵营的历史道路》，北京：生活·读书·新知三联书店，1979年。

西敏司：《甜与权力：糖在近代历史上的地位》，北京：商务印书馆，2010年。

刘光第：《刘光第集》，北京：中华书局，1986年。

叶圣陶：《我与四川》，成都：四川人民出版社，1984年。

郭沫若：《女神·我的童年》，武汉：长江文艺出版社，2011年。

张含英：《历代治河方略探讨》，郑州：黄河水利出版社，2014年。

张含英：《明清治河概论》，郑州：黄河水利出版社，2014年。

唐长寿：《嘉州古城印记》，成都：天地出版社，2017年。

顾祖禹：《读史方舆纪要》，京都：中文出版社，1981年。

还珠楼主：《蜀山剑侠传》，北京：作家出版社，2012年。

金庸：《倚天屠龙记》，广州：广州出版社，2008年。

胡世安：《译峨籁》，《乐山史志资料》1987—1989年合刊。

陈寅恪：《柳如是别传》，北京：生活·读书·新知三联书店，2015年。

陈康祺：《郎潜纪闻》（电子书），当当云阅读。

陆深：《蜀都杂抄》，上海：上海古籍出版社，1995年。

谢福芸：《崭新中国》，北京：东方出版社，2018年。

蒋超：《峨眉山志》，古籍复印本。

王沄：《蜀游纪略》，http://www.guoxuedashi.com/guji/518676t/

黎泽霖：《萍踪识小》，福州：福建人民出版社，1981年。

王士禛：《陇蜀余闻》（电子书），百度阅读。

张志利：《峨眉游记》，上海：上海学艺出版社，1933年。

冯玉祥：《青峨游记》，重庆印刷，华爱国编，1941年。

陈祥裔：《蜀都碎事》，古籍复印本。

楼黎然：《峨眉纪游》，成都：清宣统三年版，古籍复印本。

孙光宪：《北梦琐言》，北京：中华书局，2002年。

衣瑞龙：《彻底解开峨眉山九老洞之谜》，《乐山史志资料》合集。

范文澜：《中国通史简编》，上海：华东师范大学出版社，2014年。

罗伯特·麦克法伦：《心事如山——恋山史》，上海：上海译文出版社，2015年。

汤用彤：《隋唐佛教史稿》，北京：中华书局，2016年。

刘君泽：《峨眉伽蓝记》，乐山：《诚报》代印，1947年。

黄绶芙、谭钟岳：《峨山图志》，清光绪十七年刻本。

黄绶芙、谭钟岳著，费尔朴译：《峨山图志》，成都：华西大学哈佛燕京学社，1936年。

E. H. 威尔逊：《中国——园林之母》，广州：广东科技出版社，2015年。

方文培：《中国四川杜鹃花》，北京：科学出版社，1986年。

马悦然:《另一种乡愁》,北京:新星出版社,2015年。

骆坤琪:《峨眉山圣积晚钟》,《峨眉文史》1986年第二辑。

大卫·米切尔:《幽灵代笔》,上海:上海文艺出版社,2010年。

印开蒲:《百年追寻:见证中国西部环境变迁》,北京:中国大百科全书出版社,2010年。

汪启明、赵振铎、伍宗文、赵静:《中上古蜀语考论》,北京:中华书局,2018年。

唐长寿:《嘉眉稽古录》,乐山:内部印刷,2001年。

龙驹编注:《李白岑参苏轼陆游——嘉州吟》,成都:西南交通大学出版社,1993年。

二、中文档案资料

《乐山市档案馆档案资料》,乐山市档案馆藏。

《乐山市五通桥区档案馆档案资料》,乐山市五通桥区档案馆藏。

《犍为县档案馆档案资料》,四川省犍为县档案馆藏。

《夹江县档案馆档案资料》,四川省夹江县档案馆藏。

《峨眉山市档案馆档案资料》,四川省峨眉山市档案馆藏。

三、其他中文资料

《岷江志》(内部资料),成都:四川省水利电力厅编,1990年。

《灌县志》（清乾隆五十一年版），古籍复印本。

《都江堰志》，四川省地方志编纂委员会编，成都：四川辞书出版社出版，1993年。

《灌县都江堰水利志》，《灌县都江堰水利志》编辑组编印，1983年。

《都江堰百年档案记忆》，都江堰市档案馆编，北京：中国档案出版社，2010年。

《玉垒金声——名人眼里的都江堰诗歌卷》，成都：巴蜀书社，2006年。

《嘉定府志》（清同治三年版），乐山市地方志办翻印，2003年。

《嘉定府志》（清康熙版），乐山市市中区地方志办翻印，2007年。

《嘉定州志》（明万历版），乐山市市中区地方志办翻印，2007年。

《乐山县志》（民国二十三年版），乐山市地方志工作室翻印，2015年。

《乐山市志》（上、下册），乐山市地方志办编，成都：巴蜀书社，2000年。

《乐山史志资料》（系列内部交流资料），乐山市市中区地方志办公室编印。

《乐山文史资料》（系列内部交流资料），乐山市政协文史资料委员会编印。

《乐山历代诗集》，乐山市市中区地方志办编印，1995年。

《乐山历代文集》，乐山市市中区地方志办编印，1995年。

《崖墓资料汇编》，乐山市文物保护研究所、乐山崖墓博物馆编，1990年。

《犍为县志》(清嘉庆十九年版)，犍为县地方志办校勘，2015年。
《犍为县志》(民国二十六年版)，犍为县地方志办校勘，2015年。
《犍为县志》，犍为县地方志办编，成都：四川人民出版社，1991年。
《五通桥文史资料》(系列内部交流资料)，乐山市五通桥区政协编印。
《五通桥区志》，乐山市五通桥区志委员会编撰，成都：巴蜀书社，1992年。
《范旭东文稿》(内部资料)，天津渤化永利化工股份有限公司编，2014年。
《改革盐务报告书》，丁恩著，盐务署刊行，1918年。
《夹江县志》(清嘉庆十八年版)，四川省夹江县地方志办重印。
《夹江县志》(民国二十四年版)，成都：四川科学技术出版社，2017年。
《夹江县志》，四川夹江县地方志办编，成都：四川人民出版社，1989年。
《夹江县志》(重修版)，四川夹江县地方志办编，成都：电子科技大学出版社，2009年。
《夹江文史资料》(系列内部交流资料)，四川省夹江县政协编印。
《峨眉县志》(清嘉庆十八年版)，古籍电子版。
《峨眉县志》，四川省峨眉县志编纂委员会编，成都：四川人民出版社，1991年。
《峨眉山志》，《峨眉山志》编纂委员会编，成都：四川科学技术出版社，1997年。

《峨眉文史》（系列内部交流资料），四川省峨眉山市政协编印。

《峨眉山解放六十年》，峨眉山市党史研究室、峨眉山市档案馆编印，2009年。

《历代祖师与峨眉山佛教学术研讨会论文集》，峨眉山佛教协会编印，2011年。

图书在版编目(CIP)数据

河山有灵:岷峨记/龚静染著.—北京:商务印书馆,2020
ISBN 978-7-100-18159-4

Ⅰ.①河… Ⅱ.①龚… Ⅲ.随笔—作品集—中国—当代 Ⅳ.①I267.1

中国版本图书馆CIP数据核字(2020)第037717号

权利保留,侵权必究。

河山有灵:岷峨记

龚静染 著

商 务 印 书 馆 出 版
(北京王府井大街36号 邮政编码100710)
商 务 印 书 馆 发 行
山东临沂新华印刷物流
集团有限责任公司印刷
ISBN 978-7-100-18159-4

2020年8月第1版   开本889×1194 1/32
2020年8月第1次印刷 印张12½
定价:59.00元